탐진강

갑오년 석대들 함성,
붉은 동백꽃으로 피어나다

글. 은산 이판식

작가의 말

영암 금정산에서 발원한 130리 탐진강은 유치와 장동을 지나 한 많은 장흥읍 석대들을 적시고 강진만으로 흘러든다. 지금부터 약 135년 전 조선 민중들은 새로운 세상을 꿈꾸며 동학을 했다. 외세로부터 제 나라를 구해보겠다고 나선 백성들을 일본 제국주의와 민 씨 척족들은 무참히 학살했고 15년 뒤 조선은 제국주의 일본의 식민지가 되었다.

19세기 아시아, 아프리카, 남미대륙의 수많은 이름 없는 국가들도 군대라는 이름으로 제국주의와 싸웠으나 힘에 부쳐 제국주의 식민지로 전락했다. 그중에서 유일하게도 조선은 제국주의 일본과 싸우기는커녕 외세에 대항해 분연히 일어난 제 나라 백성을 학살했다.

여기 남도 끝자락 탐진강 석대들에서 외세로부터 쓰러져 가는 조선을 지키고자 3만여 동학농민군들이 죽창을 들고 일어나 제국주의 일본에 맞서 싸웠으며 동학농민군 최후의 일전인 '석대들 전투'에서 장렬히 산화했다.

장흥부 대접주 이방언 장군 후손들의 평생에 걸친 노력으로 동학농민군들의 명예가 회복되고 있으나 아직도 그분들의 원혼을 달래주기엔 미흡할 뿐이다. 그들의 숭고한 정신을 받들고 되새기는 것은 후세를 사는 우리들의 책무이고 다시는 이러한 비극이 되풀이되지 않도록 하는 것도 지금을 사는 우리의 몫이라고 생각한다.

"역사는 반복하고 역사는 과거와 미래의 끝없는 대화"라는 역사학자의 거창한 문장을 빌리지 않더라도 사람이 어떻게 죽었고 나라가 어떻게 쓰러졌는가를 파헤쳐 보는 것은 우리가 오늘을 지혜롭게 사는 지름길일지도 모른다. 조선이 망한 것을 한탄하는 것이 아니다.

사람이 병들면 죽고, 나라도 운이 다하면 망한다.

구한말 민 씨 정권은 임오군란과 갑신정변 때 외세에 의지했던 달콤한 유혹 때문에 또다시 외세를 불러들여 제 백성들인 동학농민군을 살육하면서 망국을 재촉했다. 그리고 그 동학농민군이 살육되자 제국주의 일본에 의해 조선이 망해버린 것이 너무도 애석할 따름이다.

역사를 잊은 민족에게 미래는 없다.

조선, 아니 민 씨 정권은 세상이 어떻게 변하고 있는지를 몰랐다. 오백여 년 동안 그랬던 것처럼 명나라와 청나라만 철석같이 믿다 청나라가 무너지자 청나라와 함께 망해버린 것이다. 주자학 이외의 것을 모두 사문난적으로 규정했던 위정척사 선비들은 서양과 일본이 어떻게 변해가는지를 몰랐다.

조선을 지킨 것도 주자학이요 조선을 망하게 한 것도 주자학이었다. 구한말 민초들은 사람을 하늘처럼 여기고(事人如天), 있는 놈 없는 놈 함께 돕고 살자던 유무상자(有無相資)의 동학사상에 빠져들었고 그런 세상을 꿈꾸다 일본 제국주의에 의해 몰살되었다. 우리 땅에서 우리 사람들이 부르짖었던 동학을 다시 한번 생각해볼 때다.

아직도 우리는 편협한 생각에 사로잡혀 변화의 물결에 눈과 귀를 막고 있지 않은지 130여 년이 지난 지금 한 번쯤 생각해 볼 일이다. 막상 써놓고 보니 부끄럽기 그지없지만 누군가 해야 할 일이기에 용기를 냈을 뿐이다.

잊지 않아야 잃지 않는다.

평생을 장흥 지역 동학 농민혁명을 바로 알리기 위해 헌신하신 위의환 선생님의 도움에 감사드린다.

글재주도 없는 필자를 두고 무슨 소설이냐 하면서도 맞춤법을 잡아준 아내, 묵묵히 응원해 준 주리와 정환이, 지루해질 때마다 생맥주를 사주면서 응원해 준 친구들, 의향 장흥을 위해 반드시 책을 완성해 보라며 격려해 준 고향 선후배님들께 감사드린다.

2022년 8월
은산 이판식

목 차

월림동 수리제골 전경

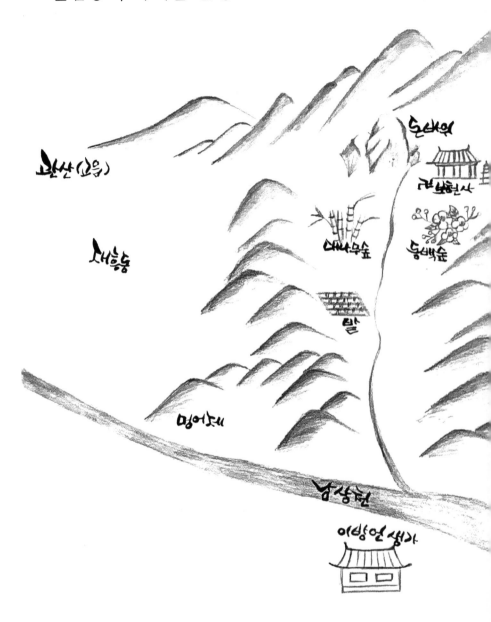

부용산

묵촌

1. 파문(破門)

계사년(1893) 동지가 지난 지 열흘 무렵 방언(芳彦)은 아들 성호, 제자 창휘, 그리고 웅치 접주 구교철, 대흥 접주 이인환과 함께 장흥 남면 운주골에 있는 부용산에 올랐다. 산행을 한다고 하면 함께 할 이들이 더 많았겠지만, 다섯만 오르기로 했다.

며칠 전 내린 눈이 아직 녹지 않아 군데군데 쌓여 있었다. 약초꾼들이 다니던 길이라 눈길이 나 있어 미끄러웠다. 방언은 벌써 쉰 살이 넘은 지 한참이 되었지만, 아들이나 제자는 물론 두 장정 못지않은 근력을 가지고 있었다. 워낙 기골이 장대하기도 했고, 나이를 핑계로 물러서거나, 꾀를 부릴 줄 몰랐다. 앞선 젊은이들을 따르고 있지만 뒤처지지 않았다. 더구나 부용산은 1년에 서너 차례는 오를 정도로 익숙한 동네 뒷산 같아 눈을 감고도 오를 정도였다.

"접주님, 아니 삼남도 교장님. 쩌어기 억불산이 보여붑니다."

창휘의 말은 정상에 거의 다 왔다는 소리였다. 창휘는 간혹 방언을 부르는 호칭을 정하지 못하고 헤맬 때가 있었다. 편하게 하나만 부르라고 했지만, 마음이 들떴는지 자기가 아는 호칭은 모조리 부를 참이었다. 옆에서 성호가 옆구리를 찌르지 않았다면 말이다.

8

창휘는 방언이 연 서당에서 글을 배웠는데, 열심히 하는 데 비해 진전이 없었다. 그래도 천성이 바르고 믿음직스러운 데다 부지런해서 학문으로 뛰어난 면모는 없었지만 성실한 그를 방언이 아꼈다. 게다가 방언이 하는 일은 두말없이 따르는 충직함이 있어서 곁에 두었다. 그래서 이날 산행에도 함께 할 수 있었던 것이다.

창휘의 장점이라면 몸을 잘 쓴다는 것이었다. 글을 배울 때보다 무예를 익힐 때 훨씬 즐거워했다. 어찌나 몸이 날쌨는지 사람들이 축지법을 쓰는 거 아니냐고 농을 하기도 했다. 무엇보다 창휘가 등에 짊어진 망태 때문에 한 번 더 웃게 된다. 짚으로 가늘게 짠 망태를 늘 메고 다니는데, 온갖 잡동사니가 들어 있어 때론 방물장수로 오해받을 정도였다.

"창휘야, 막걸리 있냐?"

정상에 오른 방언이 당연히 있을 거라고 여기며 막걸리를 찾았다. 아니나 다를까 창휘는 대답과 함께 망태에서 술병을 꺼냈다. 술 한 잔은 고수레로 뿌리고 나무잔에 한 잔씩 따랐다.

"날이 솔찬히 춥구만"
"여까지 오니라고 욕봤네."
"다들 한 잔씩 하게."

술로 목을 축이자 주위를 둘러보던 인환이 말문을 열었다.

"그래도 오늘은 날이 좋아가꼬 사방이 싹 뚫려 브렀네요. 저짝에 천관산도 다 들어와브네요."

"성호 니는 여적지 천관산이 좋냐?"

 북으로는 병영에서 영암과 나주를 잇고, 서쪽으로는 강진과 해남, 동으로는 보성과 순천을 잇는 곳에 장흥도호부가 있다. 조선팔도 어딘들 산 없는 곳이 있겠냐마는 남도 끝자락 장흥도호부에도 크고 작은 산이 많았다. 장흥도호부가 있는 장녕성 앞쪽으로 130리 탐진강(耽津江)이 흐르고 강 양쪽에 넓게 석대들이 펼쳐져 있다. 석대들 남쪽에 웅장한 억불산이 서 있고 서쪽으로 사자가 장흥부를 노려보는 형상인 사자산과 봄이면 철쭉꽃이 만발한 제암산이 장흥도호부를 병풍처럼 둘러쳐 있다. 장흥도호부 관아에서 억불산 기슭 자울재를 넘으면 부용산이 내려다보이는 남면(용산면)이 자리하고, 더 남쪽 고읍(관산면)에는 남해안에서 솟은 천관산이 장엄함을 뽐내고 있다.

"그랑께요."

"천관산 저 바위들은 웅장허기로 치면 남도에서는 으뜸이제."

 성호는 유난히 천관산을 좋아했다. 천관산의 기상이 꼭 아버지 같아서 좋다고 언젠가 말한 적이 있었다. 방언의 조상인 이우가 한양에서 귀양 와 여생을 보낸 후 묻혀있는 곳도 천관산이다. 고려말 이성계가 자기를 따르는 무리와 함께 이곳 천관산에 하루를 묵었는데 나라를 훔치려는 그의 야심을 알아보고 산신령이 호통을 쳤던 산이기도 했다. 그런 악연이 있어 이성계가 조선을 건국한 후 천관산을 이웃 흥양현(고흥군)으로 귀양 보냈다는 이야기가 전해온다. 그렇듯 천관산은 저 남도 끝자락에서 꿋꿋하게 세상을 호령하는 산이었다.

"니 말 들어블믄 내가 아니라 니가 저짝에 사는 거 같어야."

천관산과 가까운 곳에 위치한 고읍면(관산면)에 사는 인환이 웃으며 말했
다. 이인환은 일행 중 방언 다음의 연장자였다.

"창휘도 그대로여?"
"야. 지는 아직까지 억불산이지라. 뭐니 뭐니 해도 장흥의 진산은
억불산 아니겠습니까? 석대뜰도 보이고 메느리바위가 있어서 그
란지 몰라도 엄니 품속 같당께라우. 으짤 때 보면 저 메느리바위
는 스님이 합장하고 기도하는 모습 같기도 하고."
"그래, 그래서 옛날부터 스님들이 장흥과 안양을 지날 때면 잠시
멈춰 합장을 하고 지났다고 하는구나."

이인환이 메느리바위에 대해 한마디 보탰다

"아따. 산타령하기 솔찬히 좋은 분위기구만."
"그라지 말고 참말로 산타령 한 번 해보씨요."

인환이 구교철의 옆구리를 찌르며 말했다.

"여까지 올라와서 우리 구 접주님 산타령을 안 듣고 내려가믄 섭
하당께요."

"아따, 나가 지대로 소리를 배운 것도 아니고 귀동냥으로 배운 것 인디 자꾸 거시기하게 부르라고 그랬싼가."

구성진 서편제의 본고향 웅치에 사는 교철은 귀동냥으로 소리를 배웠다고는 하지만 소리로는 보성에서 모르는 이가 없을 정도였다.

"그려. 오늘 여기서 구 접주 소리 안 들으믄 언제 또 듣겠는가?"

방언까지 거들고 나오니 교철 입장에서는 더 이상 빼는 것도 예의가 아니라고 생각했던지 마지못해 일어섰다.

"그라믄 한 대목 뽑아 보겠습니다."

구접주가 "허허, 흠흠"하고 가볍게 목을 풀더니 소리를 시작했다.

"산세를 이를게, 니 들어라. 산세를 이를게, 니 들어. 경상도 산세는 산이 웅장허기로 사람이 나면은 정직하고, 전라도 산세는 산이 촉허기로 사람이 나면은 재주 있고, 충청도 산세는 산이 순허기로 사람이 나면은 인정 있고, 경기도를 올라 한양 터를 보면......"

교철의 덩치만큼이나 묵직하면서도 구수한 소리가 부용산 자락을 타고 흘렀다. 산이란 저마다 다른 것 같으면서 같으니 세상사도 이와 같이 서로 다름을 인정할 줄 안다면 세상이 이리 험하지 않을 터라고 생각하던 방언은 문득 작년에 있었던 가슴 아픈 일이 떠올랐다.

장흥부 유림들이 남면 모산리에 있는 영광김씨 사당인 용강사(龍岡祠) 월산재(月山齋)에서 방언을 찾는다는 전갈을 받았을 때 올 것이 왔다는 생각이 들었다. 그 소식을 함께 들었던 접주들도 그런 생각을 함께했는지 걱정하는 눈치였다. 방언은 그런 접주들을 안심시키고 홀로 월산재를 찾았다.

그가 도착했을 때는 벌써 오남(吾南) 김한섭(金漢燮), 학남(鶴南) 김우(金玗), 사복재(思復齋) 송진봉(宋鎭鳳) 등 장흥부와 강진 유림 20여 명이 모여 있었다. 방언이 짐작건대 아마도 그가 오기 전에 이미 대책을 논의하고 결론을 냈을 것이었다.

"왔는가?"

같은 묵촌 동네에 사는 사복재의 인사말로 방언의 방문이 알려졌다. 오남은 방언에게 눈길조차 주지 않았고 다른 유림들도 헛기침으로 인사를 대신했다. 방언과 절친한 오남도 아마 방언의 문제로 강진에서 넘어왔을 것이다. 그런 오남을 보는 방언의 마음 또한 무겁기만 했다.

"재고해 볼 생각은 없으신가?"

월산재의 주인 격인 학남이 인사치레는 접어두고 바로 본론으로 들어갔다. 이곳에서 가장 연장이기도 한 학남은 영광김씨로 오남과는 한 집안사람이었다. 딴에는 기회를 주겠다는 말처럼 들릴 수 있겠지만, 여기에 있는 이들 누구도 방언이 결정을 번복하지 않으리라는 것을 알고 있었다. 결국 장흥부 유림 동문록에서 방언의 이름을 뺀다는 사실은 달라지지 않는다는 것이다.

> "누구보다 방언이 형은 그라믄 안 되는 거 아니여? 이 일을 묵암
> 공께서 아시믄 지하에서 벌떡 일어나실 일이제."

사복재는 안타까운 마음을 담아 방언의 선친 묵암공까지 들먹이며 나섰다. 사복재가 말하는 묵암공 이중길은 장흥부 향교 남상 청원계를 이끌었던 명망 있는 유학자였다. 비록 벼슬은 하지 않았지만, 장흥부 토반의 유학자로서 장흥 유학의 맥을 잇는 인물이었다. 방언은 사복재가 선친까지 들먹이며 붙잡으려는 마음을 모르지 않았기에 가만히 듣고만 있었다.

> "사문난적(斯文亂賊)이란 말이시. 동학이라고? 그것이 서학이랑
> 뭣이 다르냔 말이여. 워디서 듣도 보도 못한 사학(邪學)을 학문이
> 라고 하는 것이여, 시방?"

오남의 발언을 예상하지 못한 것은 아니었다. 누구보다 맹렬히 자신을 공격하리란 걸 이미 알고 왔다. 하지만 어린 시절 강진 동명서당에서 동문수학했던 그에게 듣는 말이기에 가슴은 더욱 쓰라렸다. 오남과 방언은 여러 동문 중 서로 성격이 비슷했으나 생각은 전혀 달랐다. 한번 아니면 끝까지 아니었고, 옳다고 생각하면 절대 타협이 없는 것도 닮았다. 그래서 서로가 잘 맞을 때는 더 없는 합을 이루지만 의견을 달리할 때는 또 그런 원수가 없을 정도였다.

"방언이 자네는 젊었을 때부터 남다르긴 했제. 스승님들이 보란
데는 안 보고 엄한 데를 봐서 애를 솔찬히 멕였지 않은가? 주제와
상관없는 엄한 질문이나 해쌌고, 그때야 스승님들도 학구열이 넘
쳐 그란 것이라고는 했지만, 시방 보믄 애초부터 알아볼 일이었
어. 자네 배움이 탄탄했으믄 그런 사악한 데 빠졌겠냔 말이시."

말은 그렇게 했지만, 실은 부러움이 삐딱한 말로 나온 것이었다. 누구는
글귀 한 자 한 자 외우기도 힘들 판에 방언은 글귀를 다 이해하고 속뜻까지
생각하고 있었다. 스승님들은 방언의 그런 태도를 높이 사는 편이었다. 오
남이 학문에 더 열을 올렸던 데는 방언의 그런 모습에 자극이 되었기 때문
이었다. 오남에게 학문이 평생 갈고닦아야 할 대상이었다면 방언은 학문을
닦아 어떻게 쓸 것인가를 고민하는 면이 더 강했고 방언의 그런 여유가 오
남은 부럽기도 하고 시샘이 나기도 했다.

"말들 다 했는가."

잠자코 듣고 있던 방언이 무거운 입을 열었다.

"내가 듣도 보도 못한 사학에 빠졌다고 그랬는가? 그래 자네들
은 주자학 성리학을 그리 잘 배워서 이 모냥 이 꼴인가? 하마터면
나도 이(理)가 중허냐, 기(氣)가 더 중허냐에 빠져서 평생을 엄한
데 허비할 뻔한 것도 사실이제. 근디 말이시, 그게 뭐여. 이가 먼
저냐 기가 먼저냐가 뭣이 그리 중허냐고. 그런 이치가 있다는 것
만 알면 되는 것 아니여? 그것 가지고 수백 년을 싸우다 지들끼고

뜻이 맞지 않는다고 사문난적으로 몰아 귀양보내다 못해 삼족까지 멸해 불고…… 그리 살육을 해분께 양심 있는 사람들은 안 죽을라고 숨죽여 살아야 하고. 그랑께 계란으로 바위치기네, 송충이는 솔잎을 묵고 살아야 한다는 둥 그런 패배주의가 이 조선에 만연하지 않은가 그 말이여. 그래서 남은 것이 뭐냔 말이여? 세상 변한 줄 모르고 주자만 내세우고 있으면 되냔 말이여? 청나라, 왜놈 거기에 서양 놈들까지 조선을 한 볼 때기 해불라고 호시탐탐 노리고 있고 백성들은 세도정치 판에 끼여 다 죽어 가는데 이(理), 기(氣)가 뭐 그리도 중하냔 말이시? 청나라가 서양 오랑캐에 뒤집어지고 있고 왜놈들은 임진년 못다 한 한을 풀라고 호시탐탐 노리고 있는데 아직도 주자 성리학만 정학으로 알고 새로운 것을 죄다 사악한 것으로 여기는 자네들은 옳은가 말이시.”

방언은 지금껏 이 말을 하고 싶었는지 모른다.

만일 그가 일전의 깨우침이 없었다면 그도 지금 곁에 있는 이들과 크게 다를 바 없었을 것이다. 오직 주자의 학문만이 조선을 지키는 유일한 길이라고 믿었을 것이다.

“뭣이 중허냐고? 정작 자네가 그것을 모른단 말이여? 화서(華西) 선생부터 면암(勉菴) 선생까지 지키려 했던 게 뭣인가? 자네도 알다시피 성리학은 조선의 뿌리이고 중심이 아닌가? 나라가 어려울수록 상하 질서를 바르게 하고 정신을 한곳으로 모아야 하지 않겠는가? 그란디, 자네는 동학인가 뭔가 한답시고 상것들과 어울려 댕기면서 오백 년을 내려온 강상의 법도를 앞장서서 무너뜨리

고 있지 않은가 말이여!"

　방언의 말에 성을 내는 오남이 굳이 화서(華西) 이항로(李恒老)를 필두로 노사(蘆沙) 기정진(奇正鎭), 고산(鼓山) 임헌회(任憲晦), 중암(重菴) 김평묵(金平默), 면암(勉菴) 최익현(崔益鉉)을 차례로 들먹이지 않아도 그들이 지키고자 했던 것이 무엇인지는 익히 잘 알고 있었다. 그들 중에는 그의 학문적 스승도 있었고, 가르침을 받고자 했던 선생도 있었다. 서양 문물이 들어오면서 서양의 풍습과 종교들이 조선의 뿌리 깊은 성리학적 질서를 어지럽힌다고 보았다. 그럴수록 성리학적 지배 질서를 굳건히 하여 유교 규범들을 지키려 했다. 왜란 끝나고 세상이 어지러울 때 지배계층은 예송논쟁을 통해 성리학적 질서를 더욱 굳건히 했던 것처럼.

　그들이 내세우는 위정척사(衛正斥邪)에 그 역시 동조했었다. 다만, 다르다면 중심에 둔 방향이랄까.

"올체, 자네들이 강상의 법도를 들먹잉께 한마디 하것네. 세상이 달라지고 있다는 것은 여기 있는 사람들은 모두 느끼는 바일 것이여. 그란디 말이여, 지금 세상에 부는 이 바람이 그냥 태풍이 아니네. 태풍 중에서도 아조 쎈 태풍이란 말이시. 오남 자네 말대로 이 거대한 바람을 막기 위해서는 새로운 정신과 방패가 필요한디 자네들은 그 알량한 주자 성리학만 고집하고 있지 않은가? 저 무지랭이 백성들도 세상이 변하고 있다는 것을 아는디 자네들만 모르고 있는 것 같아 그것이 안타까울 뿐이네. 태풍으로 배가 뒤집어질 판인디 썩은 돛대 같은 주자 성리학만 붙잡고 있으니 한심할 뿐이네.

아니 자네들은 그 알량한 주자학으로 무식한 백성을 부리고 사는 것이 편한께 그라는 것이 아닌가? 안 그란가? 이대로 양반행세하고 아랫것들 부리면서 사는 것이 자네들한테 편한께 그런 것이 아닌가 말이여? 저 천한 백성들이 지극히 약해 보이지만 힘으로 겁줄 수 없고 어리석어 보이지만, 천하의 어떤 지혜로도 속일 수 없다는 것을 자네들은 모를 것이네. 혹 백성들을 잠시 속일지 몰라도 저 왜놈들까지 속이지는 못할 것이네. 저 왜놈들이 우리 썩은 속을 빤히 들여다보면서 스스로 무너지기만 기다리고 있다는 것을 왜 모른단 말이여? 세상이 변하고 있다는 것을 왜 모른단 말인가? 자네들만 모르는 것 같아, 아니 모른 척하는 것 같아 그것이 안타까울 뿐이네.

자네들이 신줏단지처럼 여기는 대학(大學) 첫 구절에서 뭐라 했던가? 대학지도(大學之道)는 명명덕(明明德)하고 신민(新民)하고 지어지선(止於至善)이라고 하지 않은가? 이 말이 뭔 말인지는 자네들이 더 잘 알 것이고. 내 안에 밝은 덕을 밝혀 백성을 새롭게 하고 지극히 옳은 곳으로 이끌어야 한다는 말 아닌가? 자네들은 배운 학문으로 백성들을 옳은 방향으로 이끌고 있다고 생각하는가? 책만 많이 본다고 양반은 아니제. 배운 것을 대학의 가르침대로 실천하는 게 진짜 양반이고 선비가 아닌가? 해준 것도 없으면서 따르라 하든 따르는 게 백성들인가? 배는 양반들이 다 채우면서 따르라고? 그 말을 누가 듣겠는가? 변해야 할 때는 나부터 과감하게 변해야 하는 것이네. 내가 변해야 내 이웃을 바꿀 수 있고 세상을 바꿀 수 있다고 중용에서 말하지 않았던가? 이것이 다 주자 성리학을 맹신해서 오는 폐단이 아니고 뭣이냐 말이여?"

"아니, 백성이 못살고 굶주린 것이 왜 주자 성리학 때문이란가?"

김한섭이 큰소리로 대꾸하자 방언의 목소리도 높아졌다.

"자네도 알다시피 공자님께서 무어라 하셨는가? 정치라는 것이 식량을 풍족하게 하고 군비를 넉넉히 하며 백성들의 믿음을 얻는 것이라 하지 않았는가? 그란디, 조선에 들어온 주자학은 백성들이 먹고사는 것에는 관심이 없고 그 알량한 이(理)가 중허냐 기(氣)가 중허냐 하는 명분론에만 빠져서 당파싸움만 일삼다 보니 이 지경이 된 것이 아닌가 말이여?"

"아니 뭔 소리를 그라고 섭섭하게 한단가? 말이면 다여? 그래도 조선이 이만큼 강상의 법도를 세우고 오백 년을 이어온 것이 다 주자학이 단단하게 뿌리내려서 그란 것이 아닌가?"

"아니, 나라가 오래가면 뭐 한단가? 사대부들과 양반들, 그들만의 나라가 오래 가면 뭐 하냔 말이여? 백성들의 고혈로 자기들만 배부르고 등따수문 뭐하냔 말이여? 자네도 알다시피 맹자님이 항상론(恒常論)에서 뭐라고 하셨는가? 선비와 다르게 백성들이 살아가기 위해서는 먹고 사는 방도, 즉 항산(恒産)이 있어야 항심(恒心)이 생긴다고 하지 않았냐 말이여? 백성들에게는 무엇보다도 먹고사는 문제, 즉 항산(恒産)을 해결해 주어야 정치라는 것이 먹힌단 말 아니겠는가?"

어릴 적 강진 동문서당에서 스승님께 함께 들었던 강론이기에 방언의 울부짖음에 한섭도 한동안 말이 없었다. 동문록 삭제는 돌이킬 수 없는 일이고 이렇게라도 소리칠 수 있어 속 시원하면서도 방언의 마음은 답답했다.

마음을 조금이라도 열어놓고 제대로 된 대화가 이어진다면 그들을 설득해볼 수도 있었다. 조선의 지배자인 사대부들과 양반들은 주자학을 거룩한 이념으로 내세워 그들의 지배를 정당화하지만, 그 속내는 자기들은 무위도식하고 백성들만 지독하게 부려 먹을 방법을 궁리하고 있었다. 하지만 이미 마음의 장막을 치고 변명거리만 찾고 있는 그들에게는 공허한 울부짖음뿐인 것을. 그래도 어릴 때부터 동문수학한 이들이니 그들이 그만할 때까지는 앉아있는 게 예의라고 생각해서 자리에 있었다. 돌이켜보면 방언은 말만 번지르르하게 하는 것이 아니라 필요할 때면 의연히 일어나 행동하는 선비였다.

몇 해 전 장흥부에 심한 흉년이 들었다. 관아에서는 생계를 잇기도 힘든 백성들에게 규정대로 진결세를 내라며 독촉했다. 장흥부는 남해안을 방어하고 남도를 동쪽에서 서쪽으로 이어주는 요충지였다. 현감이나 군수가 다스리는 강진현이나 보성과 달리 이곳 장흥부는 정3품 부사가 다스리는 곳이기에 장흥부민들의 고충은 층층이 모시는 벼슬아치 수만큼이나 컸다.

부사부터 각 고을 현감, 종6품 벽사역 찰방, 종2품 전라병마절도사, 그리고 회령진 종6품 수군만호까지 각종 명목으로 세금을 뜯어가고 노역을 징발하다 보니 장흥부민들의 고통은 다른 지방에 비해 심했고 민심이 흉흉할 수밖에 없었다.

그때 방언은 장흥부사를 찾아갔다.

"올해는 흉년이라 거둔 곡식도 변변치 않아 당장 굶어 죽게 생겼는데, 작년과 똑같이 진결을 내라고 하면 죽으라는 말과 뭐가 다릅니까?"

방언이 향약계를 이끌고 있어 말을 들을 법도 했지만, 부사는 꼼짝도 하지 않았다. 장흥부에서 결정할 일이 아니란 말만 반복할 뿐이었다. 그렇다고 포기할 방언이 아니었다. 전라감영이 있는 전주까지 가서 전라감사에게 진정을 했다.

결국 방언이 살던 남면 일대는 진결세를 감면받게 되었다. 장흥 전체가 감면 혜택을 받기를 바랐지만, 거기까지는 역부족이었다. 장흥의 많은 유림이 나서 주기는 했지만, 동문수학했던 이들까지 나서 주었다면 장흥부 일대가 혜택을 입었을 거라고 생각하니 아쉽기는 했다.

"나는 말이시, 그라고 생각혔네. 자네들은 주자학이 서학을 이길 거로 생각하겠지만, 나는 그보다 더 큰 힘이 필요하다고 생각허네. 시방 그라고 붙들고 있으믄 서학을 이기겠는가? 이래갔고 왜놈들을 이길성 싶은가? 시정 상인들 말도 안 들어 봤는가? 우리가 왜놈, 왜놈 하면서 무시하던 그 왜놈들이 서양을 흉내 내서 천지개벽하고 있다는 말, 귀가 있응게 못 듣지는 않았것제?

내가 말하고 싶은 것은 자강(自强)이네. 그것도 백성들이 중심이 되어 키우는 힘이란 말이시. 우리 유림의 역할은 대학의 첫 구절처럼 백성들이 힘을 가질 수 있도록 이끌어 주는 것이 아니겠는가? 우린 지금껏 백성을 부려 먹는 존재로만 여기지 않았나? 못 배우게 해서 쉽게 부려 먹을라고. 인자는 달라져야제. 동학에서 지금까지는 양반이 상놈을 부리고 군림했던 세상이라면 이제는 양반과 상놈이 함께 사는 세상이 온다고 했네."

방언은 자신의 말이 어떤 파장을 불러올지 알았지만 그래도 할 말은 해야 했다. 물론 더한 말도 하고 싶었지만, 이 정도면 자기 뜻을 밝힌 것이라고 생각했다.

"자네가 인자 본께 솔찬히 위험한 생각을 허고 있구만. 하기사 동도(東盜)들은 사람이 곧 하늘이라며 반상(班常)의 구별도 없다면서. 이거야말로 강상의 도를 어기는 것이 아니고 뭐냔 말이여. 위아래 구별 없이 상것들과 맞절하고 아녀자들과 함께 한 방에서 요상한 주문이나 외고, 이것이 말세가 아니고 뭐란 말인가? 이 조선이 오늘날 조상 대대로 오백 년을 이어온 바탕이 뭣인지는 자네가 잘 알 것이고. 그런 이 강토, 이 조선을 상놈들과 함께 사는 세상으로 만들자니 자네 제정신인가? 자네가 그렇게 할 수 있다고 생각하는가? 세상을 바꿀라면 우선 자신의 모든 것을 버릴 용기가 있어야 하는디 양반인 자네가 양반 버리고 집에 있는 노비들 풀어주고 그리고 할 자신 있는가?"

아니나 다를까 오남은 방언이 뱉은 말로 그의 생각을 확인하자 힐난을 멈추지 않았다. 동학도를 얕잡아 말하는 '동도'라는 표현까지 써가며 말이다. 그런 오남을 달래는 이는 사복재였다.

"오남 성님, 그만 허믄 됐소. 방언이 성님 생각을 확인혔으니 인자 어쩔 것인지 결론을 내야 할 것이 아니오. 방언이 성님은 참말로 생각을 바꿀 수는 없는 거요?"

아무리 서로 생각이 다를지라도 그동안 함께 해온 세월이 있고, 쌓인 정이 있었다. 매정하게 관계를 끊는다는 것이 서로에게 못 할 일이었다. 그래서 사복재는 방언이 생각을 바꾸든 결론을 내리든 하기를 바랐다.

> *"우리가 서로 논의를 해서 같은 길을 갈 것이라면 밤을 새블든 며 칠이 걸려 블든 해야겠제. 허지만, 나나 자네들이나 그럴 생각이 없지 않은가? 내가 가진 생각이 자네들을 곤란하게 하믄 안 되겄 제. 나는 괜찮으니 동문록에서 삭적해도 무방하네."*

방언은 이곳에 모인 목적이 자신의 거취에 관한 것임을 알고 있었다. 그래서 곤란한 상황을 자신이 먼저 타개하기로 한 것이다. 그런데 그의 그런 모습이 오남의 화를 더욱 돋우었다.

방언의 말이 끝나자마자 오남은 그의 멱살을 잡았다. 쉰이 넘었어도 기골이 장대한 방언이었기에 멱살을 잡는다고 위협이 되지는 않았지만, 오남은 있는 힘껏 그를 흔들었다.

> *"뭐여? 시방! 자네는 그 한 마디믄 끝나는 거여? 우리가 자네한테 그 정도밖에 안 되는 거냐고? 그래, 말 잘하는 거로 치면 장흥에 서 이방언이 따라올 자가 없제. 그랑께 전라감사도 설득했겄제. 그랑께 우리도 설득을 시켜보란 말이시. 자네한테 기대를 걸었던 스승님들은 또 어떻고? 저승 가서 어찌 볼랑가? 이 도적놈아, 여 기서 나가믄 인자 자네랑은 적으로 만날 것이여!"*

방언은 오남이 이제야 어릴 적 벗으로 보였다.

서당에 가지 않았을 때는 개천에 가서 함께 멱을 감던 일부터 서로 책을 바꿔보던 일, 강진으로 이사 간 그를 찾아가 강진 장터 주막에서 밤새 술을 마시며 시도 읊고 세상사도 논했던 일이 뇌리를 스쳐 지나갔다.

"내가 설득하믄 자네도 동학에 들어 올랑가? 나랑 세상 한번 바꿔 볼랑가?"

방언은 자신의 멱에 매달려 있는 오남을 보며 낮게 말했다.

"뭣이여? 이 쳐 죽일 놈을 봤나? 정신 안 차릴 것이여! 장흥을 반역의 땅으로 만들 참이여? 내 이놈을 당장 관아로 끌고 가야겠구만."

오남은 꿈쩍도 하지 않는 방언을 끌고 가려는 듯 잡아당겼다. 그러나 사복재와 학남이 그런 오남을 말렸다.

"자네도 자네가 옳다고 하는 것에 목숨을 걸어블 듯이 나도 그라네. 서로 길이 다르지만 백성을 위한 뜻은 다르지 않다고 보네. 자네는 자네 길을 가게. 그라고 나를 인정하지 못하겠더라도 내 뜻이 이 나라와 백성들을 위한 것임은 부정하지 않았으믄 좋겠네."

오남은 방언을 쳐다보다 잡고 있던 손을 풀곤 그 자리에 주저앉았다. 어릴 적에도 본 적이 없던 방언의 눈물을 봤기 때문이었다. 그렇다고 그가 눈물을 쏟아낸 것은 아니었다. 하지만 눈에 물이 고이는 것을 본 순간 더는 그를 잡고 있으면 안 되겠다고 느꼈다.

"가게. 자네가 아무런 행동을 하지 않는 이상 나도 가만히 있을
거네. 허나 자네가 행동을 하는 순간 나는 자네의 적으로 만날 것
이네. 이것으로 우린 끝이네."

오남은 그렇게 말하고 등을 보였다. 다른 이들은 오남의 말에 토를 달 수
없었다. 가장 막역했던 두 친구가 등을 돌리는 상황이 그들로서도 편치 않
았기 때문이었다.

방언이 자리에서 일어났다. 인사를 하듯 고개를 숙이곤 밖으로 나왔다. 그
리고 며칠 후 그를 찾아온 사복재로부터 동문록에서 삭적되었다는 얘기를
들었다. 이로써 그는 더 이상 장흥유림 사람이 아니었다. 단순히 기록에서 지
워졌다는 의미만은 아니었다. 유림이었던 모든 행적이 사라지는 것이었다.

"괜찮습니까?"

장흥 유림 동문록에서 삭적되었다는 소식을 들었는지 장흥부 대접주 비
밀회동에서 인환이 걱정스레 물었다. 언제부터인가 동문수학했던 이들보다
인환과 함께 하는 일이 많아졌다. 인환은 인천이씨로 방언과는 한 집안사람
이자 대흥접 접주였다.

"어차피 한번은 거쳐야 할 일이었네. 동학도라 하면서 유적에 발
을 걸치고 있는 것도 우습지 않겠는가 말이여."

방언은 유적에서 삭적된 일에 대해서는 크게 생각하지 않았다. 물론 아쉬운 마음이 전혀 없었던 것은 아니었다. 젊은 날 학문에 심취해 선생들을 찾아다니던 일을 생각하면 아련한 마음이 들었지만, 그것은 그 자체로 의미가 있었다. 그가 세상에서 만난 스승은 유학자만 있었던 것은 아니었으니까.

그가 염려하는 것은 자신처럼 유서 깊은 장흥 유림에 속해 있다 동학에 발을 디딘 다른 도인들이었다. 그나마 위로가 되는 것은 장흥의 동학교도 중에는 유생 출신이 많다는 점이었다. 자신이야 어느 정도 연배가 있고, 문중에서 위치도 있어서 오히려 그를 따르는 이들이 많아 서로 힘이 될 수 있었지만, 수원백씨 집성촌인 남상 상금리 송전마을의 경우 운신의 폭이 좁을 수밖에 없었다. 그래서 좀 더 운신의 폭을 넓히기 위해 강진으로 생활 터전을 옮기려는 이도 있었고, 아직은 모습을 드러내지 않은 채 비밀리에 활동하는 이들도 있었다.

"그래도 어산접은 접주님이 계셔가꼬 다행입니다."

남면 일대가 어산접으로 묶이고 어산접의 접주가 방언이었다.

"그란가?"

방언의 동문록 삭적은 두 가지 상충하는 의미가 있었다.

장흥 유림이 동학을 인정하지 않는다고 분명히 선을 긋는 행위였고, 동문록 삭적을 불사하며 동학을 지키겠다는 방언의 선전포고이기도 했다. 방언이 장흥 유림에서 갖는 영향력은 결코 적지 않았다. 그는 대제학 공도공 이문화의 후손으로, 부친 묵암 이중길은 장흥향교 남상 청원계를 이끌었던 명

26

망 있는 유학자였다. 비록 동문록에서 삭적은 되었지만 그 전엔 대사헌을 지내고 충청 유학의 거두인 고산 임헌회를 스승으로 모셨던 그였다. 방언의 동문록 삭적은 장흥부에 동학이라는 존재를 확고히 드러내는 큰 사건이기도 했다.

교철이 춘향가 중 한 대목인 산세 타령을 마칠 때쯤 방언도 회상에서 벗어났다.

"인자 이 산타령도 저 산타령도 끝나 브렀나?"
"워메 아직이지라. 두 이 접주님들은 여적지 말씀 안 하셨는디요?"

교철의 산타령은 끝났는데, 창휘와 성호의 산타령은 아직인 모양이었다. 나이는 성호가 창휘보다 대여섯 살이 많은데 둘은 묘하게 죽이 잘 맞았다. 한번 하나라면 죽어도 하나인 창휘의 투명한 고지식함은 누구에게나 통했다. 처자식을 거느린 가장인데도 세속의 때가 묻지 않은 창휘라 걱정스러우면서도 마음이 쓰여 곁에 두었다.

"난 여기다. 이 산으로 말할 것 같으면 부처가 솟은 산이라 해서 부용산(佛聳山), 약초가 많다 하여 약다산(藥多山)이라고 허제. 부처의 마음으로 사람들에게 약초를 주는 산이니 얼마나 귀한 산이냐. 내가 죽어서도 가장 가깝게 볼 산이기도 하제."
"뭔 말씀을 그라고 하십니까?"

죽는다는 소리가 나오자 성호는 불만스럽게 대꾸했다.

"말이 그렇단 소리제. 그럼 인자 이 접주만 남은 것인가?"

방언은 화제를 돌리느라 인환을 보았다.

"저는 장흥부에서 으뜸인 산은 바로 대접주라고 생각합니다."

인환은 방언을 가리키며 말했다.

"아따, 이 접주님, 그라고 안 봤는디 아부가 영판 심하시네."

교철은 웃자고 하는 말이었지만, 그도 동의하는 바였다. 인환이나 교철에게 방언은 남다른 의미가 있는 존재였다. 어쩌면 그들에겐 방언이 산과 같은 존재였다. 방언은 동학을 시작한 후로 동문수학했던 벗들을 잃은 대신이들을 얻었다고 생각했다. 따로 결의는 하지 않았지만, 형제 같은 이들이었다. 일지가 말하기를 인환은 관우 같고, 교철은 장비 같다고 했다.

"그란께 말입니다. 장흥 이산 저산 들먹인 지들은 뭐가 됩니까?"

창휘마저 입을 내밀며 말했다.

"나는 또 마음의 산을 말한 것 뿐인디 그란가? 허허. 우리가 말이시, 언제가 될랑가는 몰라도 죽어 바람이 되거든 좋아하는 장흥의 산에서 떠돌다 만나자고 할라고 했는디, 이 접주는 죽어서도 나만 따라다닐 것이여? 허허."

방언의 말에 다들 웃지도 울지도 못하는 표정을 짓고 말았다.

"웃자고 한 말잉께 웃더라고. 여기뿐만 아니라 천관산이든 억불산
이든 제암산이든 다녀들 보자고."

갑오년(1894) 정월 초하룻날.

갑오년이 시작되었다. 갑오년을 맞이하여 장흥부 접주들이 억불산에 올랐다. 석대들 너머로 장흥부를 내려다보며 각자 포부를 밝혔다. 올해는 많은 일이 생길 것 같다.

2. 장흥부 남면 월림서당

별 가산이 없어 입에 풀칠이나 할 겸 월림동에서 근 20여 년 동안 서당을 열고 있던 퇴촌 훈장이 올여름 갑자기 돌아가시자 방언이 서당 훈장을 이어 받았다. 동네 훈장은 글만 가르치는 것이 아니었다. 한 동네에 여러 성씨가 모여 살고 있어 각 성 씨들 간에 갈등이 생기거나 가뭄에 농부들이 물싸움이라도 하게 되면 마을 어른인 훈장이 나서 해결해야 했다. 특히 가뭄이 들면 인심이 사나워져 살인사건까지 일어나기도 했다.

몇 해 전 큰 가뭄 때 아랫논 주인이 윗논 주인을 낮으로 쳐서 죽이는 사건이 있었다. 그 이후 훈장의 중재로 동네에서는 가뭄이 들면 보에서 먼 논부터 물을 대고 보에서 가까운 논이 제일 늦게 물을 대게 했다. 보에서 가까운 논에 물을 먼저 채우는 경우 밤에 아랫논 주인이 둑에 구멍을 내 물을 빼가는 경우가 있어 훈장이 동네 사람들과 모여 아랫논부터 물을 대는 것으로 합의를 했고 이후 물싸움은 일어나지 않았다.

제삿날에도 밤에 서당 학동들이 단자를 가면 훈장에게 드리는 한 상을 건사하게 차려 보내오는 등 훈장은 그 마을을 대표하는 어른이었다. 언문은 조금씩 쓰고 읽는 사람들이 있었으나 한자는 천자문 정도 읽고 쓰는 동네 사람들이 대부분이어서 제사나 시제 때 축문 등을 써주는 일도 훈장이 하는 일이었다.

서당에 다니는 사내들의 나이는 10세에서 30세로 다양한 연령층이 한 방에 모여 글을 읽었다. 여성들은 저녁때 집으로 돌아가지만 결혼하지 않은 사내들은 서당에서 자고 일찍 일어나 새벽 글을 읽는다. 동네 학동들은 제집 농사일하다 가을 추수가 끝나면 서당에서 글을 배우는 이가 대부분으로, 10세 또래는 추구(推句)를 읽은 다음 천자문(千字文) 읽고 그다음 사자소학(四字小學), 명심보감(明心寶鑑), 소학(小學) 순으로 글을 배워 나간다. 20세쯤 되는 장년들은 논어(論語), 맹자(孟子), 대학(大學), 중용(中庸) 등 사서와 오경을 공부하는 학동들도 있으나 소과를 준비하는 학동이 아니면 소학까지 읽는다.

서당 공부는 아침부터 밤늦게까지 할 수 있지만 대부분 농사일하면서 공부를 하기 때문에 낮엔 훈장과 어린 학동 몇 명이 서당을 지킬 뿐 밤이 되어서야 글 읽는 소리를 들을 수 있다. 밤에도 공부만 하는 것이 아니라 어느집에 제사나 잔치가 있으면 그릇을 들고 찾아가 음식을 얻어오는 단자를 나간다. 단자 음식을 푸짐하게 가져와 학동들과 나눠 먹으며 그날 있었던 제각각의 사연들을 쏟아내면서 밤을 보내기도 한다.

글을 읽는다는 것은 책 속의 글자를 암기하고 쓸 수 있어야 하는 것은 물론이고, 나중에 책을 덮어놓고 훈장 앞에 무릎을 꿇고 앉아 처음 구절부터 마지막까지 암송해야 하는 책거리를 통과해야 한다. 그래야만 다음 단계의 책을 공부할 수 있었다.

글공부는 읽고 쓰고 암송하고 해석할 줄 알아야 하며 문장을 지을 줄도 알아야 한다. 처음엔 훈장이 글을 직접 가르치는 경우도 있으나 선배들이 후배들을 가르치는 경우가 대부분이고 문장이 어렵고 해석이 난해한 구절만 훈장에게 물어 배웠다.

월림서당에는 오늘 저녁에도 벽에 기대어 담뱃대를 물고 있는 방언 훈장을 앞에 두고 20여 명이 글을 읽고 있다. 먹을 가는 학동, 붓글씨를 쓰는 학동, 상체를 상하로 움직이며 글을 읽는 학동, 저마다 낮에 농사일로 피곤할 법도 한데 배에 힘을 주고 낮은 목소리로 글을 읽고 있다.

"훈장님! 사람이 시상 사는 데 꼭 필요한, 맘에 새길 만한 글자 몇 구절 갈쳐주시믄 안 되겠습니까요? 날마다 서당에 나오기도 그렇고 훈장님이 갈쳐주신 글귀를 외고 마음에 새기면서 살라고 그랍니다."

동석이의 당찬 질문에 방언은 잠시 눈을 감고 생각하다 자신이 스무 살 때쯤 서당 훈장에게서 들은 글귀를 읊어주고 그 뜻을 설명해 주었다.

"명심보감에 이르기를 恩義(은의)를 廣施(광시)하라, 人生何處不相逢(인생하처불상봉)이니 讐怨(수원)을 莫結(막결)하라, 路逢狹處(노봉협처)면 難回避(난회피)니라, 혔다. 은혜와 의리를 널리 베풀어라. 인생을 살다 보면 어느 곳에서든지 서로 만나지 않으란 법이 있겠는가? 남과 원수나 원한을 맺지 말라. 길 좁은 곳에서 만나면 피하기 어려우니라 하는 뜻이란다."

방언은 계속 말을 이어갔다.

"사람이 세상을 살면서 남에게 은혜를 베풀고 의로움을 주면서 살라는 뜻이제. 그라믄 베풀었던 은혜를 되받을 수도 있고 내가 혹 죽더라도 내 자식이 그 덕을 받을 수 있다는 뜻이여. 또 세상을 살면서 남과 원한을 맺지 말라는 것이다. 길을 가다 개울 위에 놓인 외나무다리에서 만나면 피하기 어렵듯이 원한을 지면서 살다 어려운 처지에서 원수를 만나게 되면 피할 수가 없다는 뜻이여."

방언이 담뱃재를 화로에 털어내고 봉초에 담긴 잎담배를 담뱃대에 눌러 담으며 말을 이어갔다.

"내 한 구절만 더 일러주마. 司馬溫公(사마온공) 曰(왈) 積金以遺子孫 未必子孫 能盡守(적금이유자손 미필자손 능진수) 積書以遺子孫 未必子孫 能盡讀 (적서이유자손 미필자손 능진독) 不如積陰德於冥冥之中 以爲子孫之計也(불여적음덕어명명지중 이위자손지계야)라 혔다.

사마온공이 말씀하시기를 돈을 모아 자손에게 넘겨준다고 하여도 자손이 그 돈을 반드시 다 지킨다고 볼 수 없고, 책을 모아서 자손에게 넘겨준다 해도 자손이 반드시 그 책을 다 읽는다고 할 수 없다. 어두운 곳에서 남모르는 가운데 음덕을 쌓아 자손을 위한 계교를 마련하는 것만 못하다. 즉, 자손을 위한답시고 돈을 벌어 유산을 남긴들 자손이 그 유산을 대대로 지킬 수 없고, 자식을 가르칠 욕심으로 책을 사서 자손에게 넘겨주더라도 그 자손이 책을 다 읽는 것도 아니란다."

방언은 잠시 호흡을 가다듬고 다시 말을 이어나갔다.

"중헌 것은 말이여, 오직 보이지 않는 곳에서 덕을 쌓는 것이 자손을 위한 좋은 계책이라는 말이제. 조상이 음덕을 쌓아두면, 후손들이 혹 어려운 일을 당하더라도 조상의 음덕으로 도움을 받을 수 있다는 뜻이여. 알아듣겠냐?"

"네. 근디 훈장님! 옆에 성들이 읽는 중용 첫 구절에, 天命之謂性(천명지위성) 率性之謂道(솔성지위도) 修道之謂敎(수도지위교)라고 쓰여 있는 것 같은디 글자는 어려운 것이 없는디 그 뜻이 영판 어려워서요."

"그래. 어찌 어렵지 않겠냐? 세상사 돌아가는 이치와 살아가야 할 방법을 세 줄로 써놨으니 어려운 것이 당연허제. 뜻인즉슨 하늘이 내리는 명을 성이라 허고, 그 성을 따르는 것을 도라 허고, 그 도를 닦는 것을 교라 허제."

"그랑께 지도 거기까지는 해석이 되는디, 진짜 속뜻을 몰것써라우."

"이 세상은 저 하늘의 해와 달과 별도 다 다니는 길이 있어 하늘이 정해준 이치대로 움직이고 있고, 들에 핀 풀 한 포기 꽃 한 송이도 때를 알아 피고 지는 것이고, 날아다니는 저 새들과 하찮은 짐승들도 하늘이 정해준 이치에 따라 나고 죽는 것이란다. 세상은 그렇게 순리를 따라 지금까지 흘러왔단다. 사람도 하늘이 정한 명에 따라 살아야 하는 것인디, 배움의 길고 짧음이 사람을 어리석게도 교만하게도 허제. 그라고 시방 니가 서당에서 공부하는 것도 하늘이 내린 사람의 선한 마음을 잃지 않고 몸가짐을 바르게 하고자 글을 읽는 것이 아니겠느냐? 교만함과 우매함을 멀리하고 하늘이 내린 착한 성품을 지키기 위해 배우고 또 배우는 것이여. 본래부터 하늘로부터 받은 사람의 도, 그 도리를 알기 위해 배우는 것이여."

"네. 훈장님. 뭔 말씀인지 알겠서라우. 그랑께 배우지 않으면 하늘로부터 받은 착한 본성을 잃어버리는 것이네요."

동석이가 다시 방언에게 물었다.

"참, 그라고 제사에 대해서 한 가지만 더 여쭤볼 게 있는디요? 훈장님도 아시지마는 저 집은 조부모님, 증조부모님 제사를 모시고 제사 때마다 제가 지방을 쓰고는 있는디 조부님 지방은 '顯祖考學生府君伸位(현조고학생부군신위)'라 쓰고, 조모님 지방은 '顯祖考妣孺人金海金氏伸位(현조고비유인김해김씨신위)'라고 쓰잖습니까요? 그란디, 조모님 지방에 현조고비까지는 뭔 뜻인지 알고라우, 김해김씨신위도 알겠는디, 유인(孺人)이란 말은 당최 이해가 안 가서라우?"

"아따 그놈, 참 자세히도 보았구나. 제사 때 지방이나 시제 때 쓰는 축문에는 남녀를 불문하고 살아있을 때 관직을 넣어 쓰는 것이제. 남자는 정1품 영의정부터 종9품 참봉까지 18품계가 있어 지방 쓸 때 돌아가신 분의 관직명을 쓰고 혹 돌아가신 후에 나라에서 관직을 내리면 그 관직을 쓰면 된단다. 여자도 마찬가지로 관직이 있는디, 왕실에서 쓰는 내명부 관직에 정1품 빈부터 종9품 장의가 있고 외명부로 신하나 문무 관료의 부인에게 쓰이는 정1품 정경부인부터 종9품 유인까지 있단다. 남자는 살아생전에 벼슬이 없으믄 학생(學生)이라고 쓰고, 여자는 남편의 관직에 따

라 품계를 받는디, 남편이 벼슬하지 못하고 죽었을 때 그 부인에
게는 유인(孺人)이라는 품계를 쓰게 하였제. 아마 평생을 벼슬 없
는 남편 만나 고생만 하다 저승에 간 부녀자들을 위로하려는 뜻
에서 낮은 벼슬이라도 쓰게 한 것이 아닌가 싶구나. 허허."
"그라고 깊은 뜻이 있는지 미처 몰라브렀습니다. 훈장님, 궁금한
것이 하나 더 있는디 물어봐도 될랑가요?"

　이미 많은 것을 물었는데도 알고 싶은 것이 많은 동석이었다. 동석은 그동
안 제사상에 올라온 음식에 대해 물었다. 특히 제 아버지가 제사상에 올릴
곶감이며 대추를 가을에 잘 말려 애지중지 보관하다 제삿날 올리는 것이 궁
금했던 모양이었다.

　　"훈장님, 제사상에 '조율이시' 즉 대추, 밤, 배, 감 순으로 네 가지
　　과일을 꼭 올리는데 왜 그 많은 과일 중에서 요 네 가지 과일을
　　빼놓지 않고 올리는 것인지요?"
　　"자세히도 보았구나. 제사라는 게 단순히 돌아가신 조상에게 음
　　식을 차려 그 뜻을 기리는 면도 있지만, 한편으로는 제사를 통해
　　후손들을 훈육하는 기회로 삼기 위해 음식이나 과일 하나하나에
　　도 정성을 기울였제. '가가례'라는 말이 있듯이 제사 방식과 제사
　　음식을 올리는 데는 지역마다 조금씩 차이가 있지만 과일의 경우
　　반드시 삼색 과일인 조율이시(棗栗梨柿), 긍께 대추, 밤, 배, 감(곶
　　감)은 반드시 제사상에 올렸제. 그건 바로 우리 조상들의 자식 사
　　랑과 관련이 있단다."

방언이 잠시 목을 축이자 동석이는 그의 말을 기다렸다.

"첫째, 대추는 말이제, 니 집 문간에도 심겨 있어 알겠지만 한 나무에 헤아릴 수 없이 많은 열매가 열리는 것을 보았을 거여. 묘하게도 대추는 다른 과일과 달라 꽃 하나가 피면 그 꽃 하나에 반드시 열매도 하나 맺는단다. 아무리 비바람이 치고 폭풍이 불어도 웬만해선 열매를 맺지 않고 꽃으로 떨어지는 법이 없제. 해거리 땜시 대추가 적게 열리는 때도 있지만 많은 꽃이 피었는데 열매가 적은 경우는 없어야. 그란께, 조상들은 자손을 번성하게 해야 한다는 교훈을 주기 위해 가꼬 제사상 첫 줄에 대추를 놓는 것이여. 폐백 때 시부모가 대추 한 아름을 며느리 치마폭에 던지는 것도 그런 이유제."

동석이가 고개를 끄덕이는 것을 웃으며 바라보다 말을 이었다.

"그라고 밤은 말이여. 조상과 나와 자손이 끊임없이 이어져 있음을 상징하제. 과일은 대체로 씨앗을 뿌리고 줄기가 나서 자라면 그 씨앗은 썩어 없어져불지만, 밤은 이상하게도 땅속에 심었던 씨밤에서 나무가 자라더라도 그 씨밤은 절대 썩지 않고 그대로 달려있어. 그란께 밤은 나와 조상의 영원한 연결을 상징한단다. 자손이 몇십, 몇백 대를 내려가도 마찬가지여. 지금도 조상의 위패나 신주를 반드시 밤나무로 깎는 이유제. 못 믿겠으믄 니 조상들 묘가 있는 공기돌에 가서 밤나무 밑을 파보거라. 시방도 밤톨이 달려 있을 게다."

"참말로 신기해브네요."

"그라고 배는 다른 과일과 다르게 속이 크고 단단해서 겉보다는 속이 깊은 사람이 되라는 뜻이 있단다. 마지막으로 감, 또는 감이 없는 겨울 제사상에 올리는 곶감은 참 묘한 과일이제. 속담에 콩 심으면 콩 나고 팥 심으면 팥 난다고 허지만 감 심으면 감이 열리는 것이 아니라 떫은 고욤이 열리는 것을 보았을 게여. 즉, 단감을 심어도 단감이 열리는 것이 아니라 콩보다 조금 큰 고욤이 열리거나 땡감이 열리기도 하제. 크고 맛있는 감을 묵을라믄 고욤나무에 단감나무 가지를 꺾어 접을 붙여야 허제. 그 가지에서 단감나무 싹이 나고 꽃이 피어 단감이 열리는 이치를 너도 알 거여. 수리재골 보현사 앞 단감나무도 그렇게 해서 열리는 거여. 그란께 사람이 태어났다고 해서 다 사람이 되는 것이 아니라 좋은 스승을 만나 배우고 익혀야 사람다운 사람이 되는 것이제. 가르침을 받고 배우는 데는 고욤나무의 생가지를 째서 접을 붙일 때처럼 아픔을 참고 견뎌야 진정 사람다운 사람으로 거듭난다는 교훈이 아니것냐?"

"네. 훈장님 잘 알것습니다. 그란디 서당에서 공부하기를 공자님께서도 4대만 제사 지내면 효자라고 하셨다는디, 왜 사람들은 5대, 6대를 너머 시조공까지 모셔븐가요? 그리고 이런 제사를 언제부터 지내게 되었는가요?"

"글쎄다. 원래 사람을 숭배하는 제사는 중국 상나라 왕 조갑이 토착 신을 숭배하던 풍습을 물리치고 자기 조상들을 숭배하는 풍습에서 시작되어 중국에서 건너온 것으로 이렇게 짜인 제사 문화가 생긴 것은 조선이 개국하고 나서부터 그리되었단다. 원래 양반 사대부들만 지내던 제사를 시간이 지나면서 평민들까지 지내게 된 것이제. 양반 사대부는 4대까지, 평민은 부모까지만 지내던 제사를 시간이 지나면서 다들 양반 행세한답시고 4대까지 제사 지내는 풍습이 생겼단다. 주자께서 조선을 많이도 변하게 했제. 노비들까지 양반족보 사서 족보 만들고 여자가 시댁으로 시집오는 풍습이 생겨나고..."

"아니, 그럼 훈장님 그전에는 여자가 남자 집으로 시집 안 오고 남자가 여자 집으로 장가들었단 말씀인가요?"

"그랬단다. 조선 중기까지도 다들 장인 집으로 장가갔단다. 그래서 장가든다는 말 즉, 장인 집에 간다는 말이 있지 않으냐. 불교든 유학이든 들어와서 잘 써야 하는디 오히려 거기에 빠져들어 버리니 그것이 문제라믄 문제지. 실질보다 너무 형식에 치우쳐서 그러는 거 아니것냐?"

"그라믄 제사는 4대까지만 지내믄 되제라우?"

"그렇다고 할 수 있제. 옛 선현들도 4대까지 지내야만 효자라고 했으니께."

"어떤 연유가 있당가요?"

"법으로 정한 것은 아니지만 말이다. 예로부터 사람은 혼백으로 이루어졌다고 허는디, 내면적 존재를 혼이라 허고, 외면적 실체를 백이라 허제. 사람이 죽으믄 혼은 육체를 떠나 세상 속으로 흩어지고 백은 땅으로 들어가 썩어 없어지제. 근디 백이 땅속으로 사라진다 해서 혼도 흩어져 없어지는 것은 아니라 혼은 자기가 살았던 주변을 그리 쉽게 떠나지 않는다고 생각한 거여. 한 100여 년간 자신이 생활하던 주변을 돌다가 천천히 흩어져 없어진다

고 믿는 거제. 그래가꼬 후손들은 100여 년간 약 3대 조상님들의
마지막 살아있는 날을 잡아 기일로 정하고 일 년 중 하루 조상님
들의 혼을 모셔와 정성껏 음식을 준비하여 혼을 위로한 것이여.
떠도는 조상님들의 혼을 두고 후손들만 배불리 먹는다면 주변을
돌고 있는 조상에 대한 도리가 아니라고 생각한 거제."

"그라믄 제사는 어느 시간에 지내는 것이 합당한가요?"

"제사는 자시(子時)에 시작해 자정(子正)을 넘지 않도록 지냈단
다. 자시가 귀신들이 오시기에 가장 편한 시간이라 생각한 거제.
지어낸 얘기치고 그럴듯하지 않으냐?"

"그라네요. 그란디 훈장님, 그라믄 당골네를 불러다가 굿을 하는
이유는 뭣이당가요?"

"굿도 어떤 의미에선 조상의 혼을 달래고 위로하는 의식이제. 혼
이 백에 붙어서 제 명대로 살다가 백이 죽으믄 자연스럽게 저세
상으로 흩어지지만 백이 억울하게 제 명을 다하지 못하고 죽게
되믄 어쩌것냐? 혼은 갑작스러운 백의 죽음에 당황해서 쉽게 백
을 떠나지 못하고 자기가 살던 주위를 떠나지 못하는 것이제. 그
란께 당골네가 혼을 위로하고 달래서 저세상으로 보내드리는 굿
을 하는 것이란다."

"참말이어라?"

"글쎄다. 수천 년 동안 조상 대대로 그라고 믿고 살아온 걸 아니
라고 하겠느냐. 아닌 것도 사람들이 오래도록 믿고 따르면 굳어
져 바꿀 수 없는 관습이 되어 버리는 것이 세상 이치인 것을."

"뭔 말씀인지 잘 알겠습니다요. 그란께 제사나 굿도 다 조상들이
혼을 위로하는 마음에서 지내는 것이구만요?"

"그럴 수도 있고 또 한편으론 자손들을 가르치는 역할도 하제. 후손들이 여기저기 흩어져 살다가도 제삿날이면 만사 제쳐두고 종갓집으로 모여 돌아가신 조상님의 영혼을 기리기도 허고, 서로의 안부를 묻고 정을 돈독히 하는 역할도 했제."

"그라믄 제사나 시제 때 절하는 방법, 탕건을 쓰는 방법, 술과 밥을 올리는 방법이 집안마다 다르던디 어느 것이 올바른 예법인가요?"

"본시 예법이란 그 집안마다, 지역마다 살아온 풍습대로 하면 되는 것이여. 딱히 법으로 정할 순 없지 않겠느냐. 식자우환(識者憂患)이라고 예법을 조금 안다고 말하기 좋아하는 유자(儒者)들이 서로 자기들의 예법이 옳다고 싸우는 일이 많았단다. 그란께 애경사 치른 뒤 끝에 꼭 싸움도 있었던 것이제."

방언은 목을 한 번 더 축이고 말을 이어갔다.

"옛날 노나라 공자님 시절에 한 지방에서 제를 올리는디, 전국 각지에서 온 유생들이 제를 지내는 방법을 두고 서로 싸우다가 공자님을 초청해서 어느 것이 예법에 맞는지를 여쭈었단다. 공자님 말씀이 어떤 지역에서 이렇게 지내믄 이렇게 하믄 되고, 저렇게 지내믄 또 저렇게 지내믄 된다고 하셨제. 그란께 공자님 말씀은 그 집안, 그 지역에서 해오던 것이 예법이므로 다른 지역 사람들이 와서 남의 집 잔치에 시시비비를 다투는 것은 소인배들이나 하는 짓이라 했단다. 다시 말하면 쓰는 것이 법이란 말이제."

"잘 알겠서라우."

오랜 문답을 끝낸 동석은 방언 훈장에게 큰절을 올리고 집으로 향했다. 한창 농사철에는 서당에 못 나오니 그 시기를 지나야 다시 서당에 나올 것 같아 훈장님께 인사를 드린 것이다. 서당이라고 해서 훈장이 온종일 벽에 기대고 앉아 글공부를 가르치는 것은 아니었다. 나이 든 학동이나 어려운 문장은 훈장이 직접 가르치지만, 나머지 학동들은 선배 학동들이 가르쳤다. 그래서 방언은 온종일 서당 방에 앉아 있을 필요는 없었다. 방언은 그런 하루하루의 무료함을 달래기 위해 오 리쯤 떨어진 돈바위산 아래 옛 동네 터인 수리잿골 보현사를 자주 찾아가곤 했다.

"부처님께서 그리 중하게 말씀하셨던 무아(無我)에 대해 여쭙고
자 이리 찾아왔습니다."

보현사 노승은 말수가 없는 편이었으나 방언의 선문답에는 곧잘 응했다.

"한자로 보면 무아(無我), 내가 없다는 말일 것인디, 시방 나는 나
라는 실체가 있어 생각하고 내 의지대로 행동하는디, 불교에서는
왜 나라는 것은 없다고 하고, 나를 버려야 번뇌에서 벗어날 수 있
고 부처님처럼 극락정토에 갈 수 있다고 하는지요?"

방언은 서당에서의 무료함을 다 쏟아내기라도 할 듯이 물었다. 그러자 노승은 찻잔을 두 손으로 받쳐 들고 입가에 미소를 지으며 말했다.

"무아란 내 영혼이나 육신을 버린다거나 나란 존재가 하찮다거나
내 존재를 부정하는 것이 아닙니다. 다시 말해 이 육체는 팔다리,

머리, 몸통이 홀로 존재하는 것이 아니지요. 입으로 물과 음식을 먹어서 내 몸이 자라고 코로 숨을 쉬어야, 한 생명이 유지되는 것처럼 이 몸뚱이는 이 세상 자연의 모든 것과 연관되어 있고 서로 주고받아야 존재할 수 있는 것이니 나는 홀로 존재하는 것이 아니란 말입니다."

노승은 찻물을 머금느라 잠시 쉬고 말을 이었다.

"그리고 나이가 들어 늙고 병들어 죽으면 내 몸은 썩어 흙이 되더라도 영원히 없어지는 것이 아니지요. 지렁이나 땅속 벌레 같은 미물들이 내 썩은 육체를 먹고, 그 미물들은 새나 날짐승들이 먹을 수 있고, 그 새나 날짐승들을 살아있는 사람들이 먹게 되니 나는 나 혼자가 아니고, 내 몸은 이 세상 모든 것과 연결되어 있다고 보아야 하지요. 그러니 이 세상에 나 혼자 존재한다고 할 수 없고, 나는 내 가족이나 내 이웃과 아니 이 세상 모든 사람과 연관되어 있다고 볼 수 있으니 나 홀로 존재한다는 것은 있을 수 없지요. 좀 더 나가자면 나는 나 홀로 존재할 수 없다는 인식을 해야 내 것에 대한 욕심이 없어지는 것이지요. 욕심은 나와 남을 구별하게 하고, 내 것과 남의 것을 구별함으로써 생기는 것이고, 이 욕심 때문에 불행을 낳게 되어 파멸로 이르게 되는 게 중생들의 인생이지요. 결국 무아란 지금 눈에 보이는 내 몸뚱이와 내 몸뚱이를 둘러싼 영혼만을 말하는 것이 아니라 나를 둘러싼 이 세상 모든 것이 나와 연결되어 있지 않은 것이 없으므로 이 세상을 모두 나와 연관되어 있다고 여기는 것입니다."

아마도 노승이 지금껏 말한 것 중 가장 긴 말이리라고 방언은 생각했다.

"스님, 그러면 내 몸뚱이로 한정된 나와, 이 세상이 전부 나라고 생각하는 무아를 왜 구별해야 하며 무슨 의미가 있습니까?"

방언이 무아를 아직 이해하지 못한 듯 되물었다.

"나로 한정된 나와 이 세상을 모두 나라고 생각하는 무아의 관점은 세상을 보는 눈이 다르다고 할 수 있지요. 나로 한정된 나를 나라고 생각하는 사람은 이 세상을 나와 이 세상으로 나누고 자신을 다른 사람 또는 이 세상으로부터 벽을 쌓고 구분하지요. 그래서 나의 것, 남의 것이 생겨 욕심이 생겨나고 다툼이 생기는 것이지요. 그러나 나와 이 세상을 모두 하나로 보는 무아의 관점에서 보면 나와 다른 사람 또는 이 세상을 나누어 볼 필요가 없고 이 세상이 모두 나인 것이고 내 것인 양 소중한 것이 되지요. 그래서 다른 사람 또는 이 세상 모든 것에 자비를 베풀 수 있는 마음이 생기는 것이고요."

방언이 조금 이해가 가는 듯한 말투로 되물었다.

"스님께서 그리고 쉽게 설명해주시니 쪼금 이해가 가기는 합니다. 결국 나와 너, 내 것과 네 것을 구별하기보다 이 세상은 모두 하나라고 인식할 때 내 것에 대한 집착이 없어지고 부처님처럼 번뇌에서 벗어나 열반에 들 수 있다는 말씀이군요?"

찻잔이 마르면 노승은 다시 뜨거운 물을 부어 주었고, 서너 잔을 마시는 동안 사성제(四聖諦)니 팔정도(八正道)니 하는 불교의 기본 내용을 들을 수 있었다.

어느덧 해가 돈바위산을 너머 월림동으로 기울어 갈 때쯤 보현사를 내려왔다.

3. 동백꽃 필 적에

장흥도호부는 동쪽으로는 보성군, 동남쪽으로 흥양(고흥)현에 닿아 있고, 북쪽으로는 영암군, 서쪽으로는 강진현에 맞닿아 있다. 또 북쪽 40여 리에 전라병마사가 지휘하는 병영성이 있고, 장흥도호부 관아에서 강 건너 오 리쯤 떨어진 곳에 찰방과 400여 역졸이 상주하고 있는 장흥도호부 벽사역이 있으며 남산을 둘러싼 장녕성 안에 장흥도호부 관아가 자리하고 있다.

장흥도호부 관아에서 억불산 기슭 자울재 너머 이십여 리를 채 못 가 남면 월림동이 안산을 바라보며 70여 채 초가집이 옹기종기 모여 있다. 누런 초가집 사이로 까만 기와집이 드문드문 들어서 있고, 동네를 가로질러 도랑이 흐르다 동네 중심부에 있는 연못으로 흘러든다. 연못 한편에 볏짚으로 지붕을 이은 월림서당이 자리하고, 그곳에서 조금 떨어진 대나무밭 옆으로 방언의 집이 자리하고 있다.

원래 방언의 조상들은 대대로 옆 마을 묵촌동네에서 살아왔으나 방언의 나이 40이 넘어 이곳 월림동으로 이사 왔다. 사람들이 월림동과 묵촌을 구별해서 부르지만 사실 두 마을은 방짓동 뜰을 사이에 둔 이웃 동네로 묵촌은 대대로 인천이씨 집성촌이었다. 방언의 조상인 이우가 중종반정 때 이곳 장흥부 고읍에 위치한 천관산 자락으로 귀양 와 정착한 이후 근 200여 년을 살아오고 있다.

월림동은 인천이씨, 김해김씨, 수원백씨, 함풍이씨, 장흥고씨, 죽산안씨 등이 섞여 사는 70여 가구 남짓한 동네이다. 원래 월림동 터는 이곳에서 오리쯤 떨어진 돈바위산 아래 수리잿골에 있었는데 언제부턴가 동네 터가 통째로 옮겨오게 되었다. 전해오는 말로는 산세가 험한 돈바위산 짐승들을 피해 옮겨왔다고 하는가 하면, 마을에 큰불이 난 후 마을 인심이 흉흉해져 이곳으로 옮겨왔다는 등 여러 가지 설이 있으나 정확한 이유를 아는 이가 없었다. 방언이 묵촌동네에서 이사 온 날 동네 어르신들께 수리잿골 풍수에 대해 말했는데 대체로 공감하는 분위기였다.

> "수리잿골은 마을을 이루고 살기엔 그리 좋은 터가 아니지요. 산 모양에 비해 너무 튀어나온 돈바위도 그렇거니와 돈바위를 좌우로 흐르는 좌청룡 우백호가 너무 가팔라 산세가 세고 그나마 좌청룡 혈자리에 보현사를 지어 지기를 누르고 있다고는 하지만 그 아래 붉은 동백꽃이 불타는 형상으로 화기를 돋우고 있으니 그런 곳은 기가 보통 쎈 곳이 아니지요."

사람들이 고개를 끄덕이자 방언은 말을 계속 이어 나갔다.

> "이곳 수리잿골은 겉보기엔 돈바위산을 등지고, 재송동네에서 발원한 개울을 건너 안산이 자리 잡고 있어 겉으로 보기엔 안산, 조산이 뚜렷해 솔찬히 양택 자리인 것 같지만 찬찬히 들여다보면 별로란 말이오. 사람이 살아가는 양택이란 땅의 기운이 모이는 혈 자리 앞이 넓고 평탄해야 헌디, 이곳 수리잿골은 혈 자리 앞인

혈장이 너무 좁당게요. 자고로 풍수란 바람을 감추고 물을 얻는 장풍득수의 이치인디, 수리잿골은 돈바위산에서 내려오는 산바람을 온전히 감추기 어렵고 급경사로 인해 내리치는 물길이 쎄서 물을 가두기가 어렵다 이 말입니다."

그랬다.

낮엔 바람이 안산들에서 동네를 거쳐 산으로 불어가고 밤엔 반대로 돈바위산에서 동네를 지나 안산들로 불어나간다. 하지만 좌청룡 우백호 사이인 혈장이 너무 좁아 밤에 바람이 좁은 동네를 빠져나가다 보니 풍속이 강해질 수밖에 없었다. 거기에 사는 동네 사람들이 계곡살인 곡살(谷殺)로 인해 병이 들고 풍을 맞을 수 있는 자리였던 것이다.

수리잿골로 들어서면 거대하게 서 있는 돈바위산 산세가 깊고, 너무 가팔라서 물이 굽이치는 형세가 강하고 비가 오면 많은 물이 동네를 휩쓸어 버린 지형으로 기름진 흙이 물에 쓸려나가 작물이 제대로 자라지 못하는 땅이 되어 버렸다. 또한 집터 방향이 서북쪽을 바라보는 서사택 형세로 음의 기운이 강한 곳이었다. 보현사를 지어, 지기를 보완했으나 동네 사람들 마음속에서 멀어진 수리잿골은 동네 터를 갈아엎어 밭으로 이용하고 있었다.

사람들이 살기 편한 곳을 찾는 것은 당연지사.

집을 짓고 살아가는 곳만이 아니라 위정자는 물론 제도며 지방 아전까지도 사람이 살아가는 데 크게 영향을 끼친다. 방언은 풍수만큼 중요한 것이 정치라고 생각했다. 그런데 자신이 이상적으로 여겨왔던 성리학적 기반의 이상 정치는 더 이상 실현이 불가능하다는 것을 깨닫게 되었다. 더 솔직히 말하면 사람이 정치라는 도구로 이 세상을 바꿀 수 있다고 생각한 것 자체가 잘못된 것이라는 것을 깨달았다고나 할까. 정치란 생각이 다른 사람들의 마음을 한데 모으는 데 그쳐야 하지만 자기만 옳고 남을 무시하다 보니 싸움만 일어날 수밖에……

세상은 변하고 있었다. 한양에서 멀리 떨어진 장흥부 유림들도 피부로 느끼고 있는 사실이었다. 그래서 오남과 같은 유림들은 더 강해지기 위해 마음의 문을 닫고 오직 주자학만 정통으로 알고 그 밖의 다른 것은 사악한 것으로 배척하는 위정척사의 기치를 내걸고 있는 것이었다. 사람들은 밖으로부터 위기를 느끼면 그 위기에 대응하고자 자신을 변화시키는가 하면 또 다른 부류는 변화를 거부하고 더욱 벽을 높게 쌓고 움츠린다.

주자학으로 무장한 조선의 지배층들은 세상 변하는 것에 눈과 귀를 막고 안으로 문을 걸어 잠그고 있었다. 방언은 젊은 날 여러 곳을 다니면서 세상 돌아가는 것을 몸소 체험했기에 비록 유학을 공부한 몸이지만 정신은 스스로 변해가고 있었다. 그래서 변절자라는 유림들의 손가락질도 마다하지 않고 개벽 사상을 외치는 동학을 행(行)하고 있었다.

"세상은 생각했던 것보다 훨씬 더 큰 폭풍으로 다가올 거네. 바람이 어떻게 부는가? 산들산들 불어오는 바람이 있는가 하면 온갖 먼지와 찌꺼기들을 몰고 오는 폭풍도 있지. 무엇으로 바람을 막을 것인가? 아니 불어오는 폭풍을 어찌 막는단 말인가? 그 폭풍에 어떻게 살아남을지가 더 문제지."

아주 오래전 방언에게 그렇게 말한 이가 있었다. 그때는 크게 귀 기울이지 않았지만, 그의 말들이 살아오는 내내 머릿속에서 떠나질 않았다.

"아따, 저것이 사람이여? 솔찬히 날쌔불구만. 좌인 접장이 기도
못 펴불구만잉."

천관산 자락의 모처에서 어산접의 선봉대와 대흥접의 선봉대가 겨루기하는 중이었다. 지난번 산행에서 접끼리 수련 상대가 되어보자는 말이 나와서 먼저 방언의 어산접과 인환의 대흥접이 겨루기를 하게 된 것이다. 좌인은 변복을 한 젊은이와 겨루기를 하는데 예상과 다르게 계속 밀리는 것이었다. 그 젊은이 몸이 어찌나 빠른지 좌인이 손 한 번 써보지 못하고 되레 밀려나고 있었다.

결과는 좌인의 패였다. 이제 백호만 남았다. 이백호, 방언의 집안 조카인 그는 묵촌 집강소 집강으로 방언이 동학에 입도한 후 지근거리에서 모시는 수족 같은 인물이었다.

"백호 접장님은 다를 것이여."
"아무렴 상대가 약관도 안 되는디 지믄 안되제!"
"소년 장사라며!"
"그래도 이겨블믄 쓰겄구만."

양쪽의 응원을 받으며 두 장사의 겨루기는 어디서도 볼 수 없을 정도로 대단했다. 명불허전이라 여길 수 있는 백호나 그런 백호에 전혀 밀리지 않는 소년 장사로 인해 구경하는 이들이 입을 다물지 못했다.

"역시 대흥접은 솔찬하구만. 대흥 도인들이 이 접주를 닮았는지
무예가 뛰어나는구만."

방언은 인환의 곁에서 탄복했다.

"어산접도 접주 어른을 닮아서 지략이 뛰어난 도인들이 많지 않
습니까?"
"그라믄 다음번에는 지략 겨루기를 해보겠는가?"
"허허."

백호와 소년 장사는 무승부로 끝을 냈다. 그러나 백호는 자신이 진 것이라
고 했다.

"역시 대흥접이랑께요! 우리도 분발해야겠습니다."

백호는 대흥접 도인들에게 인사를 하며 각오를 다졌다.
대흥접은 방언이나 백호가 인정하듯 장흥 접들 중 무예가 뛰어난 이들이
많고, 용맹성도 단연 우위를 차지하고 있었다. 그 바탕에는 접주 인환이 있
었기에 가능했다. 그리고 그 인환을 장흥부로 이끈 이는 방언이었다.

"워매, 올해도 동백은 허벌나게 피어브렀네."

도르뫼들에서 바로 내다보이는 동백림을 보고 백호는 혼잣말을 했다. 봄
이 절정에 이르지 않았지만 동백은 이미 절정이었다. 봄이 오기 전에 피는
꽃이 동백만은 아니지만, 추운 겨울날 붉은 동백을 보고 있노라면 마음마저
뜨거워진다. 동백꽃이 흐드러지게 필 때면 벗들과 가지에 달린 꽃이며 바다
에 떨어진 꽃을 보며 차 한잔, 술 한잔하는 여유를 부리기도 했다.

올해는 작년과는 다르리라. 어제 회동에서 사발통문의 이야기가 전해졌으니 말이다. 고부에서 일이 터진 것이다. 조만간 그곳으로 가야 할지 모르니 준비를 해야 했다. 그래서 오늘 도르뫼들에서 훈련을 하기로 했는데, 훈련을 관장하는 그가 먼저 나온 것이다.

"집강어른! 왜 이라고 일찍 나오셨어라우. 아직 시간이 솔찬히 남았는디요."

백호가 생각에 잠겨 있을 때 망태를 멘 창휘가 기척을 내며 물어왔다.

"그러는 창휘 접장은 으째서 접주 어른 모시러 안 가고 여기로 왔당가?"
"안 그래도 접주어른이 이 집강 어른께 심부름을 보내셨어라우. 어찌 아셨는지 여그 벌써 나왔을 거라 하심시로."
"그려, 접주 어른이 전하라는 말은 뭐시당가?"
"훈련은 미시(未時) 전까지만 하고 수리재골 보현사로 모이랍니다."

아마도 방언은 그곳에 미리 가 있을 것이었다. 방언이 동학에서는 삼남도교장(三南都教長)이고, 장흥에서 대접주이다 보니 결정할 일이 생기면 먼저 찾곤 했다. 사태가 위중하다 보니 접주들의 모임이 있을지도 모른다.
동학에는 포(包)에 교장(教長)·교수(教授)·도집(都執)·집강(執綱)·대정(大正)·중정(中正)의 여섯 가지 직책이 있는데, 그중 교장은 바탕이 진실하고 신망이 두터운 사람이어야 했다. 그리고 삼남은 충청도, 전라도, 경상도를 가리키는 말이다. 그러므로 삼남의 교장 중 가장 으뜸인 사람이 삼남도교장인 것이다. 그 직책만 보드라도 방언이 동학 내에서 갖는 위치를 짐작할 수 있다.

"그려, 오늘은 좀 서둘러야겠네."
"안 그래도 오늘은 싸게 싸게 모이라고 했지라."

역시 날래고 부지런한 창휘였다.

망태를 짊어지고 다니면서도 어찌나 날쌘지, 우스갯소리로 축지법을 쓴다는 소문이 있는 보현사 일지 스님보다 걸음은 빠를 것이라고 방언이 말한 적이 있었다.

"창휘접장이 없었으면 어쩔 뻔 했을까. 날래기도 하지만 대흥접
과 겨룰 때 혼자만 이겨부렀지 않은가?. 창휘접장이 참말로 인물
은 인물이구만! 그랑께 인물이여!"
"아따, 집강어른도 왜 그란다요. 인물로 치믄 집강어른만 할랑가
요. 지가 날랜 토끼새끼믄 집강어른은 호랭이 아니요. 소년장사
도 일부러 져준 거 아닙니까?"

말이 토끼지 창휘의 체격도 결코 왜소하지 않았다. 워낙 날래다 보니 토끼라고 하는 것이지 체격으로 보자면 어산접에서 다섯 손가락 안에 들었다.

백호는 풍채도 풍채지만 딱 봐도 무사처럼 생겼다. 일찍이 무술에 재능이 있어 무사가 되기를 바랐으나 세상에 드러내지는 않았다. 그래도 이 근방 사람들은 그의 실력을 모르는 이가 없었다. 숨은 실력을 드러낸 것은 그가 작년에 동학에 입도하면서부터다. 동학과는 진즉에 연결이 되어 있었으나 장흥향교에서 향선생을 지냈던 아버지의 눈치로 쉽사리 입도를 할 수 없었다. 그의 선친이 세상을 뜬 후에야 공식적으로 입도를 하게 되었다.

그는 암암리에 준비하고 있었고, 숙질간인 방언의 지지로 집강에 바로 오를 수 있었다. 그런 백호가 약관에도 이르지 않은 소년 장사를 이기지 못해 말은 안 해도 꽤나 상처가 컸다. 그래서 일찍 나와서 수련을 하던 중이었다.

"소년 장사가 참말로 잘한 것이여. 그나저나 창휘접장 망태에는
뭐가 들었당가? 참말로 안 보여줄랑가?"

지금껏 누구도 창휘의 망태 속을 구경한 이는 없었다. 그 속에 든 게 무엇인지 방언은 알고 있었지만, 굳이 아는 체하지 않았다.

"읊는 거 빼블고 다 있지라우. 벌써 떨어진 동백꽃도 있고, 석대
들 흙도 있고, 저 탐진강 물도 있지라우. 아, 지난번에 부용산에
올라서 바람도 실었당께요."
"아서라. 안 보믄 되제."

백호가 서운한 기색을 보였지만, 창휘는 목덜미만 긁적일 뿐이었다.

"그 망태기 속은 다 못 봤응게 서운할 게 뭐 있다요."
"그라믄요, 창휘접장도 양심이 있으믄 언젠가는 보여주겠지라우."

두 사람이 불쑥 나타났는데, 백호보다 기골이 장대하고 풍채 좋은 사내였다. 그 뒤로 서 있는 이는 체격은 좋지만 딱 봐도 백면서생처럼 보였다. 마치 몸에서 책을 뗄 수 없다는 듯 옆구리에 서책을 끼고 있었다. 풍채가 더 좋은 이는 좌인이었고, 백면서생은 재황이었다. 창휘와 연배가 비슷한 이들은 원래도 친한 사이였는데, 동학에 입도하면서 더 끈끈한 사이가 되었다.

"자네들까지 왜 그란당가."
"그랑께 말이시, 누가 우리 성님을 놀리고 그라요?"

언제 왔는지 창휘 옆에 선 사내는 규상이었다. 이들 중 유일하게 과거에 급제한 그는 창휘와는 같은 장연변씨 집안이었다. 이로써 방언이 이끄는 어산접의 주요 인물들이 다 모였다. 백호를 제외한 넷은 비슷한 연배로 서당에서 향교까지 함께 했던 사이인데다 동학으로 의기투합해서인지 돈독해질 대로 돈독한 사이였다.

"그란디, 올해는 동백 모임 하기는 틀려부렀네."

그들 사이를 끼어든 것은 백호였다.
그가 말하는 동백 모임이란 창휘를 비롯한 세 사람과 방언의 아들 성호가 만든 시사(詩社), 동백림시사였다.
다른 시사야 만나는 정자의 이름을 붙였다지만 이들은 묵촌 동백림을 붙였다. 조금은 우스갯소리로 동백이 필 때부터 질 때까지 시를 짓는 모임이라고 했다. 겉으로는 시사였지만 실제는 포교 활동과 수련을 위한 동학교도 모임이었다. 장흥 관아나 유림들의 눈을 가릴 필요가 있었기에 그렇게 지었다.

"우리 동백림시사에서 지대로 시 공부를 한 사람은 창휘접장밖에 없제."

창휘의 시심은 모두 알아주었다. 형식에 맞게 시를 잘 짓는 것이 아니라 그가 말하다 보면 시처럼 느껴진다고 해서 그렇게 말한 것이다. 글공부는 진척이 없지만 그가 내뱉는 말은 장족의 발전을 이루었다. 방언은 창휘가 아이 같은 마음이 있기에 그러하다고 늘 말했다. 그렇다고 동학에 대한 열성이 부족한 것도 아니었다.

"지기금지(至氣今至) 원위대강(願爲大降) 시천주(侍天主) 조화정 (造化定) 영세불망(永世不忘) 만사지(萬事知)!"

동학의 주문으로 '지극한 기운이 오늘에 이르러 크게 내리도록 빕니다. 사람 몸에 모셔져 있는 하늘님을 변함없이 섬기면 덕과 마음이 하늘같이 되고 영원토록 잊지 않으면 사람이 사람 된 이치를 깨닫게 됩니다.'라는 의미였다. 이 주문을 창휘는 늘 입에 달고 살았다.

"상황이 그라고 시끄럽다든가?"

집강인 백호는 뭔가 알고 있으리라고 여겨 좌인이 물었다.

"일단 다 모이믄 훈련허고 보현사로 가보드라고. 접주어른이 거기서 보자니게 가보믄 알지 않겠는가?"

반 시진 안에 약 이십여 명이 모여 훈련을 했다. 남면의 동학교도가 이십여 명에 불과한 것은 아니었다. 아직은 경계하는 시선들이 많으니 접(接) 안에서도 수를 나누어 수련과 훈련을 진행했다. 근래 들어서는 훈련을 더 강화했다. 다가올 일에 대비하기 위함이었다. 이미 고부에서 일이 터졌으니 말이다.

한편 보현사에서 외떨어진 작은 암자에 장흥부의 동학대접주들이 모였다.

"앞전에 남접에서 내려온 사발통문은 봤을 것이요."

묵직한 분위기를 가른 것은 방언의 목소리였다. 모두 대접주라 위아래가 없었으나 방언이 가장 연장자이기도 하거니와 삼남도교장이라는 위치도 있고, 장흥 동학에서 차지하는 그의 영향력 또한 대단해서 장흥의 대접주라 할 만했다. 그래서 방언이 모임을 이끄는 데는 암묵적으로 동의했다.

"곧 기포(起包) 통문이 오지 않겠습니까?"

인환이 좌중을 살피며 무거운 말을 꺼냈다. 기포란 동학의 포 조직이 총동원된다는 의미로, 즉 봉기를 말했다. 그들에게 일대 일전이 기다리고 있음을 알리기 위해 꺼낸 말이었다.

"그라지 않겠습니까? 시방 터지기는 했지만 거기 힘만으로는 안 될 것이랑게요."

웅치대접주 구교철도 기포를 대비해야 한다고 거들었다.

*"장흥부사 이용태가 안핵사로 갔응께 일이 나도 크게 날 것이구
만요."*

고부에서 난리가 터지고 장흥부사로 있던 이용태가 안핵사로 임명되어 고부로 떠났다는 소식은 장흥부 동학도들은 다 알고 있었다. 부산 대접주 이사경이, 이용태가 안핵사가 되어서 큰일이 날 것이라고 한 것은 그가 장흥부사로 재임하면서 드러낸 성정을 알기 때문이었다.

*"긍게라우, 개 버릇 남 주지 못할 것이고, 그자가 고부 사람들을
을마나 볶아대겠습니까? 속 모른 고부 사람들은 장흥 놈들 다 저
런 놈들이라고 원망하지나 않을까 두렵습니다. 여기서 그자를 손
봐주지 못한 것이 한스러울 따름입니다."*

유치 대접주 문남택도 목소리를 높였다.

*"여기서야 워낙 유림들 눈치가 보여 지 성질 다 드러내지 못했잖
습니까?"*
"아따, 그래도 자기 잇속은 다 챙겨 가블었지라우."

이용태는 고부 문제를 해결하기 위한 안핵사로 임명이 되었지만, 병을 핑계로 차일피일 부임을 미루고 있었다. 그래 놓고 장흥 유림에게 장흥향교에 '흥학애사비'를 세워줄 것을 종용했다. 자신의 입지를 높이기 위한 수단이

었을 뿐만 아니라 비를 세우면서 돈을 있는 대로 걷어 챙겼다.

*"걱정은 걱정인 게라. 벽사역에서 400명을 데꼬 갔는디 그것들
이 어떤 위인들인지 아시지라우. 질 좋은 것들이 아닌디, 고부 사
람들이 걱정이당께요."*

이용태는 2년 전 장흥부사로 와서 고을을 돌며 제 잇속을 차리려 했으나
향약계 향반세력 입김이 탄탄한 장흥에서는 쉽지 않았다. 제 뜻이 이루어지
지 않자 동학교도들을 잡겠다고 설치던 중에 고부 일이 터져 안핵사로 가게
되었다. 아마 그가 계속 장흥에 남았더라면 동학교도들을 괴롭혔겠지만, 그
랬다면 그 역시 목숨을 보전하기는 쉽지 않았을 것이다.

"일이 그라고 됐응게 기포하면 우리가 가야 안 쓰겄는가?"
"안 그래도 기포에 대비해서 각 접에서 훈련을 하고 있긴 합니다."
*"그란디 기포하더라도 여기 남아서 뒷일을 대비해야 할 접도 필
요할 것이오. 나중에 지원을 하더라도 말이오."*

방언은 기포에 대비해 모두 위로 올라가야 하지만, 후방을 지키는 일에도
대비해야 함을 말한 것이었다. 이럴 때면 방언의 신중함과 치밀함이 엿보였
다. 그는 하나만 생각하지 않고, 훗일까지 계산해서 대비하는 모습을 보였
다. 접주들은 그런 그를 신뢰했다.

*"나는 대흥 이인환 접주와 먼저 움직일랑께 각 접끼리 절차를 지
켜가꼬 대비를 잘 해블드라고."*

아마도 미리 이야기가 된 모양이었는지 딱히 반대하지는 않았다. 그간 기포를 대비해 잦은 모임을 가졌다. 결정될 때까지 의견을 나누고 설득하는 과정을 거치는 방언이었다.

"이 대접주께서는 괜찮겠습니까?"

이인환 대접주는 이방언 대접주를 걱정했다.

*"나는 아직 팔팔하오. 글고 우리 어산접 도인들이 들으믄 욕먹소.
나는 나대로 올라가서 힘을 보탤 것이오. 노마지지(老馬之智)라고
허지 않소. 이 늙은 말이 꼭 필요헐 것이오."*

방언이 자신만만해하자 아무도 토를 달지 못했다.

"그라지요. 글고 지들이 함께 할 것인디요."

밖에서 소란스럽지는 않지만, 여럿의 발소리가 들렸다.

"접주님, 다 모였습니다요."
"그라믄 다음 통문이 오면 다시 회동하시게나."

방언을 제외한 다른 접주들은 뒷문을 통해 빠져나갔다. 그들의 얼굴을 모르는 이들이 없지만 기포 때까지는 조심하자고 했다. 접주들이 물러나자 방언은 어산접의 도인들을 들였다.

"훈련은 잘 마쳤는가?"

방언의 물음에 모두 약속이라도 한 듯 한목소리로 대답했다.

"갑자기 회동이 잡혀가꼬 못나갔네. 이미 들어서 알겠지만, 고부
상황이 좋지만은 않은 갑서."

올 정월에 남접에서 보낸 사발통문으로 다들 사정은 알고 있었다. 고부군수 조병갑은 부임 초부터 온갖 약탈을 일삼았다. 무고한 이에게 죄를 뒤집어씌워 재산을 빼앗고, 태인 현감을 지낸 아비 송덕비를 세운다고 돈을 거두는 등 다양한 명목으로 백성들을 약탈했다. 그중 으뜸은 남의 산에서 수백 년 묵은 소나무를 베어다 쓰면서 보를 쌓고는 물세를 거두어들인 일이다. 고부천에 보가 있는데 수세를 받아먹을 작정으로 또 보를 만들었다. 더군다나 첫해에는 수세를 물리지 않겠다는 약속을 어기고 수세를 걷었다. 그곳 백성들이 수십 명씩 관아로 가서 수세를 감해달라고 진정했으나 오히려 난민(亂民) 취급을 받고 잡혀 들어가거나 쫓겨났다. 그 과정에서 전봉준의 아비 전창혁이 목숨을 잃었다.

"작년 동짓달부터 기포를 준비하고 있었던 것인디, 동짓달 말에
익산군수로 갔던 놈이 뒷손을 써 가꼬 올 정월 아흐렛날에 도로
고부군수로 온 것이여. 그래서 전봉준 대접주가 그다음 날로 날
을 잡은 것이라네."
"아, 그라고 된 일이구만요. 그런 썩을 놈을 가만 두믄 안 되지라."

방언의 설명에 좌인은 주먹을 불끈 쥐며 말했다. 좌인 뿐만 아니라 모두 같은 심정이었다. 그리고 전 장흥부사였던 이용태가 안핵사로 벽사역졸 400여 명을 이끌고 고부로 갔다는 말도 덧붙였다.

"아따, 그 썩을 놈을 여기서 잡았어야 한디, 그짝 사람들한테 미안해서 으째야쓰가? 속도 모르고 장흥놈들 징하게 독하다 할 것이 아니겠는가. 그란혀도 해남 강진 쪽에서 장흥놈들은 물속을 삼십 리나 가븐다고, 징한 놈들이라고 소문 났다든디."

백호도 다른 접주들과 같은 말을 했다. 백호만이 아니었다. 모두 그런 마음이었는지 얼굴에 분이 가득했다. 방언은 그들을 보고 하려던 말을 꺼냈다.

"일은 벌어졌고, 상황을 지켜보다가 기포 통문이 오믄 올라가야 한디, 어쩔란가?"
"당연히 지들이 올라가야 한당께요."
"하믄요. 그랄라고 여지껏 쎄빠지게 준비한 것 아니것서라우."

여기저기서 다짐의 말들이 쏟아져 나왔다.

"아따, 그라고 만만한 일이 아니랑께. 잘못하믄 모가지를 내놓을 수도 있단 말이시."

누군가 방언에게 무슨 약해빠진 소리냐고 비아냥거릴지도 모르지만, 방언의 입장에서는 그렇게 확인하는 것이 그들을 이끄는 방법이란 것을 알고 있었다. 무조건 따르라는 것보다 그들 내면의 다짐이 필요한 때였다.

"죽을 각오 없이 여기까지 왔겠습니까?"

"시방 우리들이 여서 도망가믄 이 나라는 영영 답이 없지라우."

"하믄요, 세상이 가만히 있으믄 바뀌지 않지라. 앞장 서가꼬 먼저
문을 여는 이가 있어야 사람들이 따를 것이고 새 세상을 열수 있
지 않겠서라우. 더구나 왜놈들과 서양에 휘둘리는 이 조선을 두고
어떻게 가만 있겠소? 어차피 한번은 죽는 거 의롭게 죽어야지요!"

"그라고 여기서 안 죽고 도망가봐야 어디로 가겠어요? 몇 달이야
숨어서 살 수 있을랑가 몰라도... "

"그라고 그렇게 사는 것이 사는 것이겠소? 숨만 쉰다고 사는 것
이 아니라 사람답게 살아야 사는 것이제. 내 말이 틀렸는가?"

"그라제!"

"그라제!"

"아따 말을 솔찬히 잘해불구만."

여기저기서 찬성하는 목소리가 들려왔다. 방언은 좌중을 바라보며 무엇이
이들의 목숨을 초개처럼 버릴 수 있도록 만들었는지 생각했다. 무엇보다 한
가정을 이끄는 가장들이자 한창때의 삶을 살아가고 있는 젊은이들이다. 세
상이 이토록 엉망진창이 아니라면 평범하게 살아갈 이들이었다. 자신이 좀
더 빨리 결단을 내렸다면 달랐을까 싶은 마음도 들었다.

"알겠네. 조만간 결정이 되불 것 같응게 이럴 때일수록 경거망동
하지 말고 준비를 잘하도록 하세."

방언이 그렇게 말을 해서가 아니라 모두들 머지않아 때가 올 것임을 느끼고 있었다. 물론 누구보다 방언이 그때를 피부 깊숙이 느끼고 있었다.

"때가 이미 왔네."

그렇게 말하던 이가 있었다. 요즘 부쩍 그를 떠올릴 때가 많았다.

4. 남도바람이 천둥을 만나다

    방언의 나이 약관(弱冠), 그러니까 스무 살이 넘은 후에 그에게는 가슴을 들썩일 정도로 기분 벅찬 일이 생겼다. 어릴 때부터 아버지 지인들로부터 어깨너머로 들어왔던 당대 최고의 학자로 불리는 고산 임헌회 선생으로부터 드디어 문하생으로 들어와도 좋다는 허락을 받았기 때문이다. 곧 충청도 예산으로 가야 했지만, 마음은 벌써 그곳에 있는 것만 같았다.

    "서방님은 집 떠나시는 게 그라고 좋은갑소?"

    혼례를 치른 지 두 해가 넘었지만 그의 아내는 첫 아이를 가진 몸이어서 그런지 걱정 반, 서운함 반으로 입을 내밀었다.

    "내가 어디 유람 떠난다든가? 일찍부터 모시고 싶었던 선생님한
테 가르침을 받으러 갈라는   것이제. 아직 산달이 멀었고 집에
사람들도 많이 있으니 임자는 너무 걱정할 것 없네."

    방언의 아내는 그의 남편이 얼마나 학문에 심취해 있는지 잘 알고 있었다. 그러나 과거에 응하겠다는 뜻은 없는 것 같았다. 모두가 벼슬을 하기 위해 학문을 하는 것은 아닐 테지만 저리 열심히 학문에 임한다면 진즉 급제를 하고도 남을 것 같았다. 세상 물정 모르는 아낙네일지 몰라도 어깨너머로 들은 것이 있으니 그랬다. 근방에 글깨나 읽는 이들과 비교하면 유난스러운 것은 사실이었다.

"글공부가 그리 좋으시면 과거라도 보제 그라시요?"

아내는 꽤 오랫동안 곁을 떠난다는 사실에 심술이 났는지 그동안 궁금했어도 묻지 않았던 질문을 던졌다.

"사내대장부로 태어나 입신양명을 꿈꿔보지 않은 이가 있겠는 가? 그란디 현실은 그 꿈을 다 받아주지 않은디 어쩌겠소. 그라고 이쪽 출신은 설령 급제를 한다고 해도 정작 벼슬이 내려오지 않 으니 과거는 봐서 뭐하겠소."

마치 변명 같아서 말하고 싶지 않았다. 하지만 현실은 현실이었다. 그의 부친 역시 학문이라면 당대 내로라하는 학자들과 견주어 손색이 없었지만 벼슬길을 꿈꾸지 않았다. 장흥의 유림들 대부분이 그랬다. 서로 대놓고 말 하지 않지만, 이곳에서 한양까지는 거리만 먼 것이 아니란 걸 알고 있었다. 벼슬은 한양 근처 세도가들이나 하는 것쯤은 이곳 유림들도 알고 있었다.

"그라면 뭣땀시 그라고 먼 데까지 가실라고 그랬쌌소?"

그녀는 아직 낯선 시가에 홀몸도 아니어서 남편에게 의지하고 싶은 마음이 여전한 건지 남편의 원행을 만류하는 눈치였다. 그리고는 한 소리를 더 곁들었다.

"아버님도 그렇고 장흥만 해도 배울 분들이 안 많은가요?"

그냥 딴에는 자신의 친정 쪽을 말하고 싶었지만, 속마음이 드러날 것 같아 장흥으로 에둘러 표현했다.

함양박씨인 아내의 친정 마을에는 방언이 존경하는 인물이 있었다. 다만 방언이 태어나기도 전에 이 세상 사람이 아니게 되었다는 점이 안타까울 따름이었다. 방언도 아내가 누구를 말하려는지 짐작하고 있었다. 존재(存齋) 위백규(魏伯珪) 선생은 고읍면 방촌사람으로 아내의 집안과도 인척 관계였고, 방언의 집안과는 혼인 관계로 얽혀있었다. 그런 혼맥을 넘어 존재 위백규 자체만으로 방언에게는 늠름한 천관산과도 같았다.

존재는 정조시대 장흥부를 대표하는 대학자였다. 방언은 무엇보다 그의 기개를 닮고 싶었다. 백성들을 가장 가까운 데서 보고 그들의 고통을 통감하며 위정자에게 쓴소리를 마다하지 않는 그런 기개가 자신이 앞으로 가져야 할 것이라고 생각했다. 다만 존재는 당시 학자들과는 결이 다른 면이 있었다. 그의 사상은 다른 이들보다 몇 발짝 앞서 있었다.

"30년이 넘게 바른 정치를 연구하며 써낸 개혁의 역작, 〈정현신보〉를 낸 것은 참말로 대단해블제. 부자에게 세를 더 걷어블고 가난한 이들에겐 잡세를 면하자는 주장은 그분만의 당찬 생각이었제."

얼마 전 존재 선생의 이야기를 듣고 벗들과 나누었던 말이 생각났다.

"존재 선생 말씀대로 하자믄 자네 집에 세를 많이 물게 하는 것인
디, 그래도 괜찮단 말이여?"
"안 괜찮을 것은 또 뭣이랑가? 백성들이 살만하믄 되는 것이지."

방언은 그것이 당연하다고 생각했다. 있는 이들이 더 내고 없는 이들은 스스로 일어서게 해주는 방안이 문제 될 게 뭐란 말인가. 한 번도 그래 본 적이 없으니 발전이 없는 것이 아닌가.

"아니 그보다 말이여, 선생이 실학의 경세사상에 바탕을 두고 지
어 올린 만언봉사(萬言封事)를 가지고 자기들 입맛에 맞지 않다고
괜히 주상전하의 귀를 더럽혔다고 사간원에서 성토했다는디 거
너무 한 거 아니여?"
"그랑께 말이여. 언문으로 쓴 것도 아닌디 말이여. 그라고 정조대
왕께서도 인정하고 비답까지 내린 것인디….".

말끝에는 남도 사람들을 무시하는 조정 대신들에 대한 서운함이 숨어 있었다.

"그랑께 존재 선생이 장흥을 두고 삼벽(三僻)의 땅이라 했겠제."

존재가 말한 삼벽이란 조선 제일 남쪽에 있는 장흥이라는 땅과 문과 급제자가 나오지 않는 비천한 가문과 그 자신이 궁벽하여 불우하다는 데서 나온 말이다. 장흥에 있는 유림이라면 묘하게 공감이 가는 말이기도 했다. 그리고 방언은 그 말에 공감하면서도 벗어나고 싶은 마음이 있는 팔팔한 약관의 사내대장부였다. 아직은 받아들이고 싶지 않았다. 그래서 장흥에도 좋은 선생들이 있지만 장흥 밖을 보고 싶었던 것이다.

"사내대장부가 되어서 우물 안 개구리로만 있으믄 쓰겄는가? 그라고 나는 아직 배울 것이 많은 애송이에 불과하네. 임자가 뭘 걱정을 하는지는 알지만. 오래 걸리지는 않을 것이네."

방언이 한편으로 서두르는 것은 몇 해 전에 동문수학하던 강진에 사는 김한섭이 화서 이항로 선생 문하로 들어갔기 때문이기도 했다. 두 사람은 배움에 있어 앞서거니 뒤서거니 하며 서로에게 좋은 자극제가 되었다. 학문에 대한 갈망과 열의는 두 사람 모두 절대 부족하지 않았다. 다만 방향이 점점 달라졌을 뿐이다. 그것이 표면적인 것에 지나지 않더라도 틈이 벌어지기 시작하자 그 간극은 골이 깊게 되었다.

"자네는 이(理)와 기(氣)에 너무 집착하는 것이 아니여? 선대 학자들이 그렇게 싸우고 논했으면 우리 대에 와서 그걸로 어떻게 백성들에게 쓸 것인가를 고민해야 하지 않겄는가?"

방언의 지적에 한섭도 물러서지 않았다.

"학문에 끝이 어디 있는가? 한없이 연구하고 정진하는 것이제. 정신이 똑바라야 정치도 바로 서는 것이제. 중심을 똑바로 잡지 않으믄 사문(斯文)에 빠지기 쉽네. 중심을 안 잡으면 이것도 맞고 저것도 맞고 흔들린단 말이시, 안 그랬던가?"

"옳체, 옳은 얘기시. 내 얘긴 언제까지 주자 성리학에만 묻혀 살아야 하냔 말이시. 세상이 천지개벽을 하고 상국이라는 청나라도 주자 성리학을 버린 지 오랜데 우리만 주자 성리학을 신줏단지마냥 붙들고 있으면 쓰겄냔 말이여? 청나라처럼 백성들에게 실용적인 학문을 가르쳐야 하는 것이 아니냔 말이여."

"청나라 오랑캐 학문을 뭣땀시 배운단 말인가? 청나라는 인자 우리가 배우고 따를 상국이 아니여. 조선의 공자님이신 우암 선생님께서 뭐라 하셨는가? 청나라의 학문이 아닌 주자학을 우리의 근본으로 하자고 안 하셨는가? 인자 우리 조선이 소중화가 되어야 한다고 하면서 말이여. 청나라가 버린 주자학을 우리가 계승해야 하지 않겄냔 말이여. 주자학을 버리고 서양 오랑캐들이 설치는 작금의 청나라를 닮자는 말인가? 어림 반 푼 없는 소리제."

방언은 한섭이 무엇을 걱정하는지 모르지 않았다.

논제 하나를 가지고 깊이 연구하는 것은 같지만, 한섭이 그 자체의 깊이에 집중한다면 방언은 반대를 끌어내는 식으로 해서 의심이 풀릴 때까지 매달렸다. 그리고 방언은 학문 자체보다는 그 쓰임새에 더 관심을 두었다. 한섭이 학자가 제 몸에 맞는다면 방언은 학자보다 정치를 하면 더 잘할 것이라고 그의 부친 묵암공이 말하곤 했다.

"애비야! 고산에게 간다믄서. 내가 서찰을 써주마."

묵암공은 서찰 하나를 더 내밀었다. 충청도에 가는 길이든 장흥으로 돌아오는 길이든 장성에 들러 노사 기정진 선생에게 인사를 전하라고 당부했다.

묵암공은 길 떠나는 아들을 보며 걱정이 이만저만이 아니었다. 약한 자에게는 한없이 약하나 강한 자에게는 더욱 강한 아들의 성정을 잘 알기에 많은 부침을 겪으며 내면이 유연해지기를 바랐다. 자신과 닮은 듯 다른 아들이었다. 자신이야 대쪽 같은 성미를 후학 양성하는 재미로 극복했지만 아들은 혈기왕성하여 심기를 다치기 쉬울 것이었다. 모쪼록 아들이 잘 이겨내서 성장의 발판으로 삼기를 바랄 수밖에.

"어느 쪽이우?"

예산에는 생각보다 많은 이들이 모여들었다. 방언이 예산을 찾을 때 각 지방 사람들이 모여 있으려니 짐작했지만, 막상 여러 지방에서 모여든 유생들을 보니 고산의 명성을 다시금 확인할 수 있었다. 다른 이들도 그렇게 생각하는지 모르겠지만 왠지 모를 경계의 시선 또한 존재했다. 그중 오지랖이 넓은 이가 방언에게 불쑥 말을 걸었다.

"남쪽인디."

방언은 그가 무엇을 묻는지 모르는 듯이 답했다. 속으로는 아직도 이런 데 관심을 가지는 이가 있나 했다. 그래서 더 전혀 모르는 듯 대한 것이다.

"아니, 어느 쪽 출신이냔 말이여?"
"아, 전라도 장흥부 출신이외다."

"아따 답답해불긴! 아니 어느 당인지 묻잖여?"
"강이라고요? 예양강이지라."

탐진강이 잣두를 거쳐 장흥부를 지날 때 예양강이라 부르기도 해서 혹 예양강이라 하면 알 것도 같아 놀리듯이 그리 말했다. 적당히 잘못 들은 듯이 반응했더니 상대는 점점 열이 나는지 목소리를 높였다.

"아니. 논이 뭣이냐고 이 말이우."
"아, 논! 도르뫼들 앞에 있는 논이오."

거기까지 말하자 상대는 답이 없다는 듯 고개를 저었다. 방언은 그가 그렇게 포기하기를 바랐다. 당파와 논이 여전히 관심이고 중요한 시대라는 것이 씁쓸하기만 했다. 세도정치만 남아있는 지금 사색당파가 무색해진 지가 언제인데 아직도 고루하게 입에 올리다니! 차라리 어느 집안 연줄이냐고 물어 왔다면 나았을까. 세도가와 비교도 안 되지만 그래도 장흥부 인천이씨라고 출신 정도는 말해줄 수 있었으니까.

"묵암공의 자제라고? 그래, 열심히 정진하다 보면 보이는 것이
있겠지."

고산을 찾아 예산에 올 때만 해도 자신을 특별히 대해주지는 않을까 하는 일말의 기대가 없었던 것은 아니었다. 하지만 오백 리 길을 걸어서 찾아온 고산의 쌀쌀한 한마디 인사말에 얄팍한 기대를 접어야 했다.

"그런데 그거 알랑가?"

고산 선생에게 처음 인사했던 일을 떠올리고 있는데 불쑥 치고 들어온 이 오지랖이 또 무슨 말을 할지 기대도 되지 않았다.

"우리 스승님 눈에 우리들은 보이지 않을겨. 선생님이 반갑게 맞 이하던가?"
"그건 또 뭔소리당가?"
"내 보니까 자네가 멀리 남쪽에서 왔다니까 안쓰러워서 하는 말 인데 선생님한테 제자는 늘 옆에 붙어있는 간재(전우) 학우뿐이 라네. 긍께 너무 노력하지 말라는 소리지."

무슨 말 같지도 않은 소리인고, 하면서도 내심 신경이 쓰였다. 실제로 자 신보다 어리지만 먼저 고산 선생에게 가르침을 받고 있는 간재 전우가 수제 자 대접을 받고 있는 것을 며칠 만에 알 수 있었다.

"그럴만하니 그런 거겠지요. 제 공부만 열심히 하믄 되는 것 아니 요?"

괜히 부화뇌동해서 좋을 게 없었다. 고명한 유학자인 스승님에게 가르침 을 받는다는 것도 감지덕지할 일이었다. 두각을 나타내는 것은 결국 자신의 몫이었다. 다만 두각을 드러내긴 했지만 다른 이들에겐 껄끄럽게 다가오기 도 했다는 점이 걸렸다.

"인성(人性)과 물성(物性)은 다 같이 오상(五常)을 가지지. 그러니까…"

고산 문하에서 수학하면서 여러 가지 새로운 논제에 대한 강학을 들을 수 있었지만, 오늘은 듣도 보도 못한 요상한 내용이었다. 이기논쟁(理氣論爭)과 예송논쟁(禮訟論爭) 이후 조선 후기 사회를 뜨겁게 달구었던 호락논쟁(湖洛論爭), 즉 남당 한원진을 비롯한 충청도 유학자들을 중심으로 사람의 성품인 인성(人性)과 사물의 성품인 물성(物性)이 근본적으로 다르다는 '인물성이론'인 호론(湖論), 이간과 같은 경기도 지방 유학자들이 주장한 인성과 물성은 근본적으로 차이가 없다는 '인물성동론'인 낙론(洛論)으로 대표되는 논쟁에서 고산의 입장을 들을 수 있는 시간이었다.

보통사람으로 대변되는 사람의 근본적인 성품과 동물의 근본적인 성질이 같은가? 다른가? 방언은 곰곰이 생각해 보았다. 같기도 하고 다르기도 했다. 짐승만도 못한 놈이란 말이 있는 걸 보면 사람이라도 때론 짐승만도 못한 짓을 하기 때문 아닌가? 인물성동이론은 더 나아가 중화와 오랑캐가 서로 다른가, 같은가로 발전하여 위정척사파와 개화파로 나뉘는 이론적 바탕이 되기도 하였다.

송익필, 성혼, 이이에 의해 뿌려진 예학은 근본 취지와 달리 양란 이후 사회 기강을 바로잡는 도구로 이용되었다. 정철, 김장생, 송시열로 이어지는 권력자들은 예학을 권력투쟁의 도구로 사용하였고 예송논쟁에 의해 수많은 선비가 희생되었다. 예학을 집대성한 주자도 예란, "자연의 원리가 적절하게 행해진 것이고, 인간 만사의 의식과 법칙"이라고 말하면서 인위적인 형식보다 자연스러움을 강조하였으나 조선의 선비들은 학문에 권력을 붙여 반대파를 제거하는 도구로 사용하였던 것이다.

그렇게 조선 유학은 인륜과 사회윤리 가치를 넘어 반대 세력을 제거하는 도구로 쓰이고 있었다.

묵암공은 처음에는 방언이 논쟁에 관심을 가지는 것에 경계했다. 그러다 방언이 약관에 이르자 사단칠정에 대해 정리해주었다. 약관에 이르렀으니 조선 유학의 흐름 정도는 알고 있어야 한다고 생각했다.

사단(四端)은 이(理)에서 발하고 칠정(七情)은 기(氣)에서 발한다고 천명도설에서 추만(秋晚) 정지운(鄭之雲)이 수동적으로 말한 것을 사단(四端)은 이(理)가 발동한 것이고, 칠정(七情)은 기(氣)가 발동한 것이라고 퇴계(退溪) 이황(李滉)이 능동적으로 말하자 고봉 기대승이 반론을 제기하여 시작한 것이 사단칠정논쟁(四端七情論爭)의 시작이었다. 태극(太極) · 이기(理氣) · 심성(心性)의 문제는 성리학의 쟁점이 되었는데, 그중 심성은 조선 성리학의 시작이요 끝이 된 논쟁거리였다.

『맹자』에 나온 측은지심(惻隱之心), 수오지심(羞惡之心), 사양지심(辭讓之心), 시비지심(是非之心)이 사단(四端)이 되었고, 『예기(禮記)』 예운편에 나온 희노애락애오욕(喜怒哀樂愛惡欲)을 칠정(七情)으로 규정했다. 고로, 사단과 칠정이란 다 같이 인간의 성품에서 비롯된 감정의 양상이다. 서로 다른 경전에서 나온 감정의 유형이다. 그리고 여기서 중요하게 여기는 성품은 마음의 본체이다.

마음은 본체로써의 성품과 작용으로써의 감정을 동시에 가진 존재이다. 이런 정의 아래 이(理)와 기(氣)를 규정하다 보니 논쟁의 초점이 된 것이다. 이(理)를 주로 보느냐 기(氣)를 주로 보느냐에 따라 주리론(主理論)이 되고 주기론(主氣論)이 되었다. 이가 발동했다고 해서 이발(理發)이 되고, 기가 발동했다고 해서 기발(氣發)이 되었다. 이 문제를 두고 영남의 거두 퇴계 이황과 호남의 거두 고봉 기대승이 편지로 장장 8년 동안 논쟁을 펼쳤다. 이것이 조선 사회 유림이라면 누구나 아는 사단칠정논쟁이다.

그리고 그 뒤를 이어 율곡 이이와 우계 성혼이 7년 동안 논쟁을 이어갔다. 퇴계는 사단은 이가 발동하는데 기는 타고 있고, 칠정은 기가 발동하고 이가 타고 있다고 했다. 율곡은 기가 발동하고 이가 타고 있다고 했다. 사단칠정을 바탕으로 퇴계의 입장을 지지하는 영남학파(嶺南學派)와 율곡의 입장을 지지하는 기호학파(畿湖學派)로 나뉘어 수백 년을 내려오면서 반복되는 논쟁을 이어왔다. 단지 학문적 논쟁에서 그치는 것이 아니라 영남학파는 남인으로, 기호학파는 서인으로 정치적 대립까지 이어갔다. 정치적 대립뿐만 아니라 사회질서에도 지대한 영향을 끼쳤다. 리를 중시하는 영남학파는 사농공상(士農工商)이라는 신분 질서를 중시하여 사회질서를 바로잡으려 했다. 이러한 사상은 예송논쟁(禮訟論爭)을 지나 인물성동이(人物性同異) 논쟁으로 이어지고 급기야 사람에게서 신분의 차별이 과연 정당한가의 논쟁으로 이어졌다.

"현종 때 예송논쟁은 상복을 몇 년 입느냐의 문제가 아니었다."

겉은 복상에 대한 논쟁이지만 서인과 남인, 임금과 신하들의 세력싸움이었다. 묵암공(默庵公)은 두 번에 걸친 예송논쟁에 대해 자세히 알려주었다.

효종의 아들 현종 때 효종이 승하하자 효종의 어머니 조대비가 상복을 몇 년 입어야 적법한지가 논란이 되었는데, 이를 두고 남인과 서인의 입장이 나뉘었다. 집권세력에서 밀려나 있던 윤휴와 윤선도 등 남인들은 효종이 둘째 왕자이기는 하나 왕위를 계승한 장자(長子)나 다름없으니 조대비가 3년 복상을 해야 한다고 주장했고, 집권세력이었던 서인들은 효종이 인조의 둘째 왕자로 장자라 할 수 없으므로 1년 복상을 해야 한다고 주장하며 논쟁한 끝에 어린 현종은 집권세력인 서인에게 밀려 1년 복상을 하는 것으로 정리되었다.

세월이 흘러 이번엔 효종의 비가 승천했을 때 아직 살아있던 조대비의 복상문제, 즉 시어머니인 조대비가 왕비인 며느리의 상사에 상복을 몇 년 입어야 하는 문제가 다시 제기되었다. 이번에도 남인과 서인이 같은 논리로 대립했는데 남인들은 효종비가 둘째 며느리이기는 하나 선왕인 인조의 적통을 이은 효종의 정비이기에 1년 복상을 해야 한다고 주장하였고, 서인들은 과거와 같은 논리로 9개월 복상을 주장하였다. 그러나 이번엔 장성한 현종이 남인의 손을 들어주었고 남인들 세상이 되자 서인들은 정권을 내놓아야 했다.

결국 복상 문제가 정치적 문제로 비화 되었던 것이다.

> *"그란께 서인의 입장은 왕도 사대부의 예와 다를 바 없다는 것입니까?"*
>
> *"조선의 바탕에는 임금과 신하가 서로 조화를 이루는 왕도정치가 있다."*

묵암공의 말을 떠올리며 방언은 과연 조선에서 임금과 신하가 조화를 이루기는 했을까 생각했다. 그리고 이 논쟁들은 과연 무엇을 위해 오랜 시간 동안 파당을 달리하여 싸웠을까. 우암 송시열은 논쟁 끝에 절친인 백호 윤휴를 죽음으로 몰아넣었고 우암 또한 끝내 당파싸움의 희생자가 되지 않았던가!

"본체는 하나라는 것이지!"

사단칠정 논쟁이 감정의 문제였다면 고산의 강학에서 벌어지는 이 논쟁은 성품의 문제, 감정을 포괄하는 전체로서 마음의 문제를 심화시킨 것이었다. 그리고 인성과 물성이 같으냐 다르냐를 두고 100년의 세월이 넘는 동안에도 논쟁은 지속되고 있었다.

"남자와 여자가 다르지 않고, 사람과 하늘이 다르지 않다는 말씀이십니까?"
"본체는 같다는 것이지 않겠느냐."
"그렇다면 양반과 상민, 양반과 노비가 같다는 말과도 같습니까?"

방언의 물음에 고산은 난감한 얼굴빛을 띠었다.

"본래 하늘로부터 받은 천명으로 보자면 사람이라는 본질은 같은 것이지."
"그렇다면 양반이 노비이고 노비가 양반이어도 다를 게 없는 것입니까?"
"각각 다르게 태어나고 살아가지만, 사람이라는 본질은 다를 바 없다는 것이지."
"그러니 말입니다. 본질이 같은데 사람이 만들어 놓은 신분의 차이는 너무도 크니 말입니다."

방언은 정말 이해가 가지 않는다는 듯이 말했다.

*"어허, 내 말을 잘못 이해한 것이로다. 인성과 물성이 같을 수 있
다는 것이지 사람의 신분이 같다는 의미는 아니다."*

그 말을 뒤로 고산은 인성과 물성에 관한 말을 늘어놓았다. 방언은 여전히
이해가 되지 않았으나 질문을 할 수가 없었다.

방언은 인성과 물성이 근본적으로 같으냐 다르냐의 논쟁보다 사람에 있어
서 양반과 노비의 구분이 과연 하늘의 뜻이며 그 구분이 정당한가에 더 관
심이 갔다. 그도 양반이지만 어릴 때부터 왜 같은 사람인데 누구는 부모로
인해 양반이 되고 상놈이 되어야 하는지 의문이 들었다. 한 아버지 밑에서
태어났건만 어머니에 따라 서자가 되고 얼자가 되어버린 세상, 그렇게 규정
한 신분제를 등에 업고 세상을 호령했던 이들이 바로 사대부들 아닌가. 뭔
가 불합리하다는 마음에 양반이라고 유세 부리는 일을 하지 않았다. 그런데
고산은 누구보다 반상의 구별을 분명히 했다. 이상과 행동은 같아야 하는지
달라야 하는지, 예쁜 꽃을 보고는 예쁘다고 말해도 되지만 아름다운 여자를
보고도 못 본 척 지나쳐야 양반이고 쳐다보면 상놈인가? 솔직하면 상것이고
자신의 속내를 숨길 줄 알면 양반이란 말인가? 학문이란 실리보단 대의와
명분을 중시하고 솔직함보단 자신을 들어내지 않음을 익히는 과정이란 말
인가? 겉보다 실질이 우선이어야 하는데 세상은 겉만 보고 있으니... 까마귀
가 검고 백로가 희다고 말하는 것은 겉만 보고 하는 말인 것과 같이. 까마귀
도 깃털은 먹물처럼 검지만 깃털 아래 피부는 하얗고 백로는 겉은 하얗지만
깃털 아래 속 피부는 검은색이란 것을 몰라서 하는 말이 아니던가? 겉이 검

은 까마귀는 어디 가서 하소연도 못하고 사람들이 겉이 검으니 속까지 검을 것이라고 단정 짓고 멀리하니...

방언은 혼란스러웠다. 고산의 아들 정혼 문제가 그랬다. 아들이 열 살에 요절하자 정혼 한 집에 가서 그 집 딸에게 상복을 입으라고 한 것이나 그쪽에서 정혼을 깨려고 하자 아들의 비석에 정혼녀의 이름까지 넣은 것으로 그가 꼭 원칙적인 사람이라고 말할 수만은 없었다.

"학형은 여기가 처음이우?"

고산의 수제자 간재 전우가 물었다.

"무엇을 묻는 것이오?"
"혹여 다른 선생들께 가르침을 받았나 싶어서 그러지요. 간혹 그런 분들이 오기도 해서 말이우."
"고향에서 글 읽는 것을 제외하고는 고산 선생님께 가르침을 받는 것은 처음이요만."
"가끔 학형의 질문은 우리 스승님과 논쟁하려는 것 같다는 생각이 들어서 말이지우."
"정말 궁금해서 질문을 하는 것이오. 그리고 묻고 답하는 과정에서 진정한 학문이 이루어지는 것이 아니겠소."
"답은 이미 있습니다. 스승님의 말씀이 답입니다."

고산과 수제자 전우가 참 많이 닮았다는 걸 느낄 수 있었다. 방언은 이후로도 고산의 문하에서 수학을 계속했다. 1년에 조상님 제사와 시제 때 한두 차례 고향을 다녀오기도 했지만, 눈칫밥을 먹으면서도 몇 년은 그의 제자로 충실했다.

그가 고산에게 보이는 존경심에 비하면 고산에게 그는 수제자의 반열에는 못 미치는 평범한 제자에 불과했다. 그저 평범한 제자인 것에 불만을 갖지는 않았다. 그만큼 자신의 정진이 부족한 것이라 여겼기 때문이다. 그런데도 가끔 명치끝이 답답한 것은 아마도 실망감 때문이었으리라. 기대가 컸던 것일까. '이게 아닌데?'라는 기분이 들 때가 종종 있었다. 그럴 때면 실망감이 표정에 담길까 봐 마을을 벗어나 인근을 배회하곤 했다. 그래도 스승님과 헤어지기 전날 밤 마지막 대화는 지금도 잊을 수가 없다.

"스승님 이렇게 세상이 어려울 때 식자(識者)들은 어떻게 해야 합니까?"

"글쎄 난들 뭐라 할 수 있겠는가? 나도 이렇게 세상을 등지고 이런 시골에 파묻혀 사는데... 다만, 세상이 어려울 때 공자님은 민무신불립(民無信不立)을 말씀하셨다네. 논어 안현 편에서 공자님과 자공이 나눈 대화로, '자왈 족식, 족병, 민신지의하니 자공왈 필부득이이거, 어사삼자하선했고 자왈 거병하니 자공왈 필부득이이거, 어사이자하선하니 자왈 거식 자고개유사 민무신불립(子曰: "足食, 足兵, 民信之矣." 子貢曰: "必不得已而去, 於斯三者何先?" 曰: "去兵." 子貢曰: "必不得已而去, 於斯二者何先?" 曰: "去食. 自古皆有死. 民無信不立.")이라 말씀하셨지. 뜻을 풀이하면, 공자의 제자 자공이 세상이 어지러울 때 정치에 대해 묻자 공자께서 말씀하시길, 먹을거리를 넉넉히 하고, 병력과 무기를 넉넉하게 하고, 백성들을 믿게 하는 것이라고 답했고 자공이 말하길 세상이 어려워져 어쩔 수 없이 꼭 버려야 한다면, 세 가지 가운데 무엇을 먼저 버려야 하냐고 묻자 공자는 병력과 무기를 버리라 하였으며 자공이 세상이 더 어려워져 어쩔 수 없이 하나를 더 버려야 한다면, 다음은 무엇을 버려야 하는지 묻자 공자는 먹을거리를 버리라 하며 예로부터 모든 사람은 죽었다고 말씀하시고 마지막까지 버리지 말아야 할 것은 백성들의 믿음이라고 말씀하셨다네. 백성들로부터 믿음을 얻지 못하면 나라를 유지할 수 없다는 것이지. 군사나 경제는 나중에 나라 형편이 나아지면 다시 얻을 수 있지만, 백성들로부터 믿음은 쉽게 얻을 수 없기에 그런 말씀을 하신 게 아니겠나."

"네, 스승님. 무슨 말씀인지 잘 알겠습니다."

방언은 장흥과 예산을 오가는데 한길만 고집하지는 않았다. 조선 팔도를 모두 주유할 수는 없어도 길이 있는 곳은 가보자는 게 방언의 지론이었다.

한번은 예산에서 지리산을 가보고자 남원을 들렀을 때였다. 해가 있을 때 주막집에 도착하려고 서둘러 고개를 넘는데, 앞서가는 이들이 있어 서두를 수가 없었다. 보부상 두어 명과 방언 나이쯤 되어 보이는 젊은 스님 일행이 길을 가고 있었다. 아마도 그 스님이 머무르는 사찰에 보부상들과 함께 가는 것이리라 생각했다. 마침 날도 어두워지려 하니 차라리 암자에서 묵는 편이 나을지도 모른다는 생각이 들었다. 혹여 그들이 산적으로 변해 그를 위협한다고 해도 쉽게 덤비지는 못할 것이라 여기니 마음이 그편으로 기울었다.

"말 좀 물읍시다."

경계하는 눈들이 방언에게 향했다. 행색은 보부상 차림이었으나 범상치 않은 기운이 느껴지는 것이 예사 사람들이 아닌 듯했다.

"무슨 일이요?"

그중 방언보다 열 살 정도 많아 보이는 이가 날카로운 눈빛을 애써 거두며 물었다.

"혹여 근처에 암자가 있는가요? 스님이 있는 것으로 보아 암자
가는 길인 것 같은디, 동행해서 하룻밤 묵어도 되겠습니까?"

방언은 공손히 물으며 그들을 면밀히 살폈다. 방언의 말에 곤란한 것인지 동요하는 빛이 보였다.

"암자로 가는 길이 맞긴 합니다만, 처사가 묵을 만한 곳이 없을
것 같소. 고개 넘으면 주막도 멀지 않으니 그리로 가시는 편이 좋
을 것 같습니다, 처사님."

젊은 스님은 합장을 하며 대답했다. 안 된다고 하니 더 오기가 생겼다.

"뭐, 주막에서도 방이 없으면 한방에 자기도 하는데, 암자라고 다
르겠소? 부처님의 자비가 사람을 가려 받는 건 아닐 것이고."
"아니, 뉠 곳이 없다는데, 어찌 그리 고집을 부리십니까? 주막집
도 있다 하지 않소?"

처음에 날카롭게 반응했던 그 보부상이었다.

"그대가 암자의 주인이오?"

처음 공손했던 태도를 유지하긴 했지만, 차가워진 말투에 그들은 서로 눈빛을 교환했다. 저러다 칼이라도 뽑아 드는 것은 아닌지 허리춤에 매달아 놓은 단도에 손을 뻗었다.

"처사님 말씀이 일리가 있습니다. 소승의 생각이 짧았습니다. 불편하셔도 괜찮으시다면 저희 암자로 함께 가시지요."

우려와는 달리 스님은 말을 바꿔 그에게 동행할 것을 권했다. 일행 중 나이는 어려 보여도 스님의 위치가 낮지는 않은 것 같았다.

"이 방을 쓰시면 될 것입니다. 저녁 공양은 따로 드리기 힘들 것이니 한 시진 후에 모이면 될 것입니다."

그 말만 남기고 스님은 일행들과 법당 쪽으로 사라졌다.

'이렇게 방이 있으면서 못 오게 하는 이유가 뭣이여?'

생각해보니 뭔가 비밀스러운 구석이 있는 것 같았다. 방이 있으면서 굳이 오는 것을 꺼렸던 이유가 따로 있으리라 생각하니 궁금해서 미칠 것 같았다. 어서 한 시진이 지나기를 바랐다.

'아니, 한 시진을 기다릴 필요가 있나? 곤란하면 해우소를 찾는다
고 하면 될 거 아닌가?'

호기심이 발동하면 참지 못하는 그의 성정으로 기다리기는 무리였다. 행
장을 풀고 밖으로 나오니 어느새 땅거미가 내려앉았다.

5. 사람이 곧 하늘님

"시천주 조화정 영세불망만사지(侍天主造化定永世不忘萬事
知)…."

방언이 방을 나와 법당 쪽을 가려는데, 그의 방과 조금 떨어진 방 쪽에서
들려오는 소리였다.

'시천주? 천주를 모신다고? 아까 그 일행들뿐인 거 같은데 천주
쟁인가? 그 스님도?'

방언은 말이 안 된다며 고개를 저어가며 법당으로 향했다. 아마 법당에는
그 스님이 있을 거라고 생각했기 때문이었다.

"처사님, 법당에는 무슨 일입니까?"

법당 앞에 서 있자 뒤에서 누군가 그를 불렀다. 아까의 그 젊은 스님이라
고 하기에는 목소리가 앳되었다. 고개를 돌리니 아니나 다를까 동승(童僧)이
합장을 하고 서 있었다.

"아까 함께 온 젊은 스님을 찾는데요?"

법당 앞에 있는데 해우소를 찾는다고 말할 수 없기도 하거니와 젊은 스님이 어디에 있는지도 궁금해 다시 물었다.

"아, 일지 스님을 찾는 거군요. 아까 함께 오신 처사님들 처소에
가셨습니다. 곧 저녁 공양이니 부르러 간 겁니다. 처사님도 함께
가시지요."

방언의 눈빛이 예사롭지 않은 것을 느낀 동승은 임기응변으로 그를 공양하는 곳으로 이끌었다. 아직 반 시진 정도는 남았는데 말이다. 동승이 제법 눈치가 있다는 것을 알 수 있었다. 그리고 젊은 중의 법명이 일지 스님이라는 것도 알았다.

저녁 공양이라고 해서 많은 이들을 만날 줄 알았는데, 방언과 몇 되지 않는 이들이었다. 그중에는 동승에게 말을 전해 들었는지 급하게 온 모습이 역력한 일지 스님도 있었다. 아까 함께 온 일행은 보이지 않았다. 저녁 공양을 마치고 방언은 일지 스님에게 궁금했던 점을 꺼냈다.

"혹시 불자들 중에도 천주학을 하는 이가 있당가요?"
"그렇지는 않을 겁니다. 엄연히 바탕이 다른데요. 왜 그러십니까?"

일지 스님은 방언이 무슨 뜻에서 그런 질문을 하는지 알고자 함이 역력했다. 그래서 방언도 직설적으로 표현하는 편이 낫겠다고 여기고 말했다.

"사실은 아까 시천주라는 말을 들어서 그랍니다. 그래서 불자 중에도 천주학을 믿는 이들이 있는가 싶어서요."
"그건 천주학 아닙니다."

일지는 방언의 생각을 막으려는지 단호하게 말했다.

"천주학이 아니믄 뭐당가요? 스님은 뭣인지 알고 있구만요?"

원활한 의사소통을 위해 타지에 나오면 자제하던 사투리가 급한 마음에 쏟아졌다. 방언이 몰아세우자 그제야 일지는 자신 역시 급한 나머지 말을 잘못 뱉었다는 것을 깨달았다.

"처사님, 천주학은 아니니 걱정하지 마십시오. 실은 작년부터 고명하신 처사님이 이곳에 머물면서 학문과 수행에 정진하고 계시는데, 간혹 따르는 이들에게 좋은 말씀을 하시기도 합니다. 아마도 그 와중에 나온 말을 들으신 게 아닌가 싶습니다."
"그라믄 혹시 저도 그 말씀을 들어볼 수 있을란가요?"

일지 스님은 위기를 잘 모면했다고 생각했는데, 방언의 말에 난감했다. 그러나 방언의 태도로 보아 쉬이 굽힐 것 같지 않았다. 그렇다고 오늘 처음 본 그에 대한 신뢰가 없으니 어찌할 줄을 몰라 망설였다. 다만 눈빛은 진실해 보였다.

"제가 아직 공부하는 유생이라 학문에 두루 관심이 많지요. 오늘

초면인 저를 믿을 수 없겠지만, 여그서 들은 그 어떤 말도 딴 데서 꺼내지 않는다고 약조하겠습니다.”

방언은 일지 스님의 마음을 뚫어보는 듯 안심을 시켰다. 그리고 진중하고 강단 있어 보이는 일지 스님에게 호감이 있었다.

“그럼, 잠시 처소에서 쉬고 계시겠습니까? 소승이 그분께 처사님의 뜻을 전해드려 보겠습니다.”

방언은 처소로 돌아왔다. 그가 일지 스님에게 천주학에 관해 물은 건 거부감이 있어서가 아니었다. 일지 스님에게 말한 대로 학문에 두루 관심이 많았기에 천주학은 어떤 것인지 알고 싶었을 뿐이다. 그리고 보부상들을 통해 한양에서 천주학을 믿는 선비들이 여러 명 화를 당했다는 것과 그들은 명망 있는 유생들로 스스로 청국에 가서 천주학을 배워왔다는 것, 다산선생도 천주학을 믿었다는 죄목으로 한양에서 천 리나 떨어진 강진현에 유배 간 사실도.
다른 학문을 알아야 유학의 정립도 단단해질 거라고 여겼기 때문이다. 뿌리만 단단하면 어떤 바람에도 뿌리가 뽑히는 일은 없을 것이었다. 하지만 아직은 자신의 뿌리가 단단하지 않다는 것을 알지 못했다.

“그대가 학문에 정진하는 이유는 무엇이오?”

처소에 들어온 지 한 시진이 지나자 젊은 스님이 그를 부르러 왔다. 방언은 일지 스님이 그의 허락을 얻어냈다는 것을 알 수 있었다. 그리고 그가 머무는 처소에서 비로소 대면하게 되었다. 방안에는 일지 스님과 아까 보부상

91

차림이었던 날카로운 인상의 사내만이 동석하고 있었다.

"그야 세상을 알기 위해서입니다."

"그대는 입신양명에는 뜻이 없소?"

"뜻을 둔 적도 있었지만, 현실적으로 불가능하다는 것을 알기에 지금은 뜻을 접었습니다."

"현실이라... 그대는 서출이오? 서출이라도 길이 없는 것은 아닐 텐데?"

"그렇지는 않습니다. 소생은 전라도 장흥부 유생입니다."

"그곳 출신들이 과거에 급제하기도 어렵지만, 급제하더라도 벼슬을 받는 것은 더더욱 어렵다는 것을 알지요."

"그렇다고 정도를 벗어난 길을 택하는 것은 소생의 가친도 그렇고 소생 또한 원하지 않습니다."

"그렇다면 그대는 세상에서 어떤 존재가 되고 싶으오?"

"입신양명이 아니더라도 유자로서의 길은 있다고 봅니다. 소생은 학문에 정진하여 가친을 따라 후학들을 가르치는 일을 하게 되겠지요. 학문이 세상에 올바르게 쓰이도록 길을 찾고자 합니다."

"그것을 어떻게 찾을 것이오?"

"그것을 찾을라고 오백 리 길을 걸어서 이렇게 배회하고 있지 않습니까? 선생께서는 천주학을 믿습니까?"

방언의 선문답에 분위기가 새로운 국면을 맞이했다. 방언의 질문에 그는 호탕하게 웃었다.

"시천주를 두고 천주학이라 생각하는 사람들이 많다는 얘기는 많이 들었소. 시천주보다 먼저 내 이야기를 해주면 되겠소? 나 역시 그대와 마찬가지로 퇴계 이황과 학봉 김성일 선생의 학문을 이어온 고명하신 유학자인 아버지의 영향으로 유학이라는 학문에 정진했던 유생이었소. 다른 게 있다면 남인의 후손으로 가계가 몰락한 양반에다 서자 출신이란 점이지만..."

그는 유생으로 살아온 길을 차분히 들려주었다. 간간이 방언은 그 이야기에 동화되어 절로 고개를 끄덕이기도 했다.

"그대는 세상을 알기 위해 학문에 정진한다고 했소? 그대만이 아니라 많은 이들이 그렇게 말을 하오 그런데 세상을 알았다면 그 다음에는 무엇을 할 것이오? 그대보다 먼저 세상을 알았던 이들은 무엇을 하고 있소? 무엇을 하기에 백성들의 삶이 점점 더 나빠지는 거요? 지자(知者)라는 이들이 천리(天理)에 순응하지 않고 천명(天命)을 돌보지 않고 저마다 입신양명에만 관심이 있으니 세상이 바로잡히지 않고 어지러운 것이요. 몇십 년 전만 해도 개혁을 해보겠다는 임금도 있었고, 그에 부응하는 조정 대신들도 있었소. 하지만 작금의 현실은 그런 이들은 찾아볼 수도 없고, 유학이 점점 관념화되어 백성들의 삶과 동떨어진 이념으로 변해가고 있소. 이제 주자학도 한 시대를 책임질 사상으로써 명을 다했다고 봐야 하지 않겠소? 오죽하면 명망 있는 유학자들이 목숨 걸고 스스로 청나라나 서양 선교사를 통해 천주학을 들여오겠소? 그들도 오백 년 된 주자학이 그 명을 다했다는 것을 알기 때문 아니겠소? 주자학은 그 명을 다했고 천주학은 아직 그 형체가 없어 백성들의 마음을 잡아줄 중심이 없으니 세상이 시끄럽고 혼란스러운 것 아니겠소?"

"그렇다면 선생께서는 백성들의 마음을 어떻게 잡을 것입니까?"

"이미 벼랑 끝에 선 백성들은 더이상 위정자를 신뢰하지 않지요. 백성들에게는 새 세상을 열어주어야 하오. 제세구민(濟世救民), 나라와 세상을 구하는 거라오. 그리고 사인여천(使人如天)과 유무상자(有無相資)을 실천해야 하오. 사인여천은 양반이나 상놈이나 백정이나 사람은 다 하늘이 내린 것이니 본디 하늘에서 내린 대로 다 같이 동등하게 대접받아야 한다는 것이요. 그리고 유무상자는 가진 자나 없는 자가 서로 돕고 살아야 한다는 것이요. 내가 천주학을 했을 거라 여겼다 했소? 물론 나도 천주학을 접해보기는 했소. 물론 천주학도 좋은 사상이요. 그러나 동학은 더 행(行)함을 근본으로 하고 있고 남의 것을 탐하거나 빼앗지 않소. 천주학은 힘을 가지고 있소. 천주학으로 서양이 조선을 삼키려 하고 있으니 말이오. 그런데 학문이란 그 본질이 크게 다르지 않더군요. 그대나 내가 공부한 주자학이나 여기 일지 스님이 공부한 불법이나 신선을 꿈꾸는 이들이 공부하는 도덕경도 결국 본질은 자연과 사람이 어떻게 살아갈 것인지의 문제를 말하지요. 천주학 역시 그렇고. 진정 백성들의 마음을 얻을 수 있고 그들이 따르게 하기 위해선 그들 마음속에 있는 생각을 찾아내서 알려주는 것이오. 수천 리 떨어진 서양의 천주학이 아니라 지금껏 우리 조상님들이 섬기고 믿어왔던 것에서 말이오."

"그게 무엇입니까?"

"한마디로 다 말할 수 없지만, 사람이 곧 하늘님이라는 것이오."

"하늘님이라면? 저 하늘을 말씀하는 것입니까?"

방언은 손가락으로 위를 가리키며 말했다.

"천주학은 하늘에 있는 하늘님을 믿는 것인데, 나는 모든 사람의 마음 안에 하늘님이 있다고 보오. 우리 유학에서 말하는 상제님 같은 것이지요. 사람은 저마다 마음속에 하늘을 담고 있는 거지요. 사람은 저마다 하늘의 명을 받고 태어난 소중한 존재라오. 그런 하늘의 이치를 세상 사람들이 편하자고 신분을 만들어 귀천으로 구분한 것이오. 다시 말하자면 남자와 여자는 물론이요, 양반이나 상민이나 천민이나 구별할 필요가 없다고 보오. 하늘이 본디 사람을 낼 때는 다 한 가지 사람이었소. 하늘이 사람을 낼 때는 각자 소중한 사람이었소. 사인여천(事人如天), 사람 대하기를 하늘과 같이 대해야 하오. 시천주(侍天主)는 그 소중한 사람을 하늘님 모시듯 하는 것이고. 불가에서도 즉심시불(卽心是佛), 즉 그 마음이 곧 부처라는 말이 있지요. 일체중생실유불성(一切衆生悉有佛性), 인간은 모두 다 부처의 성품을 타고났으니 그 마음이 곧 부처라는 뜻이지요. 그리고 그 부처가 멀리 있는 것이 아니라 내 안에 있는 나의 마음을 깨우치면 부처가 되는 것처럼 말이요. 하찮은 미물이라도 깨우치면 다 부처가 될 수 있다고 하지 않았소? 유학에서도 민본(民本)이라는 말이 있지 않소. 백성이 근본이라고."

방언은 그의 말에 큰 충격을 받았다. 그가 설법처럼 말하는 것들이 머리에 뒤죽박죽 섞였다. 단번에 너무 충격적인 이야기를 들으니 호기롭던 방언이라도 정신을 차릴 수 없었다.

"사람의 마음을 혹하게 하는 학문이 있기는 한가 봅니다."
"천주학이 그랬다고 하더이다."
"선생께서 하신 말씀이 제게는 아직 그렇게 들립니다. 남아일언 중천금이라 했으니 아까 일지 스님께 여기에서 들은 이야기는 한마디도 밖으로 내비치지 않을 겁니다. 그리고 못 들은 것으로 하겠습니다."
"꽤나 충격이 크시구먼. 한마디만 더 하겠소. 그대가 아무리 의심한다 해도 새로운 세상은 열릴 것이오. 그러려면 준비해야 할 것이오. 그 세상을 열 백성들과 말이오. 지금은 가진 자와 못 가진 자, 양반과 상민이 구별되는 세상에 살고 있다면 앞으로 다가올 세상은 누구나 고르게 살고 반상의 구별이 없이 똑같이 대접받는 세상, 개벽세상이 올 것이오. 날이 밝아오는 새벽이 가장 어둡고 침침하듯이 지금 이렇게 세상이 혼란스럽고 절망적인 것은 곧 개벽세상이 다가오고 있기 때문이라오. 그러기 위해선 준비해야 하오. 한 시대를 만들기 위해선 그 바탕이 되는 근본 사상이 필요하오. 고려조 때엔 불교가 그 근본 사상이었고 지금 조선은 주자학이 그 근본 사상이오. 그런데 주자학은 이미 명을 다 했소. 고인물이 썩기 마련이듯이 아무리 좋은 제도도 그 시대를 담지 못하면 애물단지가 되는 것 아니겠소? 주자를 모신답시고 지금 조선 팔도에 널려있는 서원을 보시오. 애당초 주자를 모시고 학문을 닦는 본래의 기능은 사라지고 세금을 면제받는 특권을 누리면서 툭하면 서원 공사를 위해 힘없는 백성을 동원하고 멀쩡한 젊은이들이 군역을 회피하려고 서원으로 몰려들고 있으니 이 또한 애물단지가 아니오. 그대는 과거를 본 적이 있소?"

"네, 생원시 과목은 딱딱한 유학 경전 공부라 제 성격에 맞지 않아 한시로 글을 짓는 진사시를 한번 본 적이 있습니다만 설사 합격한다 해도 이런 촌구석까지 벼슬자리가 내려오지 않는다는 말을 듣고 포기했습니다."

"그걸 보시오. 능력에 따라 벼슬이 주어지는 본래 과거제도가 이토록 변질되어 한양 벼슬아치들의 전유물이 되어버렸으니 이것 또한 병폐가 아니겠소. 그래서 나는 새로운 세상을 담은 새 부대를 준비하고자 하오."

"선생님, 새로운 것도 시간이 지나면 또 애물단지가 되는 것이 아닐런지요."

"그렇소. 그래서 매일매일 새롭게, 일신우일신(日新又日新)해야 하는 것이 아니겠소. 그렇다면 다가올 새 세상엔 무엇을 근본으로 해야겠소? 난 그것이 동학이 품고 있는 사인여천(使人如天)과 유무상자(有無相資) 정신이라고 보오. 생각이 다른 집단이 서로의 이익을 위해서 싸울 때 옳고 그름을 판단하는 기준이 있어야 하는데 그 기준이라는 것이 어느 쪽에도 치우치지 않은 불변의 정의여야 서로가 승복하지 않겠소? 그래서 내가 동학을 창도한 것이오. 새로운 세상을 대비해서."

방언은 여전히 충격이 가시지 않아 더 이상 듣지 않겠다는 듯이 인사를 하고 밖으로 나왔다. 그의 말은 옳았다. 그러나 더 받아들일 수 없었다. 아무도 그에게 들려주지 않았던 말을 그가 들려주었다. 고산이 말한 인성과 물성의 본질이 같고 모든 사물이 통일되어 있다는 논리의 구체적 양상을 그분이 말해준 것이다. 사람이 곧 하늘님이라고. 남녀가 다르지 않고, 신분의 귀천이 따로 없는 모든 인간이 동등하다는 것으로 그가 품었던 화두를 해결해주었다.

너무 정확해서 그는 받아들일 수 없었다. 정신이 혼란스러웠고 그만큼 큰 충격이었다. 다음 날 새벽 거의 잠을 이루지 못한 방언은 행장을 꾸려 길을 나섰다.

"처사님, 그분께서 꼭 전해달라는 것이니 사양하지 않으셨으면 합니다."

방언의 이른 출발을 예상했는지 암자 입구에서 기다리던 일지 스님이 작은 꾸러미 하나를 내밀었다. 아마도 서책을 싼 것으로 보였다.

"그분께서 처사님이 꽤 마음에 드셨나 봅니다. 밤새 그분의 서책을 필사하신 것입니다. 처사님의 정진에 도움이 되었으면 하십니다. 그럼, 이도 연이니 언젠가 뵙지 않을까 싶습니다. 부디 무탈하시기를, 관세음보살."

방언은 도망치듯 나왔지만, 그 서책은 차마 받지 않을 수 없었다. 일지 스님이 처음으로 승려처럼 느껴지는 인사를 했다. 서책을 가슴 깊숙한 곳에 넣어두었다. 심장이 벅차올랐다. 언제 이 서책을 읽을 수 있을지 그 스스로도 장담할 수 없었다. 방언은 지리산을 보는 듯 마는 듯하다 장흥으로 돌아왔다.

그리고 여전히 책을 보지 않았다. 두 해가 지나 그가 민심을 현혹했다는 사도난정(邪道亂正)의 죄목으로 대구장대(大邱將臺)에서 참형을 당했다는 소식을 들을 수 있었다.

"어중이떠중이가 유학을 갖다 붙이면 다 되는 줄 아는 모양이군.
사문난적도 당치 않지."

그의 참형 소식을 들은 고산이 한 말에 방언은 속이 쓰렸다. 그럼에도 그가 남긴 서책을 펼쳐볼 엄두가 나지 않았다.

사문난적(斯文亂賊), 처음엔 유교에 반대하는 이들을 가리키는 말이었지만, 조선 숙종 당시 백호 윤휴(尹鑴)가, '어찌 세상의 이치를 주자만 알고 나는 모른단 말이냐?'라고 항변하면서 주자의 교리를 주자의 방법으로 해석한 것을 따르지 않고 독자적으로 해석하자 송시열이 사문난적이라 비난했다. 고산 역시 그런 의미로 사문난적을 들먹인 것인데, 동학은 그보다 못하다는 말이었다.

방언은 남원에서 돌아온 후 유학에 더 정진했다. 그런데 유학에 정진하며 많은 선생을 만나보았지만, 허한 마음은 채워지지 않았다. 누구도 그분처럼 말하는 이가 없었다. 남원에서 그를 만난 일은 누구에게도 꺼내지 않았다. 부친에게조차 내비치지 않았다. 유학을 근본으로 삼고 있는 이라면 고산의 말에서 크게 벗어나지 않을 것이기 때문이었다. 그나마 동향 출신이자 어릴 때 향교에서 동문수학했던 오남 김한섭이 화서 이항로 문하에서 고산의 문하로 옮겨 오면서 숨통이 트이기는 했다. 이항로가 세상을 떠나자 얼마 지나지 않아 고산의 문하에서 공부하게 된 것이었다. 학문적 완성을 다 이루지 못한 상태에서 장흥 출신의 유생들이 고산의 문하에 여럿 있기도 하고, 크게 다르지 않은 사상적 바탕을 두고 있기에 고산의 문하로 들어온 거라고 방언은 생각했다.

방언이 여러 선생을 통해 자신의 중심을 잡는 편이라면 오남은 한 곳에 집중하는 편이었다. 두 사람이 사십 줄에 들어서면서 방언은 장흥 월림서당에서, 오남은 강진 대명동에서 서당을 열게 되었다. 방언은 간간이 강진으로 넘어가 오남과 술을 마시며 세상 돌아가는 이야기를 하곤 했다. 강진을 자주 오가다 보니 어릴 적에 가르침을 받았던 동명서당의 훈장인 이청 선생도 생각났다.

이청은 순조 조에 강진으로 유배 온 다산 정약용(丁若鏞)의 여섯 명의 제자 중 황산과 더불어 뛰어난 제자였다. 다산이 사백여 권의 책을 집필할 때 도움을 주었던 제자 중 한 명이기도 했다. 강진이나 장흥의 유생들이라면 다산을 모르는 이들이 없었다. 다산의 제자들이 강진을 중심으로 인근에 퍼져 있어서 더 그랬다. 이청도 다산이 유배에서 풀려 양주로 돌아간 후 강진에서 동명서당을 열고 후학양성에 힘썼다. 방언도 어린 시절에 동명서당에서 오남 김한섭, 보성에서 온 예당 선창규, 학곡 문민주 등과 가르침을 받았다.

선창규는 선대로부터 내려오는 의원 집안의 자제로 잡과에 응시하기 위해 이곳 동명서당에서 공부했으나 과거를 포기하고 고향으로 내려가 보성에서 한의원을 열었다.

"선생님, 저도 읽고 싶습니다."

방언은 남원에 다녀온 후 허한 마음을 안고 강진으로 달려가 이청에게 다짜고짜 말을 꺼냈다. 다산이 천주학과도 관련이 없는 게 아니라서 그런 분이 지은 책이라면 뭔가 방향을 잡아줄 것 같았다. 이청은 방언이 하는 말을 바로 알아들었다.

"아직꺼정 나라에서 금하는디 감당할 수 있겠느냐?"

다산의 저작 중 『목민심서(牧民心書)』와 『경세유표(經世遺表)』는 공식적으로 금서였다.

"다산 선생 또한 많은 이들이 읽기를 바라지 않았겠습니까? 노사
선생도 제자들에게 추천하기도 했습니다."
"그건 『목민심서』지. 내가 가진 것은 스승님께서 생전에는 드러
내지 말라고 당부했던 『방례초본(邦禮草本)』이여. 다산 선생께서
'조선의 현실은 터럭만큼도 병통이 아닌 것이 없는바, 지금이라
도 고치지 않으면 반드시 나라가 망할 것이다.'라고 할 정도로 목
숨을 걸고 쓴 책이란 말이제."
"방례초본이라면? 저는 『경세유표』라 들었습니다."

방언은 묵암공에게 들었던 것을 기억하며 말했다.

"원래 제목은 방례초본이여. 방례란 주례, 즉 주나라의 예(禮)와

101

비교해서 조선의 예를 의미하제. 그리고 예란 법과 제도를 의미한다네. 주례의 이념을 근거로 하면서 당시 조선의 현실에 맞는 정치·사회·경제 제도의 개혁안이자 부국강병안이여."

"특별히 법이나 제도가 아닌 예라고 쓰신 이유가 있습니까?"

"좋은 지적이네. 다산 선생은 예와 법을 엄연히 다르게 보신 것인디, 천리에 비추어도 합당하고 사람에게 적용해도 합당한 것을 예라 하고 백성들을 겁박하거나 두렵게 하여 따르게 하는 것을 법이라 생각하신 게지. 그리고 나중에 좋은 내용을 더 보완하고 검토해서 완성하라는 뜻으로 초본이라 했제. 그래서 이 책은 미완성 책이여."

방언은 다산의 치밀함과 배려에 고개를 끄덕였다.

"경세유표는 다산 선생이 나중에 '자찬묘지명(自撰墓誌銘)'에다 그리고 이름을 지어놓으신 것이제. 그 나름대로 의미가 있제. 경세는 국가경영을 의미하고 유표란 신하가 죽으면서 왕에게 올리는 글이란 뜻인께. 그랗게 살아서 올릴 수 없는 글이란 말이시."

"아, 그렇구만요. 그런 심오한 뜻이 있었구만요."

방언은 이청 선생으로부터 특별히 필사 허락을 받았다. 그리고 이청의 집에서 몇 날 며칠을 필사에 매달렸다. 48권을 필사하는 일보다 책의 내용이 벅차게 다가왔다. 그가 눈여겨본 부분은 정전제였다. 백성들에게 경작할 땅을 갖게 하고, 그중 하나의 토지를 공동 경작하여 세금으로 대신한다는 데서 저도 모르게 무릎을 쳤다. 과거시험 및 관직에 서얼 출신이나 특정 지역에 차별을 두지 말자는 내용이며 모든 산업에 과세하여 농사를 짓는 이들에게 집중된 세 부담을 줄이고 나라 재정을 늘리자는 방안도 눈에 쏙쏙 들어왔다. 그가 생각해왔던 것도 있었고, 미처 생각하지 못한 개혁방안들도 꽤 있었다. 그간 여러 선생에게서 들어보지 못한 실질적인 부국강병책으로 가려운 곳을 긁어주는 것만 같았다.

"왜 다산 선생께서 이 나라에 털끝 하나인들 병들지 않은 게 없다고 하셨는지, 지금 당장 개혁하지 않으면 나라는 반드시 망하고 말 것이라고 했는지 알것구만."

방언은 필사를 마치고 다산이 남긴 말을 읊조렸다. 그리고 이 좋은 책이 여전히 뒷방에서 썩고 있다는 것은 조선의 현재를 말해주는 것이라고 생각했다.

'진정 이 조선은 답이 없는가!'

이 말을 누가 듣는 것은 아니었지만 차마 입 밖으로 쏟아낼 수가 없었다. 그리고 문득 누군가의 목소리가 그의 귀에 들려왔다. 주위에는 아무도 없는데 말이다.

"새로운 세상이 열릴 것이오."

그 목소리는 잊을 만하면 한 번씩 방언을 괴롭혔다. 벗들과 답이 없는 논쟁을 하고 난 다음에는 더욱 그랬다. 오늘따라 작고하신 부친도 이청 선생도 암자의 그분도 떠오르니 기분이 울적했다. 불혹의 나이를 지나도 어른이 덜된 것 같았다. 아마도 흐드러진 동백꽃이 그의 마음을 자극한 것이리라고 스스로 변명을 했다.

"보현사(寶玄寺)나 가볼까?"

보현사에 새로운 주지가 왔다는 말을 들은 게 몇 달이 되었다. 보현사는 그의 마을 인근에 가장 가까운 절이기도 하고, 작년에 열반에 든 노승과도 차 한잔할 정도는 되어서 가끔 찾았다. 그러고 보니 주변의 많은 이들이 세상을 떠났다. 부친을 비롯해 스승으로 모셨던 이들 모두 세상을 등졌다.

안산을 지나 수리잿골로 들어서자 골짜기를 가로지르는 실개천 양쪽으로 노란 개나리가 만개해 있었다. 그 위쪽으로 붉은 동백꽃이 어우러져 장관을 이루고 있었다. 어릴 적 동무들과 동백꽃 꿀을 따먹던 생각이 나자 그때처럼 대나무 가지로 대롱을 만들어 동백꽃 꽃술에 꽂고 꿀을 빨아 먹었다. 달콤한 동백꽃 꿀을 따먹느라 그의 두건과 도포 자락은 노란 꽃가루로 범벅이 되었다. 그러다 목이 마르면 찔구꽃대를 꺾어 먹기도 했다.

"주지가 바뀌어도 여기는 여전하구나."

보현사는 폐가를 수리해서 미륵전이라는 현판 하나를 매달아 놓고 법당으로 사용하고 있었고, 다른 한 채에 스님이 머물렀다. 보통 절 안에 부처님 모시는 곳을 대웅전이라 하는데 이곳이 미륵전인 것은 미륵불을 모시는 절이라서 그랬을 것이다. 사방으로 동백꽃이 둘러쳐져 있어 꽃구경하며 차 한잔하는 묘미가 있었다. 그래서 노승을 볼 겸 차를 핑계 대고 찾았던 것이다.

노승은 말이 없는 이라 고요하게 머무를 곳을 찾을 땐 그만이었다. 노승이 열반에 들어 이제 이곳을 찾을 일도 없을 거라 여겼는데, 노승이 마지막으로 남긴 한 마디가 발길을 끌었다.

"꽃이 진다고 바람을 탓할까요? 떨어진 동백꽃이 땅에 묻힐 때쯤
또 동백꽃은 피니 말입니다."

아마도 노승은 새로운 주지가 온다는 것을 알리려 했던 것이 아닐까 싶다.

"그래, 꽃이 진다고 바람을 탓할 수는 없지."
"그렇지요. 그 바람이 꽃을 피우니 말입니다."

관세음보살.
옆에서 들리는 소리에 고개를 돌리니 새로 왔다는 주지로 보이는 이가 서 있었다. 합장을 한 후 고개를 들자 방언은 놀라지 않을 수 없었다.

"아니, 그대는 그때 그 일지 스님이 아니요?"
"잊지 않으셨군요, 처사님."
"내 어찌 잊을 수 있겠소. 그대만이 아니라 그날의 모든 이들을
잊지 않았소."

말로 차마 뱉을 수 없었지만, 일지 스님은 소리 없는 말을 알아듣는 것 같았다.

"어떻게 여기를 온 것입니까? 그때 남원에 계시지 않았습니까?"

"바람 따라 사는 게 소승의 삶이니 남원에만 있으란 법은 없지요. 남원에서 각자 헤어진 뒤로 전주를 거처 나주에 와서 며칠 머무르면서 어디로 갈까 고민했지요. 그때 어느 스님이 호남에서도 장흥부가 유독 힘든 곳이라고 일러주더군요."

"그라지요. 솔찬히 힘든 곳이지요."

"그래서 장흥부로 왔다가 이곳 수리재골까지 들어왔습니다. 장흥은 어떤 곳입니까?"

"가장 척박하면서도 가장 앞선 곳이기도 하지요. 여기저기 뜯어묵는 놈들이 많아 백성들이 힘들기도 하지만 탐진강 끝자락 강진만을 통해 새로운 문물과 바람이 가장 먼저 들어와 사람들을 일깨우니 어느 고장보다 앞선 곳이기도 하지요."

"장흥이란 이름은 언제부터 썼습니까?"

"고려조 인종 임금 때부터 쓰였다고 합니다. 고려조 때 인종 황제비가 공예태후인디 그분이 천관산 아래에서 나신 분이지요. 공예태후 몸에서 난 아들 셋, 인종, 명종, 신종이 황제가 되었고 태후가 난 곳이라 하여 현에서 도호부로 승격되어 오늘까지 오고 있지요. 또 천관산 남쪽에 회령진성과 회령포가 있는디 임진왜란 때 충무공이 백의종군 길에 여수, 순천, 보성을 거처 장흥으로 오면서 군사들을 모아 회령포에 숨겨져 있던 전선 12척을 배설 장군한테 인수한 곳이기도 하지요. 그때 충무공 따라서 전쟁하느라 장흥사람들이 참 많이도 죽었다고 하데요. 명량해전 때 장흥마씨마하수 장군 삼부자가 어선을 모아 싸우다 장렬히 전사했고 장동출신 반곡 정결달 장군도 충무공 휘하에서 의병들을 이끌고 싸우다 돌아가셨다더군요. 이름 모르게 죽어간 군사들은 셀 수가 없고요. 그뿐입니까. 충무공이 전사하신 후 시신을 바로 아산에 안치하지 못하고 90여 일을 마량(馬梁) 건너편 완도(莞島) 고금도(古今島)에 모셨다가 전쟁이 끝나자 시신을 상여에 메고 아산까지 운구한 사람들도 장흥 강진 사람들이라 하더군요. 그리고 장흥고씨 고경명 의병장께서 호남사람들을 모아 의병 활동을 하셨는디 그 활약상을 보고 충무공께서 호남이 없으면 국가도 없다는 '약무호남시무국가(若無湖南是無國家)'라고 했지요. 그래서 장흥사람들은 장흥이 없으면 호남이 없다, 즉 '약무장흥시무호남(若無長興是無湖南)'이라 하는디 틀린 말도 아니지요."

"하하, 그렇습니까."

"어디 장흥뿐이겠습니까? 난리 통에 죽어간 사람들이..."

"할 이야기가 많을 것 같으니 법당으로 가서 차 한잔하시지요."

"아, 참. 스님."

"예."

"절에 오면 무심코 산신각에 먼저 들러 문안드린 다음에야 대웅전이나 미륵전에 인사드리는데, 부처님을 모시는 곳에 웬 산신각이랍니까?"

"글쎄요. 우리 고유 신앙인 삼신 사상을 불교가 수용한 모습이랄까요?"

"그라고 아까 삼신각에 차려진 음식을 본께 세 가지 나물이 차려져 있던데 별다른 뜻이 있당가요?"

"훈장 선생님 아니랄까 봐 자세히도 보셨네요. 네, 저도 들은 얘깁니다만 세 가지 나물은 환인, 환웅, 단군께 각기 드리는 음식이라 그런 것으로 알고 있습니다."

"아니, 단군이라면 상고시대 우리 시조이신 단군을 말씀하시는
겁니까?"

"네, 그분은 정치적 지도자이면서 동시에 하늘에 제사 지낼 때 제
사장 역할을 했던 분이니 후일 백성들이 그분을 신으로 모신 것
이 아닐까요? 여기 전라도에 와보니 무당을 당골네라고 부르던데
당군의 역할을 한다 해서 그리 부르는 것이 아닐런지요? 나약한
인간의 마음을 보듬어주고 위로해준다면 부처님이면 어떻고 당
골네면 어떻겠습니까?"

"그라지요. 그란디 부처님 제자이신 스님께서 그리 말씀하시니
쪼끔 당황스럽긴 합니다. 하하."

방언은 일지 스님을 따르면서 이젠 어쩔 수 없는 일이라 생각했다. 이것이
운명이라면 받아들이는 수밖에 없다고. 결국 만나야 할 사람은 만나는 것이
고, 다가오는 운명은 피할수록 더 거세게 다가온다는 것을 온몸으로 느꼈
다. 차 맛은 전과 다름이 없는데, 함께 차를 마시는 사람은 달랐다.

"노승께서 언질을 주시지는 않으셨나 봅니다. 처사님께서도 아시
겠지만, 선사께서는 워낙에 말씀이 없으신 분이셨지요. 소승에게
는 스승과 같은 분이셨습니다. 실은 남원에 들렀을 때 선사께서
도 그 곳에서 수행을 하고 계셨습니다. 그때까지만 해도 말씀이
없지는 않으셨는데, 두 해 후인가 거의 묵언수행을 하는 듯이 말
씀이 없으셨답니다."

일지 스님의 말을 듣고 보니 노승을 만난 것도 남원을 다녀온 2년 후였던 것이다. 자신을 찾아 굳이 이곳까지 온 것은 아니었겠지만, 인연이라면 참 묘한 인연이었다. 그렇다면 이들 모두는 암자에서 만났던 그와 연관이 있는 것일까?

"선사께서는 그분과 나이나 학문적 바탕을 떠나 참다운 지기였습니다."

노승이 동학도는 아니었음을 그렇게 둘러 말한 것이었다.

"차가 생각나시거든 언제든 들러 주십시오. 소승이 차 덖는 재주는 있으니 말입니다. 건너편 대나무 숲 근처 야생차가 제법입니다."
"수리재골이 해가 일찍 떠서 일찍 지는 곳이라 선선한 기후에 차 맛이 좋지라우."

일지 스님의 말대로 차 맛이 많이 생각날 것 같았다. 특히, 햇잎을 따서 찌고 말리고 발효시켜 엽전처럼 만든 청태전이란 차는 그 맛이 일품이었다. 대여섯 번을 우려내도 향긋한 차 맛은 더하는 듯했다. 그와의 해후는 그 정도가 적당하다고 생각할 즈음, 일지 스님은 늘 그렇듯이 그의 마음을 읽었다.

보현사를 나와 집으로 오는 길에 그의 서재 깊숙이 넣어두고 한 번도 펼쳐보지 않았던 서책이 생각났다.

'좀이 슬지는 않았을랑가 모르것네.'

그렇지는 않았다. 그는 책을 펼쳐보지는 않았지만 때때로 책의 상태를 살폈으니 말이다. 집으로 돌아온 그는 비로소 그 책을 꺼냈다. 20여 년 만이었다.

6. 어산접의 접주

이것이 번뇌(煩惱)라면 지독한 번뇌였다. 20여 년 넘게 그 지독한 번뇌에 싸여 길을 찾지 못한 것에 비하면 결론은 싱거울 정도였다.

'나는 왜, 무엇 때문에 거부했던가!'

그가 전해준 책의 내용이 대단했던 것은 아니었다. 그간 여러 스승을 만나면서 가르침을 받았고, 다양한 의견을 접했다. 주자학에 함몰된 여러 스승의 학문과 다산 선생처럼 개혁적인 방책까지 두루 섭렵했던 그였다. 그런 면에서 그분의 학설은 소박하다고 볼 수 있었다. 하지만 가장 뚜렷했다. 수천 년을 이어온 유학에 비할 수는 없겠지만 지금의 시대적 상황을 가장 잘 인식하고 내놓은 비책인 것 같았다.

주자학은 조선뿐만 아니라 중화 세상을 지배했던 사상이다. 그러나 세상이 변한만큼 시대를 지배하는 사상도 변해야 한다. 변하지 않으면 도태되기 마련이다. 이미 송나라 때 성립한 주자학이 명나라 양명학, 청나라 고증학으로 발전하다 그 명이 다했으나 조선은 소중화를 외치면서 지금까지 신줏단지처럼 모시고 있는 것이 애석할 따름이었다.

사상은 그 시대를 사는 사람들을 하나로 묶어낼 수 있어야 한다. 한 시대가 가고 새로운 시대를 맞이하기 위해선 새로운 사상이 필요했기에 그분은 목숨 걸고 역설하고 있는 것이었다. 사람은 자기가 배운 만큼 알고, 안 만큼 행동한다. 그래서 무엇을 얼마나 배우느냐가 중요하다. 더군다나 자신이 처한 환경을 뛰어넘어 다른 세상을 본다는 것은 불가능에 가깝다. 방언은 지금껏 살아온 세상을 뛰어넘어 새로운 세상에 대한 열망에 홍역을 치르고 있는지도 모른다.

"어떠했습니까?"

차 맛을 못 잊어 왔다는 방언의 말에 일지 스님이 차를 따랐다. 그가 묻는 것이 차 맛이 아니라는 걸 방언도 알아들었다. 그를 만났으니 어쨌든 서책을 떠올렸거나 보았을 거라고 짐작했을 것이다.

"솔직헌 말로 다른 이들처럼 그 속에서 미륵을 찾지는 못했습니다. 허지만 미륵을 찾는 이들이 보입디다. 그라고 그들을 위해 뭔가 할 수밖에 없다는 것을 어렴풋이 느끼고 있다고 해야 할까요?"
"며칠 새에 많이 변하신 것 같습니다. 너무 급하게 서두르진 마십시오."

그렇게 말해주는 일지 스님이 고마웠다.

"시간이 솔찬히 걸릴 것 같습니다. 뼝아리가 단단한 달걀 껍데기를 깨고 나오는 것처럼 제 안에 있는 허상을 다 벗어내려면 아직 인고의 시간이 필요할 것 같기도 하고요."

"그럴 겁니다. 유학에 젖어 산 세월이 족히 40년이니 말입니다.
소승이랑 차나 마시며 담소나 나누시지요."

그 일이 있기까지 일지 스님과 만나 담소를 나누었다. 때로는 유(儒)와 불
(佛)의 차이에 대해 논하기도 했고, 때로는 불경에 나오는 화두로 선문답을
나누기도 했다.

이를테면 불가에서는 윤회를 사람들을 올바른 길로 인도하는 매개라고 했
다. 과거에 악업을 쌓아 지금 불행하더라도 부처의 말씀을 따라 선업을 쌓
는다면 윤회의 과정을 거치는 동안 언젠가는 복락을 누릴 수 있다는 희망을
중생들에게 심어준다는 것.

반면 유가에서는 사람이 죽으면 그것으로 끝이라고 본다. 육신인 백은 땅
에 묻혀 자연으로 돌아가고 영혼인 혼도 결국 자연으로 흩어지는 것이니 말
이다. 혼을 위한 제사는 효이며 예라는 것, 그리고 그 효와 예라는 형식이
조선에서는 관념화되어, 수십 대 조상인 시조공까지 제사를 지내고 있어,
제사상 차리다 1년 다 간다는 말이 나올 법하였다. 비판 없이 한쪽으로 치우
친 관념화된 사상이 얼마나 무서운가를 인식하지 못하고 말이다. 그렇게 굳
어진 생각은 어떠한 상황에도 변화를 거부하다 스스로 무너질 수밖에 없다
는 것을...

"하늘님을 모신다는 것은 어떤 것이당가요?"

불가와 유가의 이야기를 이어가다가 끝에서는 서책의 내용, 즉 동학에 대
해 물었다.

"그분께서는 이렇게 말씀하셨지요. 안으로는 성실한 마음을 가지고, 밖으로는 다른 사람과 올바른 관계를 맺으며 온 세상 사람들이 각기 스스로 깨달아 조금도 흔들리지 않는 깊은 자아의 영역에 신념을 가지는 것이라고 말이지요."

"결국 인격 수련과 올바른 삶의 태도를 지녀야 한다는 말씀이군요. 군자가 되어야 보국안민을 이끌어낼 수 있다는 말이겠지요. 동학이 유불선을 바탕으로 하고 있음을 조금이나마 알 것 같기도 허네요."

"어떤 점이 그렇습니까?"

"하늘님이 사람 안에만 있는 것이 아니라 이 세상 모든 것에 깃들여 있다는 것을 조금이나마 이해할 것 같습니다. 지금도 안사람들이 고목 나무 밑에서 정화수 떠 놓고 하늘님, 하늘님 하면서 소원을 빌지 않습니까? 이것이 다 이 세상 모든 것에 하늘님이 있다고 믿는 것 아니겠습니까?"

"네, 사람들 인식의 범위가 넓어져서 하늘신에서 조상신으로 이동하게 된 것이고 조상신을 모신 지금도 그 하늘신이 여적지 남아있는 것이죠."

"오래전 예산에 있을 때 그쪽 유학자들이 말하는 인성과 물성이 같다느니 다르다느니 하는 소릴 듣고 무슨 소린가 생각했는데 지금 생각해 보면 그렇게 생각할 수도 있을 것 같네요."

"그분 역시 한때는 유학에 심취해 있었고, 그분의 부친 근암공 선생 또한 퇴계 이황의 학통을 이어받은 영남 유림을 대표하는 유학자였으니 당연히 그렇지 않겠습니까?"

"그러고 보면 학문이란 서로 영향을 주고받는 거 같습니다."

"내 것만이 전부라는 생각은 오만한 것이지요. 무엇보다 왜 학문을 하는지 본질을 잊지 말아야 하겠지만요."

일지 스님은 방언을 보며 환한 미소를 보냈다.

"가뭄이 오래 가서 걱정입니다."

무자년(1888)에 들어서 가뭄이 심해지자 흉년이 들었다.

"몇 년 전부터 백성들만 죽어납니다. 을유년(1885)에도 흉년이 들었고, 병술년(1886)에는 괴질이 창궐하여 팔도의 많은 백성이 죽어 나갔지 않습니까? 당장 먹고 살 끼니도 없는데, 결세까지 거둬들이니 대놓고 죽으란 소리지요."

방언은 울분에 찬 소리로 말했다. 그나마 일지 스님 앞이라 이렇게라도 토해낼 수 있었다. 백성들은 거듭된 흉년으로 먹고살기 팍팍한데 가차 없이 진결세를 걷는 이유 또한 모르지 않았다. 나라의 곳간인 국고가 비어 있으니 가혹하게 세금을 거둬들이는 것이었다. 민씨 척족이 국정을 주무르면서 그들의 배는 채워지지만 그만큼 국고는 동나고 있었다.

민비는 임오군란 때 궁으로 돌아갈 날을 용하게도 맞춘 무당에게 진령군이란 벼슬까지 주어 조선팔도 명산을 찾아다니며 허구한 날 세자의 복을 비는 굿판에 돈을 물 쓰듯 하고 있었다. 국고가 바닥이 나니 임금의 묵인하에 민씨 척족은 매관매직에 나섰다. 고관대작은 물론, 심지어는 아전 자리까지도 팔았다. 관찰사 자리는 이만 냥, 군수 현감 자리는 오천 냥, 아전 자리도

백 냥으로 거래되었다. 자리를 팔 수 없게 되자 임기를 줄여 관찰사가 삼 개월마다 바뀌는 곳도 있었고 과거시험도 돈벌이 수단으로 전락하여 돈만 내면 과거에 급제할 수 있었고 삼 년마다 시행하던 과거를 일 년에 대여섯 번씩 시행하는 해도 있었다.

조선팔도에 관직이 구백여 자리에 불과한데 이렇게 과거 급제자를 쏟아내니 급제하고도 보직을 받지 못한 급제자들은 민씨 일파에 돈을 내고 자리를 살 수밖에 없었다. 돈으로 산 자리라 본전을 뽑기 위해 삼개월에서 일 년 동안 백성을 수탈할 수밖에 없는 구조적 병폐를 안고 있었다. 오죽했으면 한양 사는 아낙네들이 아들 공부시켜 전라도 사또 한번 해보는 것이 평생의 소원이라고 했을까. 이래서 민씨 척족들 집 개새끼도 벼슬을 해 멍첨지란 말까지 나오게 되었고 국고가 채워지지 않자 서양과 일본에서 빚을 낼 수밖에 없었고, 온갖 잡세를 걷을 수밖에 없었다.

한양에서는 당호전을 마구 찍어내다 보니 물가가 폭등하여 몇 년 전까지만 해도 찹쌀 한 석에 이십 냥 하던 것이 요즘은 일백 냥까지 올랐다.

"오늘 서당에서 한 학동이 묻습디다. '훈장님, 배움이란 무엇입니까? 당장 밥이 나오는 것도 아닌데 꼭 배워야 합니까?' 아, 이러지 않겠습니까? 흉년이 들어 끼니를 걱정하는 판에 배우는 게 대수겠습니까? 그래도 훈장 체면이 있는데, 뭐라 했겠습니까. 오늘 책을 읽으면 훈장님이 죽을 주지 않느냐고 했지요. 아이에게 미안했습니다."

방언은 마을 사람들까지는 몰라도 서당의 아이들에게는 죽으로라도 끼니를 때우게 했다.

"위정자들 때문에 백성들만 죽어나는 것이지요. 아이들에게 죽만
주시겠습니까?"

"그럴 수는 없지요."

"어찌하실 생각입니까?"

"직접 부딪칠 겁니다. 결세를 감면할 수 있다면 장흥부사도 만나
고 전라감사도 만날 겁니다."

"소승도 미력하나마 힘을 보태도록 하지요."

사실 방언은 서당의 아이가 배움이 뭐냐고 물었을 때 다른 답을 했다. 중
용에서는 배움에 대해 '박학지 심문지 신사지 명변지 독행지(博學之 審問之
慎思之 明辨之 篤行之)'라고 했다. 널리 배우고, 자세히 묻고, 신중히 생각하
고, 분명하게 변별하며 독실하게 행한다는 말이다.

"너희가 학문을 하게 되면 옳고 그름을 알게 될 것이제. 옳다고
여긴다면 행동하는 것이고. 배가 고프면 왜 배가 고픈지 생각하
고, 배를 고프게 하는 요인이 무엇인지 찾아야 할 것이 아니냐.
그것을 찾았다면 밥을 먹을 수 있도록 행동하면 되는 것이제."

아이들에게 한 말이었지만 그 스스로에게 한 말이기도 했다. 그리고 그 자
신이 전에 비해 얼마나 달라졌는지 느낄 수 있었다.

"참, 그리고 스님께 궁금한 것이 있는디, 보통 절에 가면 부처님
을 모시는 건물에 대웅전이라 쓰여 있는디 여기 보현사는 부처님
을 모시는 절간에 미륵전이라 쓰여 있던디 왜 그런답니까?"

"부처님도 모시지만 미륵을 모시고 있어 미륵전이라 썼습니다."

"미륵은 또 누굽니까?"

"부처님과 같이 수행한 불자로 부처님이 구제하지 못한 중생을 부처님 사후 억겁 년 뒤에 이 세상에 내려와 용화세계를 펼치실 분이지요. 지금은 도솔천에서 언제 어디로 내려갈지를 준비하고 계시지만 세상이 어지럽고 백성들이 제일 고통스러워할 때 내려오시지 않을까 생각합니다."

"그럼 곧 여기로 내려오실 때가 된 것 같습니다. 지금보다 백성들이 고통스러울 때가 있었당가요?"

"저도 스승님이 그렇게 비명에 가시고 경주를 떠나 모악산 금산사에서 미륵불을 모시다가 이곳 장흥까지 왔습니다. 억불산 며느리바위 밑이 좋긴 한데 장흥도호부와 너무 가까워서 사람들 눈에 띌까 해서 여기로 왔습니다. 이곳 수리재골이 꼭 경상도 안동에 있는 청등산 자락과 비슷하고 돈바위가 감싸고 있는 산세가 험해 조용히 수행하기 좋은 곳이라 생각해서 이곳에 터를 잡았습니다. 수행하기는 좋아도 사실 제가 볼 땐 산세가 험한 만큼 풍수도 험한 곳이지요. 그래서 옛 어른들 말씀으론 여기에 절을 짓고 수행한 스님들이 여럿 있었는데 다들 오래 버티지 못하고 떠났다고 하데요."

"으짜든 잘 오셨습니다."

"지금도 스님들이 장흥부에서 안양으로 지나갈 때 억불산 며느리바위를 미륵부처로 생각하고 합장하고 불공을 드린 후 지나간답니다."

"아, 그럽니까?"

"실은 그 며느리바위는 또 다른 전설이 있지요."

"어떤 전설입니까?"

"억불산 아랫마을에 구두쇠 영감이 살고 있었지요. 하루는 그 영 감이 시주하러 온 승려를 하도 박절하게 대하자 며느리가 나서서 용서를 구하고 대신 승려에게 시주를 했답니다. 그러자 그 스님 은 며느리에게 모월 모일에 이곳에 물난리가 있을 것이니, 무슨 일이 있어도 뒤를 돌아보지 말고 억불산으로 피하라 했답니다. 그 스님의 예언이 있던 날 며느리는 물난리를 피해 산을 오르다 '며늘아가! 나를 혼자 두고 가느냐?' 하는 구두쇠 시아버지의 애 절한 부름에 뒤를 돌아보게 되었고 순간 그만 돌로 변해서 며느 리 바위가 되었답니다. 쓰고 있던 수건은 멀리 날아가 조그만 산 이 되었는데 억불산 맞은편 산이 수건 건 자를 써서 건산(巾山)이 되었답니다."

"하하, 그럴듯하군요."

보현사에서 돌아온 방언은 향약계를 움직이기 위해 준비했다.

"훈장님, 창휘구만요."

옆 동네에 사는 창휘는 종종 방언의 일을 도왔다. 우연히 창휘가 동학에 입도했다는 것을 알게 되었다. 창휘는 단순한 면이 있지만 입이 무거웠다. 방언의 일을 거들면서도 동학에 동자도 꺼내지 않았다. 장흥부는 물론 방언 이 사는 남면에도 꽤 많은 동학도가 있다는 것을 알고 있었지만, 비밀조직 인 포접제로 움직이다 보니 구체적으로 누가 동학도인지 알지 못했다. 눈뜨고 알려면 못 알아낼 것도 없었다. 그렇지 않아도 충직했던 창휘는 방언이 부르기만 하면 하던 일을 멈추고라도 달려왔다.

"내 서찰을 줄 테니 전하고 오거라. 오늘 저녁까지 전해야 하는디 되것냐?"

몸이 날랜 창휘라도 남면 향약계에 서찰을 전하기는 모자란 시간이었다. 그걸 알면서도 오늘까지라고 못 박은 것은 창휘가 다른 물리력을 동원해도 좋다는 의미였다. 그가 어떻게든 동학교도들을 통해 시간을 단축할 것을 알기에 그리 말한 것이었다. 서찰에는 내일 점심에 서당으로 모여 달라는 내용이 적혀 있었다.

"모두 진결세의 내용에 대해서는 들어서 알 것입니다. 계원들도 아시겠지만, 우리 장흥부는 산세가 험하고 척박해서 여름에 비가 오지 않으면 농사를 지을 수 없는 천수답이 많습니다. 그래서 장 흥부 관아에서도 그해 가뭄이 들어 농사를 짓지 못하는 묵은 논 밭에는 진결세를 감해주는 관례가 있었습니다. 근디, 올해 가뭄 이 들어 흉년으로 거둔 것도 없는데 진결세를 내라고 압박을 해 대니 이대로 있어서는 안 될 것 같습니다."
"그람 으짜자는 것입니까? 유통(儒通)이라도 돌려블자는 말씀입 니까?"
"유통도 좋지만 그래도 우리가 향촌을 대표하는 향약계 대표들인 디, 일단 부사를 만나서 담판을 지어븝시다."

121

방언이 말을 꺼내자 의견이 분분했으나 이대로 있어서는 안 된다는 의견이 주를 이루었다. 방언은 알 수 있었다. 분위기를 이끌어가는 몇몇이 동학 교도라는 것을.

  "그라믄 계원들의 뜻에 따라 이틀 후에 장흥 관아를 찾아 부사에게 뜻을 전하도록 합시다."

  장흥부의 다른 향약계들도 함께 했으면 좋았겠지만, 남면의 향약계가 먼저 나서면 영향을 끼칠 수 있으리라 여기며 그들만 감행하기로 했다.

  호기롭게 장흥부사를 만났지만 부사의 뜻은 완고했다.

  "남면 향약계의 뜻은 알겠지만, 부사가 독단으로 할 수 없는 일이오."
  "독단으로 할 수 없어가꼬 과중한 세금을 못 내는 이들에게 곤장을 때리는 것입니까?"
  "법대로 하는데 뭐가 문제요? 곤장 맞기 싫으면 내면 될 게 아니오?"
  "당장 먹고 죽을 것도 없는디, 대체 뭘 내라는 것이오?"
  "가물어서 남면 방짓동 들에 심어놓은 콩도 있고 메밀도 있는 것을 아는데 굶어 죽기는 왜 죽는단 말이요? 아전들한테 들어서 알고 있으니 거짓말 마시오."
  "논에 농사를 짓는다는 것은 본래 나락과 보리를 심어 수확하고 수확량의 결당 4두를 세금으로 내는 것이지요. 그런데 가뭄이 들

어 본래 나락을 심지 못하고 버려두기 아까워서 콩이나 메밀을 심었다고 진결세를 감면해 주지 않음은 부당하다 아니할 수 없지라우. 그거라도 먹고 살아야 허는데, 그마저 가져가겠다면 죽으라는 소리가 아닙니까?"

방언이 조목조목 진결세 면제에 대한 합당한 이유를 말했지만 부사는 끄떡도 하지 않았다. 두어 차례 더 부사를 찾아 항의했지만 돌아오는 답은 같았다.

"이대로 포기할 수 없소. 이제는 나라도 전라감사를 찾아가 독대라도 해서 우리의 뜻을 관철시키도록 하겠소."

장흥부사로부터 거부당한 상태라 향약계 성원들은 의기소침해 있었다. 방언이 직접 관찰사를 찾는다는 말에 반기기는 했지만, 과연 뜻을 이룰 수 있을까 반신반의했다.

"내 뜻이 이루어지지 않으면 돌아오지 않을 각오로 부딪쳐 볼 텡께 기다려들 보시오."

방언 스스로의 다짐이기도 했다. 글만 읽고 가르치는 그저 그런 훈장이 아니라 옳은 일에 행동할 줄 아는 훈장이라는 것을 어린 제자들에게 보이고 싶었다. 향약계의 두어 명은 전주까지 함께 가겠다고는 했지만, 얼마가 걸릴지 몰라 혼자 가겠다고 했다.

"나는 진결세 감면을 이루고 올 텐께 그대들은 남면을 잘 지키고 있드라고."

그들을 안심시키고, 창휘와 집일을 돕는 김 서방만 데리고 전주로 향했다.

"스승님. 일지 스님 서찰입니다요."

일이 급박하게 돌아가던 터라 보현사를 찾을 여유가 나지 않았다. 일지 스님은 전주에 가거든 일의 성공 여부와 관계없이 만나봤으면 하는 이들이 있으며 그들을 만나는 일은 창휘가 도울 것이라 했다.

전라감사를 만나기 위해 전주에 있는 전라감영을 찾았으나 생각보다 만나기는 쉽지 않았다. 장흥부사를 만나는 것과는 또 다른 어려움이 있었다. 장흥부사야 장흥 향약계를 외면할 수 없었기에 어찌 됐든 만나기는 했지만 전라감사는 만남 자체가 어려웠다. 이럴 줄 알았으면 지리산을 주유하다 만나서 의형제를 맺은 목청 큰 구교철과 무예가 뛰어난 이인환을 데리고 올 걸 하는 생각마저 들었다. 함께 있으면 의지가 되기도 하거니와 교철의 목청으로 전라감사 나오라고 부를까 하는 엉뚱한 생각마저 들게 했다. 싸울 일이라도 있으면 인환이 막아주면 되니 말이다. 외아들로 자란 방언으로선 그들이 꽤 의지가 되었다. 그래서 몇 년 전에 장흥 인근에 사는 그들을 장흥으로 이주하게 편의를 봐주었다.

"훈장님, 인자 만나 보실랍니까?"

창휘가 말하는 만날 인물이 확실히 누구인지 알지 못해도 어떤 부류의 인물일지는 짐작하고 있었다. 막연히 감사를 기다릴 수도 없고, 다른 이들과 만나면 감사를 만날 수 있는 길이 열리지 않을까 싶어 허락했다.

창휘는 모악산 자락에 있는 한 암자로 방언을 안내했다. 아마도 일지 스님과 연관 있는 인물이리라 짐작했다. 그런데 막상 얼굴을 대하고 보니 초면은 아니었다.

"아니, 당신은 그때 그….'

남원에서 만났던 보부상이었다. 일지와 연관 있는 인물일 거라고는 짐작했지만, 설마 그라고는 생각지 못했다.

"20여 년이 넘었는데 용케 기억하시는군요."

그는 놀랍다는 듯이 말했다. 아마도 그는 방언에 대해 알고 있었던 모양이었다.

"그때 워낙 인상이 강렬하시지 않으셨습니까? 아시는지 모르겠지만, 장흥부 유생 이방언입니다."
"네. 일지 스님에게 들어 알고 있습니다. 선생도 워낙 인상이 강해 오랜만에 보는 데도 기억이 나는군요. 동학 북도중주인(北道中主人) 해월이라 합니다. 세상 사람들은 나를 최보따리라고 부른다고 들었습니다. 하기사 틀린 말도 아니지요. 쫓기는 몸이라 언제든 도망갈 보따리를 메고 있으니 말이오."

그가 동학의 직책을 말하자 언젠가 일지 스님에게 들었던 기억이 떠올랐다. 그분이 처형을 당한 후 동학의 2세 교조를 그가 맡고 있다는 걸 말이다.

"아, 그분의 수제자셨고, 신사(神師)라는 걸 일지 스님께 들은 적이 있습니다. 이렇게 만나 봬서 광영입니다."
"그저 연장자라 책임을 맡고 있다 생각합니다. 사실 대신사께는 많은 제자가 있습니다. 특별히 동서남북의 대접주를 두어 제자들에게 역할을 맡기셨지요. 시형이란 이름도 해월이라는 호도 대신사께서 내리신 것입니다."
"그럼 다른 대접주님들 이름과 호도 직접 내리셨습니까?"
"그랬습니다. 그 부분은 아직 보호해야 하므로 말씀드릴 수가 없습니다."
"혹시 이름자에 원, 형, 이, 정이라는 자가 들어가는지요?"
"어찌 아셨소? 혹여 일지 스님에게 들은 것이오?"

해월은 급한 나머지 중요한 사실을 들려주고 말았다. 일지 스님이 그 이름들을 안다는 것을 말이다. 그렇다면 일지 스님 역시 그들 중 한 사람일지도 모른다는 생각이 들었다.

"그렇지 않습니다. 전에 그분께서 주신 서책 중, '원형이정(元亨利貞)의 네 가지 덕은 천도의 떳떳한 이치'라는 내용이 있어서 그러지 않을까 추측했을 뿐인데……."
"그렇군요. 주역과 소학에 원형이정 천도지상(天道之常)이라는 글귀가 나오는데, 아마도 그분께서 거기서 따온 듯합니다."

"아마 그러셨을 겁니다. 소생이 글 읽을 줄은 모르는 일자무식이
나 한번 들은 것은 잊지 않습니다. 대신사께서 저술한 서책은 다
외고 있지요."

수운 대신사는 「수덕문」에서 『주역』에 나오는 원형이정을 언급했다. 원
형이정은 사주의 별칭이기도 한데, 연주는 원(元), 월주는 형(亨), 일주는 이
(利), 시주는 정(貞)이다.

『주역』에서 "원은 착함이 자라는 것이요, 형은 아름다움이 모인 것이요,
이는 의로움이 조화를 이룬 것이요, 정은 사물의 근간이다. 군자는 인을 체
득하여 사람을 자라게 할 수 있고, 아름다움을 모아 예에 합치시킬 수 있고,
사물을 이롭게 하여 의로움과 조화를 이루게 할 수 있고, 곧음을 굳건히 하
여 사물의 근간이 되게 할 수 있다. 군자는 이 4가지 덕을 행하는 고로 건은
원형이정이라고 하는 것이다."라고 했다. 원형이정은 대개 만물이 처음 생
겨나서 자라고 삶을 통해 이루고 완성되는, 사물의 근본 원리를 말한다. 대
신사는 그런 이치를 밝혀 수행에도 힘쓸 것을 당부하고 싶었던 것이 아닐까
싶었다.

그런데 '해월(海月)'이라는 호와 '시형(時亨)'이라는 이름이 묘하게 맞아떨
어진다. 다른 이들의 배치는 어떻게 했을지 호기심이 일었지만 묻지 않기로
했다. 나중에 수운 대신사의 제자이자 해월의 의형제인 강시원(姜時元) 역시
시형과 함께 지어진 이름이라는 것을 알게 되었다. 그렇다면 일지 스님의
이름에는 원자와 형자를 제하고 남은 이(利)자 아니면 정(貞)자가 들어가지
않을까 생각했다. 시이나 시정이란 이름으로...

"수만 년 전 하늘이 처음 열리고 하늘 아래 사람과 짐승과 수풀이 우거진 이후 지금까지 이어온 세상이지요. 그 세상은 가진 자와 못 가진 자가 있고, 가진 자는 힘으로 못 가진 자를 억압하고 착취하지요. 또 남녀가 유별하고 어른과 아이가 유별하고 신분에 귀천이 분명하지요. 지금 이 세상은 이제 그가 가진 모순 때문에 그 운을 다했다고 보는 것이지요. 그리고 이제 다시 개벽세상이 시작되는 것이지요."

정말 그의 말대로 대신사가 남긴 말은 다 외는 것 같았다.

"다시 개벽세상은 어떤 세상입니까?"

"양반과 노비의 구분이 없어지고, 남녀의 구별이 없어지고 임금이 다스리는 것이 아니라 백성들이 주인이 돼서 그들 스스로 다스리는 그런 세상이지요. 이 세상에서 억압받고 굶주렸던 백성들이 이제 대접을 받는 그런 세상이지요. 공자님도 누구든 배우고 익히면 즐겁고 군자가 될 수 있다고 하였고, 부처님도 하찮은 미물이라도 불도에 정진하면 부처가 될 수 있다고 하지 않았습니까? 이제 그런 세상이 오고 있지요. 아니 오도록 만들어야지요. 조선의 운이 다해가고 있다는 것은 생각을 가진 이들이라면 모두 느끼고 있을 겁니다."

"그렇다고 반상이며 남녀의 구별도 없는 세상을 이룰 수 있을까요? 지금 힘을 가진 이들은 권력자들인데, 그들이 그것을 내려놓으려 하겠습니까?"

128

"다시 개벽세상을 이루기 위해서는 백성들이 깨우쳐 일어나야 합
니다."

방언은 해월의 표정과는 달리 목소리가 이렇게 옹골찼나 싶었는데 대화에
불쑥 끼어든 이가 따로 있었다. 해월과의 담소에 집중하다 보니 불청객이
들어온 줄도 몰랐다.

"아, 제가 두 분을 소개하기 위해 이 자리를 만들었습니다. 두 분
다 훈장님이기도 하고, 아직은 동학에 들어오지 않았지만 들어온
것과 진배없는 분들로 알고 있습니다. 통성명을 하시지요."
"장흥부에서 온 이방언이라고 하오."
"고부에서 온 전봉준이요. 사람들이 제 생김새를 보고 녹두라고
하지요."

자신의 작은 체구를 빗대어 스스로 녹두라는 별명을 전하는 그의 배포가
마음에 들었다. 녹두가 작기는 하지만 단단하기는 오죽 단단한가. 아마 그
또한 그러지 않을까 짐작해보았다.

초면인 이도 있었는데, 생각보다 빨리 융화가 되었다. 이야기를 나누다 보
니 전봉준은 그들 중 가장 연배가 낮았지만, 기가 죽는 법이 없었고 사람을
끄는 힘을 가지고 있었다. 기질상 방언과 더 가까웠다. 그의 부친도 향교의
장의를 지냈고, 그 또한 서당을 열어 훈장을 한 것도 묘하게 같았다. 그리고
둘 다 한쪽 발은 동학에 걸치고 있고, 다른 한쪽은 유학에 걸치고 있으면서
언젠가 때를 보고 있는 것도 같았다.

"공자도 맹자도 임금은 배, 백성은 물이라 했지라우. 물은 배를 띄우기도 하지만 뒤집을 수도 있다 했당게요. 백성이 편치 않은 정치는 가망이 없지 않겠습니까? 백성이 배를 뒤집고 백성이 주인이 되는 세상이 된다면 못할 것도 없지 않겠습니까?"

봉준은 강단 있는 목소리로 말했다. 방언은 그의 패기가 조금은 부러웠다. 그 또한 패기라면 어디 가서 뒤지지 않는데 나이를 먹다 보니 신중해질 수밖에 없었다. 그래도 간만에 생각이나 기질이 같은 이를 만나 세상일을 논하는 것은 즐거운 일이었다. 그도 그렇게 느꼈는지 서로 의기투합이 잘 되었다. 이런저런 이야기를 나누다 보니 방언이 전주까지 오게 된 일을 말하게 되었다.

"장흥 향약계는 대단해블구만요. 물론 선생의 신망이 높응께 결집이 되었겠지만, 유림이 지역의 백성들을 위해 나선다는 게 요즘 세상에 쉽지 않은 일 아니어라."
"다른 곳도 그렇기는 하겠지만 장흥 유학의 역사는 조선과 함께 이어져 왔지요. 많은 서당과 향교, 서원까지 있어 유림의 색이 강한 곳입니다. 그란디 중앙으로부터 외면당해온 곳이기도 하지요. 지역에 어려운 일이 있을 때마다 유림들이 나서 관과 협상을 통해 합의점을 찾아 해결하기도 했지요."

방언의 심중에 장흥에 대한 자긍심이 깊게 자리 잡고 있긴 했지만, 본의 아니게 장흥에 대한 자부심을 드러내게 되었다. 그리고 그가 향후 큰일을 하기 위해서는 유림의 뒷받침이 필요하리라 생각하고 있었다.

"그렇군요. 우선 전라감사를 만나는 게 급선무이겠구만요."

"그렇지요. 감사를 만나야 담판을 지을 텐디 이 핑계 저 핑계로 만나기를 거부하고 있단께요."

"전라감사에게 담판을 짓는 일은 도울 수 없지만 만날 수 있도록 도움을 드리겠습니다. 전주 감영에 가시거든 감사가 일하는 선화당에 전태규란 사람을 찾으면 될 겁니다."

봉준은 그 자리에서 서신을 써서 방언에게 주었다. 전태규는 전봉준과 같은 천안전씨 사람으로 봉준에게서 글을 배우다 전라감영 아전 자리를 꿰찬 사람이다. 전라도 아전 자리가 얼마나 대단한 자리인지 방언도 익히 알고 있어 마음이 놓였다. 훗날을 기약하며 자리를 마감했다. 그들을 다시 만나게 된 것은 두 사람이 동학에 입도한 후에 한 번, 그리고 보은취회에 참가했을 때였다.

다음날 감영을 찾아 선화당에서 일하고 있는 아전 전태규라는 이를 만날 수 있었다. 그리고 전태규를 통해 지체 높은 전라감사를 만나게 되었고, 방언은 장흥의 진결세에 대한 부당함을 조목조목 밝히며 면제를 요구했다.

"자고로 백성들은 배를 곯게 할 때 무서워지는 법입니다. 나중에 호미로 막을 일을 가래로도 막지 못할 상황에 닥치지 않기를 바랄 뿐입니다. '나라를 흥하게 하는 데는 열 충신으로도 부족하지만, 나라를 망치게 하는 데는 간신 하나면 족하다'는 말이 있는데 지금 이 조선에는 간신들만 득실대니 큰일입니다. 조선의 간신뿐만 아니라 청나라 간신까지 설쳐대니!"

방언은 진결세 부과를 고집할 경우 만일의 사태가 벌어진다면 감사의 책임이 될 거라며 겁박하는 말도 잊지 않았다. 팽팽하게 이어가던 대화로 감사는 고심 끝에 그해 장흥에 부과된 진결세를 면제하겠다고 손을 들었다.

　　"창아, 전라감사가 장흥부사보다 사람이 좋아서 진결세를 면제해
　　주겠다고 한 것 같으냐?"

담판의 결과를 창휘에게 들려주며 그의 생각을 알고 싶었다.

　　"그거는 아닌 것 같어라. 감사가 부사보다 힘이 세서 그란 거 아
　　니어라우?"
　　"그래, 네 말도 맞다. 감사는 지켜야 할 것이 더 많으니 그 정도
　　위험은 감수하려는 것이제. 부사야 장흥과 제 욕심만 생각하고,
　　위에서 쪼일 것을 생각하니 진결세를 면제해줄 수 없었던 거제.
　　하지만 감사는 뒤로 챙긴 것이 더 많을 터이니 그 정도는 허용해
　　도 된다 생각했겠지. 그리고 자기는 은혜를 베풀었다고 생각할
　　테지. 욕은 부사가 먹으면 될 테니 말이다."

　방언은 장흥부사에게 백날 요구한들 그 자리에 맴돌 것을 알고 있었다. 만날 수만 있다면 전라감사와 담판을 지을 수 있을 거라 자신했다. 감사는 장흥 전체의 진결세를 면해주겠다고 했지만, 그가 사는 남면에 국한될 것을 예상했다.

　　"훈장님은 그걸 아셨으면서 향약계를 움직여븐 겁니까?"

"왜 심부름한 게 억울하더냐? 그들도 알아야지. 가만히 앉아서 공자왈 맹자왈 한들 이루어지는 것이 없다는 것을 말이다."

"아, 그라고 깊은 뜻이 있으신 줄 몰랐습니다."

"창휘 너는 뭣땀시 동학에 들어왔냐?"

방언은 처음으로 창휘에게 물었다.

전날 해월은 물론 봉준과 만나고 보니 어떤 확신이 생겼고, 창휘의 마음을 움직인 것이 무엇인지 알고 싶었다.

"소인도 처음엔 동학이 뭔지 잘 몰랐서라우. 어른, 아이, 아낙네 들이 한 떼로 모여서 주문 같은 것을 외고 정신 나간 사람들처럼 보였는디 자세히 본께 자기들끼리 접주님! 접주님! 허면서 존중 해주고 동학에 입도한 도인들은 누구 하나 밥 굶은 이가 없도록 하고 가진 사람과 못 가진 사람이 서로 돕는다는 가르침 때문이 어라. 문자로 말하면 유무상자(有無相資)라고 하던디요. 그래서 신분 고하를 막론하고 배고픈 백성들이 더 많이 모여들게 된 것 이제요. 밤에 모임 하믄 주먹밥을 싸 들고 와서 배고픈 동학도들 에게 나눠주고 그라지요."

"그렇구나, 그래. 나랏님도 못 하는 일을 그들이 하고 있구나."

세상이 리(理)가 중하냐 기(氣)가 중하냐로 한평생을 다투는 동안 누군가 는 백성들의 고픈 배를 채워주고 있었구나. 나랏님만 할 수 있을 것 같은 환 난상휼을 직접 실천하고 있었구나. 양반이라는, 지주라는 기득권을 버리지 못하는 동안 누군가는 신분의 벽을 무너뜨리고 모두 같은 사람이라 여기며 맞절하고 서로를 접장이라 높여 부르며 평등사회를 실현하고 있었구나.

방언은 누구보다 창휘의 말에 충격을 받았다. 제 나이 오십에 비로소 결단을 내리게 되었음을 느끼게 되었다. '사람은 부모를 닮는 것이 아니라 시대를 닮는 것'이라는 말처럼 방언은 혼란한 시대에 자신을 맡긴 것이다. 그리고 그는 어산접의 접주가 되었다.

7. 백산행

"곧 올라가야겠군요."

보현사에 둘만 남게 되자 일지 스님은 찻잔에 차를 따르며 말했다. 일지 스님은 기포통문이 당연히 뜰 것으로 여기고 있었다.

"그렇지 않겠습니까? 아마 북접에서는 반대하고 나올지도 모릅니다. 최보따리께서 워낙 신중하신 양반이라..."

일지 스님이 말하지 않아도 이미 알고 있었다. 작년에 최재우 대신사의 신원 회복을 위해 충북 보은에서 조선팔도 3만의 동학 도인이 모인 자리에서도 그런 문제가 드러났다. 여전히 북접은 현실적인 문제에 행동보다는 차분한 수양을 통해 대신사의 신원 회복에 주력하고 있었다.

"무력을 쓰지 않고 바꿀 수 있다면 그보다 좋을 게 없겠지요. 허나 백성들의 분노가 이미 하늘을 찌를 듯한디 도만 읊고 있다면 아무것도 바뀌지 않것지라우. 개벽세상이 저절로 오는 것은 아니지 않겠습니까? 접주님, 많이 변하신 거 아십니까?"

136

일지 스님이 알기로는 방언의 변화가 급격하게 달라졌던 것은 진결세 문제로 전주에 다녀온 이후부터였다. 처음에는 진결세 면제를 해결했다는 만족감 때문이거나 해월이나 전봉준을 만나서 그런 것인가 했다.

"다 때가 있는 모양입니다. 불혹의 나이를 지나 쉰이 되어서도 세상 이치를 당최 모르겠으니 말입니다. 가까운 곳에 답이 있는 줄 모르고 헤맨 세월이 얼마던가요?"

전주에서 돌아온 그는 대신사에게서 받은 서책에 집중했다. 물론 그전에도 일지 스님에게 궁금한 점을 묻기는 했지만 수박 겉핥기 정도였다. 하지만 그때부터는 집요하게 물었고, 집착했다. 그렇다고 그가 동학의 모든 면을 긍정하는 것은 아니었다. 그를 움직이게 하는 것은 새로운 세상에 대한 열망이었다.

그의 연륜은 여러 면에서 드러났다. 그는 차근차근 준비해나갔는데, 가까운 이들을 끌어모았고, 유림에서 발을 뺄 각오도 했다. 그가 동학에 입도했다는 소식을 들은 동문들의 충격은 이루 말할 수 없을 정도로 컸다. 선대로부터 이어오던 유림집안에서 유림을 배격하고 나섰으니 그 소문은 이내 장흥부 전체로 퍼져나갔다.

방언은 달걀이 병아리가 되기 위해선 연약한 머리로 단단한 껍질을 들이박고 나올 수 있어야 한다는 것을 알고 있었다. 자신부터 변해야 장흥을 변화시킬 수 있고 이내 썩어가는 조선도 변화시킬 수 있다는 감당할 수 없는 꿈을 꾸기 시작했다.

반대로 장흥 유림 출신의 동학교도들은 크게 환영했다. 비록 그가 동문록에서 삭적이 되긴 했지만 장흥에서 그의 존재감은 작지 않았기 때문이다.

그가 어산접의 접주가 되고 장흥부를 대표하는 대접주가 된 것뿐만 아니라 삼남도교장이 된 것은 그의 덕망이 바탕이 되었다.

"새삼스럽기는 하지만 그때 전라감영에 다녀오면서 무슨 일이 있었던 것입니까?"

그가 변화된 계기를 묻는 것이었다.

"그게 그리고 궁금하셨으면 진즉 묻지 그러셨습니까?"
"허허. 언제고 그리고 될 일은 그리되는 것이드만요."
"스님과의 해후를 통해 이게 운명이구나 했었고, 머지않아 동학에 입도할 것이라고 막연하게 생각하고 있었지요. 그런데 한쪽 발을 담그고 있으면서 다른 한 발을 넣어야 하나 말아야 하나 고심한 적도 많아브렀답니다."

방언은 회한에 젖은 듯 말했다. 결국 이렇게 될 것을 한참을 돌아서 왔다. 물론 제대로 받아들일 수 있었던 것이라고 생각했다.

"반백 년 가까이 주자학에 젖은 옷을 벗고 새로운 길을 가는 게 쉬운 일이 아니었으니 그랬겠지요."
"그랬지요, 그런데 전라감영을 다녀오면서 창휘에게 물었습니다. 너는 왜 동학에 입도했느냐고. 그랬더니 창휘가 그럽디다. 유무 상자 때문이었다고. 창휘에게는 그것이 꿈꾸는 세상이자 개벽세 상이었겠지요. 창휘의 말이 가슴 깊이 꽂히드라고요. 살림이 넉넉하지 못했던 창휘에게 유무상자 즉, 있는 사람이나 없는 사람이나 서로 나눠 먹고 살자는 말이 아마도 다른 걸 생각하지 못하게 했을 겁니다. 배고픈 백성에겐 배 불려주는 것이 우선인디 백성들 입에 들어가는 것을 빼앗아 지들 목구멍만 생각하니 세상이 이렇게 된 것이지요. 배가 찬 후에야 예가 나오고 정치도 통하는 것이 이치인디 그것을 모르니 그것이 문제 아니겠소. 선비랍시고 집에만 틀어박혀 공자왈 맹자왈만 하고 있으니 백성들이 배가 고픈지 허리가 아픈지 알 리가 없지요. 아니 백성들은 당연히 배고파야 하고 못 배워야 부려먹기 좋다고 생각한 것이지요. 저도 창휘나 백성들을 가르치려고만 하지 않았나 싶습디다. 그들이 제 스승이고 모셔야 할 이들인 줄 몰랐던 것이지요. 얄팍한 지식으로 백성을 가르치려고 하니 이 모양이지요. 가르치기보다는 그들이 생각하는 것을 알아차리고 이루게 해주는 것이 치자의 도리일진데, 자기만 옳고 지들 편만 옳다고 하는 생각 때문에 이렇게 세상이 어지럽고 혼란스러운 것이지요."

일지 스님은 방언의 말을 듣고서야 그의 변화를 비로소 이해할 수 있었다. 그리고 그가 제대로 동학을 이해하고 있다는 것을 알았다. 자신의 역할 역시 비로소 결실을 보았으며 다음을 준비해야겠다고 마음먹었다.

기포 사발통문이 전해진 것은 그리 오래 걸리지 않았다. 장흥 동학군들에게 동학군의 본영이 있는 백산으로 결집하라는 전갈이 왔다. 장흥의 접주들이 모였고, 얼마 선에 논의했던 대로 대흥접과 어산접이 선발대로 나서기로 했다. 나머지 접들은 지원 요청 시 움직이거나 장흥을 지키며 만전을 기하기로 했다.

"접장님들, 무장에서 기포의 깃발이 올랐소이다. 인자 우리는 보국안민(輔國安民)과 제폭구민(除暴救民)의 기치를 올려가꼬 고부의 백산으로 진격할 것이오. 인자는 우리가 나서서 세상의 모든 사람을 도탄에서 구해내고 나라를 굳건히 세워야 할 것이오..."

장흥 동학농민군의 총지휘를 맡은 방언은 장흥을 출발하기 전 함께 할 동학군의 사기를 충전하기 위해 격려의 말을 아끼지 않았다. 주의할 사항들에 대해서는 대흥접 접주 인환이 나섰다.

"많은 수가 백산에 가는 것은 쉬운 일이 아니오. 이럴 때일수록 접장들은 긴장을 늦춰서는 안 될 것이오. 백산으로 가는 중에도 각 접별로 조를 나누어 진법 연습을 헐 것이니 그리 준비하고 한 사람의 경거망동이 전열을 흐트러지게 할 수 있으니 각자 따로 행동하는 일이 없도록 합시다."

인환의 한 마디 한 마디에 힘이 넘쳤다. 장흥을 대표하는 동학농민군으로서 첫발을 내딛는 만큼 방언과 인환의 당부를 모두 숙지하려는 듯 입으로 외기도 하며 결연한 표정을 짓기도 했다.
고부에 있는 백산으로의 행군이 시작되었다.

"이용태 부사가 고부 가서 결국 일을 내부렀구만요."
"우리 장흥부 벽사역 역졸들 데꼬가서 그런가 이거 솔찬히 책임감이 느껴져불구만."
"그랑께 말이여."

"일을 언능 해결하라고 안핵사 시켜줬으면 조병갑이를 족쳐야지. 왜 죄 없는 고부 사람들을 족쳐서 일을 더 크게 만들어부냐 말이어? 불난 집에 부채질 해불었당께."

"그랑께 말이여. 아, 조병갑이만 잡아 족쳤으면 전 접주가 그라고 일을 크게 벌렸겠냔 말이여? 단속하러 보내 놨드니 일을 더 크게 만들어부렀구만, 이 부사가."

"그랑께 큰일도 으짜고 보면 쪼끄만 불씨가 원인일 때가 많제."

"아니 그건 또 뭔 소리당가?"

"아니 조병갑이 말이여. 당초에 고부천에 보가 있어서 수세를 걷고 있었는디 수세를 더 걷을라고 보 하나를 또 막아서 수세를 거둔 통에 고부 농민들이 성질이 나분거 아닌가?"

"워메 그래서 일이 이라고 크게 나불었구만."

"어지간이 해 먹으면 이런 일이 없었을 텐데 말여."

좌인의 말에 백호가 맞받아쳤다.

"근디, 인자는 참말로 화승총도 쏘고 하는 것이여?"

"저 짝에서 총을 쏜디 우리는 죽창만 휘둘르믄 그냥 죽자는 소리제."

"그동안 화승총 쏘는 연습을 심심풀이로 했을라고요?"

"완마, 토끼 새끼 노루 새끼는 잡아봤어도 사람 새끼는 잡아보질 못했는데 큰일이시."

"하기사 그라기는 해도 총만 가지고 싸울랍디여? 아직은 칼이랑 창도 필요하겠지라."

어산접의 동학농민군에게는 결전에 대한 기대감과 두려움이 혼재되어 있었다. 훈련과 실전은 다를 수밖에 없고, 목숨이 왔다 갔다 하는 전장이나 마찬가지인 상황이니 더 그랬다.

"우리 창휘 접장 망태는 오늘도 한 마지기네."

짚을 촘촘하게 꽈서 만든 망태가 두툼한 걸 보며 하는 말이었다.

"그랑께 말이시, 하도 빽빽하게 넣어놔서 총알도 못 뚫을 것이여."
"아따 지푸라기를 어찌 못 뚫는다요?"
"지푸라기 하나는 그냥 뚫리겠지만 몇 가닥씩 새끼를 꼬아 엮은 것이라서 박히면 박혔지 뚫기는 힘들제. 우리도 그럴 것이여."
"아따, 접장님 말씀에 그런 심오한 뜻이 있당가요. 하하."

그들의 이야기를 가만히 듣고 있는 방언이었다. 세상 사는 이치를 아는 이들이었다. 배운 것은 없어도 삶 속에서 지혜를 배웠고, 그 지혜가 세상을 움직이는 힘이 되었다.

"그란디, 대접주님 이상한 것이 있는디요?"

다른 이들의 대화에 끼지 않은 채 뭔가 곰곰이 생각하며 걷던 재황이 방언에게 다가와 말했다.

"이상하다니 뭐가 이상하다는 것인가?"

"우리가 총이며 죽창과 검을 들고 있기는 하지만 왜 관군들이 안 막아볼까요? 금께 영암을 지나도록 영 기미가 없응께 이상해브네요."

재황의 말에 일리가 있다는 듯 모두 고개를 끄덕였다. 그때 앞서가던 인환이 뭔가를 전하기 위해 다가왔다.

"대접주님, 우리보다 앞서 출발한 영암이나 보성 동학군들이 길을 터준 것 같습니다."

인환의 말에 재황의 궁금증이 해결되었다.

"그라믄 안 되지라. 도움만 받을 수 있는가요? 싸게들 가붑시다."

통문을 받은 것도 조금 늦었지만, 아래에서 올라오다 보니 윗동네와 같이 출발을 해도 시차가 날 수밖에 없었다.

"서둘러 가붑되 가는 길에 만나는 백성들을 챙기도록 합시다. 백성들이 자청하지 않는 한 절대로 먹을 것을 먼저 구하지 마시오."

방언은 동학에 입도했을 때와 기포가 있기 전에 가지고 있던 논 몇 마지기를 팔았다. 선대부터 일구어놓은 땅이 꽤 많은 편이었다. 그렇게 팔아도 아직은 식구들이 살아가는데 끄떡없지만, 아내의 푸념을 들어야 했다.

"이녁은 재산을 불리는 재주보다 재산을 퍼주는 재주가 뛰어나구
만요. 밑 빠진 독에 물 붓는 것도 아니고..."

방언은 동학교도가 되기 전에도 어려운 사람들이나 서당의 학동들에게 끼니를 주는 식으로 퍼주더니 동학에 입도하고 접주를 맡으면서는 땅까지 팔았다. 방언은 유무상자를 실천하기 위해 자기가 가진 것을 그렇게 내놓고 있었다. 그런데 이번에는 무슨 생각을 하는 것인지 가진 땅의 반 정도를 팔았다.

"이거 없어도 먹고 사는 데 지장 없으믄 되는 거 아니오."
"우리 새끼들은 손가락만 빤답디까?"
"우리 새끼들이 손가락을 빨 정도가 되믄 다른 이들이 배를 채워
줄 것이오. 그럴라고 동학을 하는 것이오."

그리고 부리던 종들도 각자 얼마간의 토지를 떼어주고 저금살이를 내주었으나 멀리 가지 못하고 근처에 살면서 방언의 가사를 돕고 있었다. 토지를 떼어주니 자기 토지로 생각하여 거름도 더 많이 주게 되니 수확량도 늘어났다.

남편도 아들도 동학에 빠져 집안은 돌보지 않으니 그녀의 불만은 이만저만이 아니었다. 그들이 의로운 일을 하기 위해 그런 것인 줄은 알겠지만, 위태롭게만 느껴지는지라 더 잔소리를 했던 것이다.

이번 기포를 대비해 급하게 처분하느라 제값을 다 받지도 못했다. 싸움이 장기전으로 갈 수도 있을 것을 대비해야 하니 자금이 필요했다. 방언의 뜻을 알게 된 다른 접주들도 십시일반으로 자금을 모았다. 그리고 방언과 친분이 있는 유림 중에도 비밀리에 자금을 대주고 있었다. 이 싸움이 끝나는 동안 최소한 장흥 교도들이 배는 곯지 않게 하려는 게 그의 뜻이었다.

"워매, 저것이 뭔 일이당가?"

백산으로 가는 길에 화순들을 지날 때였다. 백호의 말에 모두 그의 시선을 따라갔다. 그곳에는 익기 직전의 보리가 쓰러져 있었다. 얼마 전에 내린 폭우로 보리가 쓰러진 모양이었다.

"그랑께 말이요. 저것을 으째야쓰까!"
"잠깐 길을 멈추고 보리를 세우고 갑시다. 저라고 며칠만 놔둬 불
면 보리에서 싹이 나분당께."

방언의 말에 동학농민군은 당연히 그래야 한다는 듯 논으로 다가갔다.

"아니, 왜 남의 논에는 들어가시오?"

논 주인으로 보이는 사람들이 논으로 향하는 동학농민군들을 보고 안절부절못한 채 불안에 떨고 있었다. 그렇다고 뭐라고 더 말했다가는 해코지라도 당할까 봐 두려워하는 것 같았다.

"걱정들 하지 마시오. 여기 있는 우리도 다 농사를 짓는 사람들이
라 쓰러진 보리를 본께 남 일 같지 않아서 세워줄라는 것인께 걱
정하지 않아도 된당께."

방언의 말에 그들은 다행이라는 듯 웃었지만, 몇몇에게는 설마 하는 표정도 남아 있었다. 백호의 지휘 아래 수십 명이 거들자 비바람에 자빠져 있던 대여섯 마지기 보리가 금세 세워졌다. 그제야 그들은 안심하고 기쁜 듯이 웃었다.

> "아이고, 이라고 고마운 일이 있을랑가? 요즘 고창이나 고부 쪽
> 에서 동학농민군과 관군이 맞붙고 있어가꼬 일할 엄두를 못 내고
> 있었는디, 이라고 고마울 데가."
> "하믄요. 엊그제 관군들이 여기를 지나가믄서 마을 가축들까지
> 싹 쓸어갔어라. 안 내놓을라고 해도 총칼을 들이민디 으짜겄소.
> 가서 손 좀 봐줏시오."

이들의 피해가 남 일 같지 않아서 씁쓸했다. 전열을 가다듬고 다시 행군하는데, 마을 사람들이 광주리에 주먹밥이며 떡을 담아서 가져왔다.

> "부디 거절하지 마시오. 우리가 할 수 있는 것은 요거밖에 없응께
> 부디 드시고 힘내시오."

처음에는 거절하려 했으나 그들의 마음을 알기에 받아들일 수밖에 없었다. 마침 장흥에서 챙겨온 주먹밥이 바닥을 보이기 시작했을 때이기도 했다.

> "아따, 참말로 잘해브렀네!"

백산으로 가는 동안 그쪽의 상황을 간간이 전해 들었다. 먼저 무장에서 기

146

포한 동학농민군들이 고부 관아를 점령했다는 소식을 듣고 모두 함성을 질렀다.

며칠 후 백산에 도착하자 고부 관아를 점령한 동학농민군들이 돌아와서 진을 치고 있었다. 무장에서 기포할 때 전봉준, 손화중이 4천여 명의 동학농민군을 모아놓고 발포한 포고문의 내용을 그곳에서 들었을 땐 가슴이 벅차올랐다.

사람을 세상에서 가장 귀하게 여김은 인륜이 있기 때문이며 군신과 부자는 가장 큰 인륜으로 꼽는다. 임금이 어질고 신하가 충직하며 아비가 자애롭고 아들이 효도를 한 뒤에야 국가를 이루어 끝없는 복록을 불러오게 된다. (중략) 백성은 나라의 근본이다. 근본이 깎이면 나라가 잔약해지는 것은 뻔한 일이다. 그런데도 보국안민의 계책은 염두에 두지 않고 바깥으로는 고향 집을 화려하게 지어 제 살길에만 골몰하면서 녹위만을 도둑질하니 어찌 옳게 되겠는가? 우리 무리는 비록 초야의 유민이나 임금의 토지를 갈아 먹고 임금이 주는 옷을 입으면서 망해 가는 꼴을 좌시할 수 없어서 온 나라 사람이 마음을 함께하고 억조창생이 의논을 모아 지금 의로운 깃발을 들어 보국안민을 생사의 맹세로 삼노라. 오늘의 광경이 비록 놀랄 일이겠으나 결코 두려워하지 말고 각기 생업에 편안히 종사하면서 함께 태평세월을 축수하고 모두 임금의 교화를 누리면 천만다행이겠노라.

일명 「무장포고문(茂長布告文)」이었다.

"먼 길 오시느라 욕봤습니다. 삼남도교장님, 그동안 무고하셨는

가요?"

방언을 발견한 봉준은 그를 반갑게 맞이했다. 전주 감영의 일 이후 회합으로 몇 번 만난 적이 있었다. 거리도 있고, 서로 맡은 접에 신경 쓰느라 통문과 별개로 간간이 서찰을 통해 소식을 전했다.

"전 대접주님이 이라고 애를 많이 쓰고 있는디, 천 길이고 만 길
이고 달려와야지요."

대회를 시작하기 전에 포와 접을 맡은 이들이 모여 격문을 정하고 창의의 뜻을 밝히는 4대 명의와 12개 조의 기율을 정했다. 호남창의대장소를 설치하고 총대장에 전봉준, 총관령에 손화중, 김개남을 삼았다. 아무래도 연장자이다 보니 방언에게도 책임 있는 역할을 담당해줄 것을 권유했지만 방언은 거절했다. 젊은 그들이 이끌어가는 것이 동학의 뜻에도 부합하며 그는 백의종군(白衣從軍)할 것을 고집했다. 이미 그가 맡은 직책 중 하나인 삼남도교장은 자문 역할은 물론 뒤에서 지원해줄 수 있는 것이 많았다.

회의와 고심 끝에 작성된 격문(檄文)은 "우리가 의(義)를 들어 여기에 이르렀음은 그 본의가 결코 다른 데 있지 아니하고, 창생(蒼生)을 도탄(塗炭) 중에서 건지고, 국가를 반석(盤石. 磐泰山)의 위에 두고자 함이라. 안으로는 탐학(貪虐)한 관리의 머리를 베고, 밖으로는 강폭(强暴)한 도적(强賊)의 무리를 쫓아 내몰고자 함이라. 양반(兩班)과 부호(富豪)의 앞에서 고통을 받는 민중과 방백 수령의 밑에서 굴욕(屈辱)을 받는 소리(小吏)들은 우리와 같이 원한이 깊은 자이라. 조금도 주저하지 말고 이 시각으로 일어서라. 만일 기회를 잃으면 후회하여도 돌이키지 못하리라."였다.

첫째, 사람을 함부로 죽이지 말고 가축을 잡아먹지 말라.

　　一日不殺人不殺物

둘째, 충효(忠孝)를 다하여 세상을 구하고 백성을 편안하게 하라.

　　二日忠孝雙全濟世安民

셋째, 일본 오랑캐를 몰아내고 나라의 정치를 바로잡는다.

　　三日逐滅倭夷澄淸聖道

넷째, 군사를 몰아 서울로 쳐들어가 권귀(權貴)를 모두 없앤다.

　　四日驅兵入京盡滅權貴

이렇게 정해진 4대 명의(名義)는 동학농민군이 가지는 명분이며 이 전쟁의 방향이기도 했다. 그리고 12개 조의 기율로 동학농민군의 체계를 잡았다.

1. 항복하는 자는 대접한다[降者愛待]

2. 곤궁한 자는 구제한다[困者救濟]

3. 탐학한 자는 추방한다[貪者逐之]

4. 순종하는 자에게는 경복한다[順者敬服]

5. 도주하는 자는 쫓지 않는다[走者勿追]

6. 굶주린 자는 먹인다[飢者饋之]

7. 간사하고 교활한 자는 그치게 한다[奸猾息之]

8. 빈한한 자는 진휼한다[貧者賑恤]

9. 불충한 자는 제거한다[不忠除之]

10. 거역하는 자는 효유한다[逆者曉諭]

11. 병든 자는 진찰하여 약을 준다[病者診藥]

12. 불효한 자는 형벌을 가한다[不孝刑之]

"전 대접주, 아니 총대장님의 안목이 대단하십니다. 어찌 이곳에서 모일 생각을 하셨는지 참말로 대단하다는 말밖에 할 말이 없어브네요."

백산에서 주위를 살피던 방언은 그곳이 요새와도 같다는 것을 알 수 있었다. 동네 뒷동산 정도밖에 되지 않지만, 고부 들판이 한눈에 다 들어왔다. 어느 곳으로도 갈 수 있다는 점도 그렇고, 대회에 참가한 수많은 동학농민군을 수용할 수도 있다는 점에 놀랐다. 흰옷에 죽창 든 동학군들의 형세가 그야말로 앉으면 죽산, 서면 백산이었다.

"고부백산(古阜白山) 가활만민(可活萬民)이라고 했습니다. 만 명의 백성이 생활할 수 있으니 말이지라."
"동네 사람이라 어릴 때부터 돌아다녀서 알 뿐입니다. 아무리 좋은 곳이라도 여기에만 머물 게 아니니 너무 부러워하지 마시지요."

아니나 다를까 백산 들판은 사방이 탁 트이고 끝이 보이지 않을 만큼 넓었다. 흙도 고와서 손가락도 깊이 넣기 힘든 자갈논인 장흥 땅하고는 비교할 수 없을 만큼 고와 탐이 나는 땅이었다. 한양의 고관대작들이 탐낼만한 땅이었다.

"허허. 이 땅이 부러운 것도 있지만, 이런 땅에서 만백성들이 평화롭게 살 수 있는 세상이 그리운 것이지요. 그럴라고 여기 모여가꼬 봉기(蜂起)한 것이 아닙니까?"

"그라지요. 벌집을 건드리면 벌집 안의 벌들이 자신들을 지키기
위해 떼를 지어 일어나듯 이제 우리도 목숨 걸고 지켜브러야지
요. 몸 안에 독침을 상대에게 찌르고 죽고 마는 벌이 되는 한이
있어도... 그렇게 싸워야지요."
"아마 여기 모인 모든 이들이 삼남도교장님과 같은 마음일 것입
니다."
"이 좋은 곳에서 우리 동학농민군이 모였응께, 한판 대동놀이를
하는 것도 힘이 될 것 같습니다."
"좋은 생각입니다."

이곳에 모인 동학농민군들은 나름대로 의기충천해서 모였겠지만, 속으로
는 무척 긴장하고 있을 것이었다. 관군과 맞서야 하는 이 전쟁이 언제까지
지속될 것인지, 다치지 않을지, 살아서 고향으로 돌아갈 수 있을지 많은 걱
정과 두려움이 있을 것이니 긴장도 풀어주고 마음도 다질 수 있는 시간이 필
요하다고 생각했다. 대회는 이번 봉기의 필연성을 확인하고 지도부의 인사,
격문과 4대 명의, 12개 조의 기율을 공식적으로 발표하는 식으로 이어졌다.
동학농민군에는 재인부대도 함께 했다. 이는 의미가 크다고 볼 수 있었다.
천민으로 분류되었던 광대들이 반상의 차별이 없는 동학 정신에 감복한 것
은 당연한 일이었다. 그들은 북과 꽹과리를 들고 동학농민군의 선봉장에 선
풍물패로 활동했다. 이날은 재인부대와 더불어 지역마다 난다 긴다는 재주
꾼들이 놀이판을 주도했다.

"여가 워디여? 호남이지라. 호남에서 호남가를 빼놓을 수 없겠지
라. 자, 한 가락 뽑아 블드라고."

함평천지(咸平天地) 늙은 몸이 광주고향(光州故鄕)을 보려 하고
제주어선(濟州漁船) 빌어 타고 해남(海南)으로 건너갈 제
흥양(興陽)에 돋은 해는 보성(寶城)에 비쳐 있고
고산(高山)의 아침 안개 영암(靈岩)을 둘러 있네
태인(泰仁)하신 우리 성군(聖君) 예악(禮樂)을 장흥(長興)하니

*"그라제, 장흥이제, 장흥이여. 아따 빌어묵을 것 장흥 아니면 어
디것는가. 아따, 여기서 판 한 번 벌려 볼드라고."*

삼태육경(三台六卿)의 순천심(順天心)이요 방백수령진안군(方伯守令
鎭安郡)이라
고창성(高敞城)에 높이 올라 나주풍경(羅州風景) 바라보니

"그라제. 여기서 본께 땅은 고창 부안 땅이구마!"

만장운봉(萬丈雲峯)은 높이 솟아 층층(層層)한 익산(益山)이요
백리담양(百里潭陽) 흐르는 물은 굽이굽이 만경(萬頃)인데
용담(龍潭)의 맑은 물은 이 아니 용안처(龍安處)며
능주(陵州)의 붉은 꽃은 곳곳마다 금산(錦山)인가
남원(南原)에 봄이 들어 각색화초(各色花草) 무장(茂長)하니
나무나무 임실(任實)이요 가지가지 옥과(玉果)로다

"좋을씨고, 좋을씨고, 옥과일이 좋을씨고!"

152

풍속(風俗)은 화순(和順)이요 인심(人心)은 함열(咸悅)인데
이초(異草)는 무주(茂朱)하고 서기(瑞氣)는 영광(靈光)이라
창평(昌平)한 좋은 세상(世上) 무안(務安)을 일삼으니
사농공상(士農工商) 낙안(樂安)이요 부자형제(父子兄弟) 동복(同福)이라
강진(康津)의 상고선(商賈船)은 진도(珍島)로 건너갈 제

"강진하고 진도도 솔찬하제!"

금구(金溝)의 금(金)을 일어 쌓아노니 김제(金堤)로다
농사(農事)하는 옥구백성(沃溝百姓) 임피성(臨陂城) 둘러입고
정읍(井邑)의 정전법(井田法)은 납세인심(納稅人心) 순창(淳昌)이요
고부청청양류색(古阜靑靑楊柳色)은 광양춘색(光陽春色)이 새로워라
곡성(谷城)에 숨은 선비 구례(求禮)도 하려니와
흥덕(興德)을 일삼으니 부안(扶安) 제가(齊家) 이 아니냐
우리 호남(湖南)의 굳은 법성(法聖) 전주 백성 거느리고
장성(長城)을 멀리 쌓고 장수(長水)로 돌아들어
여산석(礪山石)에 칼을 갈아 남평루(南平樓)에 꽂았으니
대장부(大丈夫) 할 일이 이 외에 또 있는가

"그라제, 그라제. 울들이 대장부제!"
"얼씨구 좋네! 지화자 좋아!"

소리가 끝나자 굿패들이 나섰다.

"아따, 저긴 어딘디 겁나 잘하네. 아주 최고구만."
"고창 손화중 포에 있는 홍낙관 재인부대라 하구먼."
"워메, 우리 좌인이 형님에 비하면 나네, 날아."
"뭔 소리다냐? 그래도 좌인이 징 소리 하나만 놓고 보믄 홍낙관
부대랑 어깨 정도는 견줄 만하제."

어산접 사람들도 대흥접 사람들도 놀이판에 푹 빠져 어깨를 들썩이는 모
습에 방언도 모처럼 크게 웃었다.
'그래, 이게 사람 사는 세상이제!'하며 자신의 어깨도 들썩이는 것을 그대로
두었다.

전봉준 총대장은 지도부와 대접주들의 회의를 소집했다.

"지금쯤이면 전라감사 김문현이 조정에 보고했을 것이니 우리도
그에 맞는 대비를 해야 할 것이오. 우리의 목표는 한양까지 가는
것이지만, 먼저 전주를 뚫어야 할 것이오."

전봉준을 시작으로 여러 가지 의견이 나왔다. 그들 중에는 병서를 읽은 이
들도 있고, 나름 병법에 능통한 이들도 있었다.

"관군들을 교란하는 것이 좋겠소. 뒤로 빠졌다가 느슨해진 틈을
타서 공격하면 이길 수 있을 것이오."
"그러려면 많은 수보다는 치고 빠지기 좋을 만큼 민첩한 부대가
좋을 듯합니다."

"전체를 한 곳으로 몰지 말고 분담을 해서 움직이도록 하지요. 여기저기서 나타나 속전속결로 끝내는 것입니다. 마치 홍길동이 동에 번쩍 서에 번쩍하듯이 말입니다."

"그것이 좋겠소. 관군이 완벽하게 조직되지 않은 이상 관군을 분산시켜 공격하도록 합시다."

"전주로 가는 교두보를 만드는 것도 필요하리라 여겨집니다. 그러려면 분산을 시키다 한 곳으로 몰아서 크게 타격을 줘야 전주까지 어렵지 않게 진격할 수 있을 겁니다."

방언은 의사를 개진하기도 하면서 여러 접주의 의견을 들었다. 그러면서 세상에 숨은 인재들이 많다는 것과 동학농민군에 이런 인재들이 있다는 것에 새삼 놀라웠다. 그간 조정에서 매관매석을 일삼느라 인재들을 등용하지 않으니 산림에 고수들이 묻혀있는 형국이었다. 물론 그들이 다 동학농민군으로 들어온 것은 아니지만, 뜻을 가진 이들이 나섰으니 그 나름대로 의미가 있다고 생각했다.

"삼남도교장께서 전주로 가는 길을 뚫어 주셨으믄 합니다."

방언이 이끄는 장흥 동학농민군은 전주로 가는 교두보를 만들기로 했다. 장흥 동학농민군이 선봉대 역할이라는 막중한 임무를 맡게 된 것이다. 그러기 위해서는 먼저 백산을 뚫고 나가야 했다.

관군과 동학농민군이 맞서게 되는 첫 접전은 황토현에서 이루어졌다. 전라감영군이 동학농민군을 진압하러 온다는 첩보를 받고 부안 관아를 점령하여 무기고를 열어 일대격전을 위한 만반의 준비를 갖추었다.

"등에 붉은 도장이 찍힌 옷을 입은 보부상들로 이루어진 향병과 검은 군복의 군인들이 곧 근처까지 올 것이니 계획대로 준비합시다."

전체 대열의 반은 여러 곳으로 흩어져 뒤를 준비하기로 하고 본대는 황토현으로 이동했다. 그곳에서 감영군을 맞을 준비를 했다. 관군과의 접전은 피한 듯 거짓으로 패한 척하며 황토재까지 온 것이었다. 황토재에서 미리 대기하고 있던 부대가 짚으로 가성(假城)을 쌓고 사람처럼 허수아비를 세워 두었다.

동학농민군을 막다른 곳으로 몰았다고 여긴 감영군은 공격으로 몰아붙였다. 그러나 그곳은 동학농민군이 만들어 놓은 함정에 불과했다. 그들 주위를 에워싸는 형국이 되자 그제야 비로소 동학농민군들은 공격을 개시했다. 감영군은 동학농민군의 갑작스러운 공격에 우왕좌왕하다가 순식간에 붕괴되었다.

"끝까지 쫓아블드라고!"

동학농민군은 감영군을 계속 추격하였고, 감영관 대장 이경호를 체포하여 처단하였다.

"워메, 우리가 해불었어! 우리가 이겨브렀당께!"

첫 전투에서 이긴 동학농민군들의 함성이 황토재 들을 뒤덮었고, 동학농민군의 사기는 하늘을 찌를 듯했다.

8. 장태를 굴려라

"조정에서 홍계훈을 양호초토사로 삼아 내려보냈다 합니다."

"홍계훈이라면?"

"우리와 악연인 인물이기는 합니다."

전봉준이 말하는 홍계훈은 임오군란 당시 중전 민 씨를 궁에서 민 씨 본가
가 있는 여주까지 탈출시킨 인물이었다. 그 공을 인정받아 중용되었다. 임
진년(1892) 충청도 보은에서 교조신원운동을 벌일 때 장위영정령관(壯衛營
正領官)으로 임명되어 경군 600명을 이끌고 청주로 출동했었다. 그랬던 그
가 이번에는 양호초토사가 되어 동학농민군을 진압하러 온 것이었다. 한성
을 지키던 정예부대인 장위영 약 800명을 이끌고 온 것이었다. 그들은 서양
에서 건너온 소총과 기관포로 무장하고 있어 동학농민군에게는 위협적으로
다가왔다.

"그들과 싸울라믄 만반의 준비가 필요하겠습니다. 그래서 삼남도
교장님의 장흥동학군이 장성에 먼저 가서 준비를 해주셨으면 합
니다."

백산에서 동학 지도부가 회의할 때 장흥 동학농민군이 선봉대 역할을 맡기로 했었다. 그리고 황토현에서 감영군을 물리치자 전봉준은 여러 부대의 동선을 파악하고, 지휘관들과의 회의로 다음 집결지를 장성으로 정했다.

전봉준은 흩어져 있는 동학군에게 전면전을 피하고 부대를 나누어 북상하라고 지시했다. 방언은 부대를 이끌고 가면서 머릿속에 떠오르는 것이 있었다.

"접주어른, 무슨 걱정이 있습니까?"

그를 살피던 인환이 다가와 작은 소리로 물었다.

"우리가 가진 것이 말이제. 죽창에 논밭이나 갈던 쇠붙이에 관아에서 얻은 소총이 있긴 한디 그것으로 관군들을 상대할 수 있을지 걱정이여."
"그들의 수는 그리 많지 않다고 합디다. 수적으로 보면 우리가 우세하당께요."

인환은 황토현의 승리에 감흥이 남아선지 자신만만해 있었다.

"근디 말이여, 그만큼 그들이 갖춘 화력이 만만하지 않다는 것이 문제여."
"그라믄 접주어른은 그들을 막을 뭔가 필요하다는 말씀인 게라우?"
"역시 알아들을 줄 알았네. 장성으로 가는 동안 생각을 해보세."

방언은 그게 아니라도 장성을 생각하니 만감이 교차했다. 그에게 장성은 낯선 고장이 아니었다. 장성은 예산을 오갈 때 여러 차례 들렀던 곳이었다. 그의 부친 묵암공의 서신을 전한다는 명목으로 노사 기정진이 있는 장성 담대헌을 자주 드나들었다.

그뿐인가. 그 역시 유학을 공부하는 서생으로 호남 유림들이 우러르는 하서 김인후의 위패를 모신 필암서원도 자주 들렀다. 필암서원은 흥선대원군의 서원 철폐령에도 훼철(毁撤)되지 않은 곳이었다. 또한 필암서원에서 남서쪽으로 황룡강이 내려다보이는 산등성이에 자리 잡은 고봉 기대승의 사당과 묘소에 들려 배향하는 것을 잊지 않았던 낯익은 곳이었다.

전봉준이 전주로 가는 교두보 마련을 이야기할 때 그에게 장성 황룡촌의 삼봉을 추천한 것도 그쪽 지리를 잘 아는 방언이었다. 황룡촌은 담대헌과는 떨어져 있으나 필암서원과는 멀지 않은 곳에 있었다. 삼봉에서는 필암서원이 바로 보였다. 필암서원이 보이는 곳에서 관군과의 일대격전을 준비하려 하니 만감이 교차할 수밖에 없었다.

그보다 마음의 무게는 십여 년 전에 작고한 노사에게 있었다. 노사는 부친 묵암공의 지기로 어떤 의미에서는 아버지와 같은 존재였다. 그가 부친의 서신을 가지고 들를 때면 마치 벗의 어린 아들을 보는 듯이 이것저것 챙겨주었다. 노사는 학문적으로는 호락논쟁을 모두 배격하고 독창적인 성리학 체계를 정립한 호남을 대표하는 유학자였다. 방언이 고산의 문하에 들어가 수학하는 것을 알면서도 고산의 학설에 대해 이렇다 저렇다 말이 없었다.

"그래. 젊었을 때 세상을 주유하며 배우는 것만큼 좋은 것도 없제. 공자님께서도 제자들을 이끌고 산천을 떠돌면서 가는 곳마다의 풍습이나 예법을 배우고 익혀 학문을 완성하셨으니 말일세."

160

마치 방언의 상황을 다 꿰뚫어 보고 있는 양 그를 염려하여 말해주는 노사에게 진정으로 감사한 마음을 가졌다.

"나 또한 젊었을 적에는 세상을 주유한 적이 있었네. 자네 춘부
장도 내가 남쪽을 주유할 때 만나게 되었다네. 둘 다 학문에 대한
열의가 가득했던 때라 서로를 보고 알아봤제."

노사는 묵암공을 떠올리는 듯 만면에 웃음이 가득한 채 말했다. 그리곤 그때 당시 지었는지 모를 시 한 수를 읊어주었다. '묵암의 시에 차운하다[次默庵韻]'라는 제목이었으니 방언의 부친인 묵암공의 시에서 차운했다는 말이다.

글의 무슨 맛으로 네 마음에 습관 생겼는고　書有何膬癖汝心
하신 어머니 말씀에 막연히 대답치 못했네　茫然無以對慈音
좋은 청춘 틈 지나간 망아지 같음 알건만　自知隙過靑春好
책 속의 깊이 부분이나마 엿보았다 말하랴　敢曰斑窺黃卷深
쌀 지고 늦게 유하의 학문을 가까이했고　負米晚親游夏學
아기새 놀리면서 사행처럼 광음도 아꼈네　弄雛兼惜士行陰
세상 어디에 그대와 같은 사람이 있으리오　世間那裏得如子
한결같은 침묵 속에 육예를 간직했도다　一默中藏六藝林

시 한 수에 『장자(莊子)』, 『진서(晉書)』, 『공자가어(孔子家語)』 등의 서책에 나오는 이야기들로 가득한 걸 보니 두 벗이 어떤 마음으로 시를 주고받았는지 알 것 같았다. 어쩌면 그도 오남과 그럴 수 있었을까 뒤늦게 떠올린 적이 있었다.

노사는 그가 아는 당대 유학자 중 가장 닮고 싶은 선생이기도 했다. 이렇다 할 스승이 없이도 스스로 송대 유학을 연구하여 조선 성리학의 한 축을 담당했다. 어릴 적 한쪽 눈을 잃었는데, 그런 신체적인 조건에서도 그는 책을 놓지 않았고 학문에 정진했다. 당대의 다른 학자들과 다른 점이라면 학자라고 해서 재야에 묻혀, 이냐 기냐 하기만 한 게 아니라 「임술의책(壬戌疑策)」을 써서 삼정(三政)의 폐단을 지적하고 이를 바로 잡을 방략을 제시하려 했다.

금서로 여겨지던 다산의 『목민심서』도 과감히 추천했다. 병인양요가 발발했을 때는 「병인소(丙寅疏)」를 지어 외국의 침략에 대한 방비책으로 여섯 가지를 제시했다. 물론 위정척사(衛正斥邪)를 바탕으로 하고 있지만, 민족 주체성 확립을 강조했다.

부친의 장례를 마치고 유품을 정리하다가 노사로부터 온 서신을 발견했다. 자신도 몇 차례 서신을 전한 적이 있었는데, 남은 서신은 그가 심부름하기 이전인 것 같았다.

답이찬문 중길(答李贊文 重吉).
이별은 많고 만남이 적은 것을 옛사람도 슬퍼했는데, 심부름꾼이 전해준 편지를 받고 아울러 여러 가지 해산물을 보내 주시니, 관산(冠山)은 천상(天上)에 있지 않나 봅니다. 편지로 세밑과 새해 무렵에 어버이 모시고 평안하심을 알게 되니 감사하고 흐뭇하여 뭐라 사례해야 할지 모르겠습니다. 나는 고집스럽고 추악함이 날로 더하여 말하는 것도 귀신이요 먹는 것도 시체와 같으니, 어찌 말할 것이 있겠습니까. 색동옷을 입고 어버이를 모시면서 늘그막에 글을 읽는 사람이 이 세상에 몇 명이나 되겠습니까. 내가 노형을 한 번 보

고 마음이 끌린 이유가 오로지 여기에 있었는데, 나 자신을 돌아봄
에 형의 후의에 보답할 길이 없으니 몹시 부끄럽습니다. 더욱 명덕
(明德)을 높여서 세한(歲寒)에 그리워하는 심정을 위로해 주시길 바
랄 뿐입니다. 사연은 많지만, 편지에 다 쓸 수가 없습니다.

이찬문(李贊文)은 방언의 부친 중길의 자이다. 관산(冠山)은 묵암이 사는
장흥을 말한다. 서신의 내용에서 알 수 있듯이 묵암공은 소문난 효자였다.
서신을 읽고 나니 두 분의 우정이 새롭게 다가왔고, 새삼 부친이 그리웠다.

> "노사 선생은 이곳에 있는 나를 본다면 무슨 말씀을 하실까? 너
> 란 놈 제자로 삼지 않아서 다행이라고 했을까? 아마도 노사 선생
> 이라면 격려의 말을 하시지 않을까? 노사 선생님, 동학은 실학의
> 정신을 품고 있습니다. 무엇보다 백성들을 우선으로 하니 외면하
> 지 말아 주십시오. 반상의 법도를 어겼다고 노여워하실지 모르지
> 만, 세상의 올바른 도리가 행해지면 만백성이 함께 누리는 대동
> 사회가 유가에서 말하는 이상사회가 아닙니까? 선생께서 추천한
> 목민심서가 통하지 않은 세상이기에 백성이 나선 것이니 부디 노
> 여워하지 마시고 지켜봐 주십시오."

방언은 하늘을 바라보며 마음속으로 빌기도 하고 다짐도 했다.

장흥에서 올라올 때부터 그의 머리에서 떠나지 않았던 생각을 정리했다.

> "언젠가 마당에 있는디 장태가 굴러다니더라고. 아마도 닭장에서

떨어진 모양이여."
"갑자기 장태라니요?"

인환은 갑자기 장태 이야기를 꺼내는 방언의 속뜻을 알 수 없었다.

"여기가 어딘가?"

인환은 장성 황룡강에서 방언이 손으로 가리키는 삼봉을 바라보았다. 처음에는 도대체 삼봉과 장태가 무슨 연관이 있나 생각하다가 곧 방언의 깊은 뜻을 이해할 수 있었다.

"저기서 장태를 굴려블자는 말씀이지라? 근디 그 장태로는 모지라지 않겠습니까?"
"그라제. 아직 시간이 있응게 여기에 만들어 보세."
"그람 대나무며 짚이며 헌 옷가지 등 장태 만들 것을 구해야겄습니다."
"함께 온 이들 중에 담양접 사람들도 있을 것인께 그들 손도 빌려 봐야제."

방언의 말을 들은 인환은 아직 관군이 오기 전에 사람들을 풀어 대나무와 짚 등을 구하게 했다. 동학농민군들이 구하는 것이 값이 나가는 것도, 부담스러운 것도 아니라서 어렵지 않게 구할 수 있었다. 대나무야 산길에 지천으로 널려 있으니 베기만 하면 되었다.

"대접주어른, 이것으로 뭣을 만들라고 한당가요?"

구해온 대나무, 짚더미, 헌 옷가지를 보고 규상이 물었다.

"자, 다들 모였응게 설명을 하겠네. 장태가 뭔지는 다들 알제?"
"알지라. 집에서 달구새끼들 가둬놓고 키우는 것 아닌가요?"

동네마다 닭을 기르는 집이라면 닭을 가두는 장태가 있었다.

"맞네. 인자부터 그 장태를 크게 만들 것이네. 어른 키만 하게 만들믄 된디, 안에다 짚이랑 헌옷을 꽉꽉 채워 넣드라고. 여기가 높지는 않아도 산이라 경사가 있덜 않은가? 경군이 아래서 총포를 쏘아대며 올 것인디 방어할 도구가 없으믄 솔찬히 힘든 싸움이 될 것이고 목숨도 보전하기 어려울 것이네. 그래서 이 장태를 굴려 갖고 총알도 막고 우리는 이 뒤에 숨어서 공격하면 되지 않겠냐 말이제."*

방언은 장태의 쓰임새를 그곳에 있는 동학농민군들에게 설명했다.

"완마, 참말로 기가 막혀불구만요."

방언이 쓰임에 대해 말하자 여기저기서 다양한 장태에 대해 말이 나왔다.

"어른 키 높이 정도에다 굴러가게만 한다면 어떻게 만들어도 좋소. 장태 안에 짚하고 헌 옷을 빽빽하게 넣는 것도 잊지 말고. 자, 시간이 많지 않은께 각 접끼리 나눠서 만들도록 합시다."

그렇게 며칠을 삼봉 정상에서 장태를 만들었다. 동학농민군에는 서생도 있었지만, 농촌에 살다 보니 농사를 짓지 않는 이가 드물었다. 모두 손이 날래서 장태를 만드는 데 문제가 없었다. 대나무를 많이 다뤄본 담양접 동학농민군의 역할도 한몫했다.

완성된 장태는 보이지 않게 숨겨두었다. 장태가 다 완성이 되어 갈 무렵 산 아래 황룡강 쪽에서 총포 소리가 들려왔다.

"이 소리는 뭔 소리여? 벌써 관군이 온 것이다요?"

그때 관군의 동태를 살피던 정찰병이 소식을 전하러 달려왔다.

*"접주어른, 아래 황룡강 근처에 녹두대장을 비롯한 우리 동학농
민군이 진을 치고 장터에서 점심을 먹고 있었는데, 강 건너 진을
치고 있는 심영(沁營) 병력이 항복하라는 서신을 보낸 후에 선제
공격을 해왔습니다. 곧 이곳으로 올라올 것입니다."*

정찰병이 말을 전한지 반 시진도 되지 않아 전봉준 대장이 부대를 이끌고
삼봉에 도착했다. 그는 오자마자 부대를 학익진으로 편성해 둥글게 겹겹이
진을 펼쳤다.

*"홍계훈이 보낸 장위영 대관(壯衛營 隊官) 이학승의 심영병이 선
제공격을 할 줄은 몰랐소. 강 건너 진을 치고 있지만 곧 강을 건
널 것이오. 수는 우리보다 훨씬 적지만 소총과 포까지 가지고 있
어 중과부적일 수 있으나 뒤에 오는 부대도 없으니 싸워볼 만하
지 않겠소."*
*"그런데 문제는 말씀하신 대로 저 신식무기를 무엇으로 막을 것
이냐입니다. 우리가 가진 소총으로는 가망 택도 없을 것 같은
디…."*

황룡강에서 총포의 위력을 확인한 접주들은 걱정이 앞섰다.

"그건 걱정하지 않아도 됩니다. 우리 장흥 선봉대가 준비해둔 것
이 있소."

방언은 그들에게 준비해둔 장태를 보여주었다. 눈치가 빠른 이들은 부피
를 키운 장태를 보며 탄식을 터뜨렸다.

"아니, 이게 뭣이당가요? 이것을 방패 삼아 밀고 가면 총포를 피
할 수는 있겠군요."
"암요. 우리 삼남도교장 어른께서 고안한 것인디, 달구새끼를 가
두는 장태에 짚과 헌 옷솜을 야무지게 채워서 총알이 날아와도
짚 속으로 박혀블지요."

인환이 방언을 대신해 장태에 대해 자세한 설명을 곁들었다.

"이거 대단합니다. 역시 삼남도교장님이십니다. 정말 큰일을 하
셨습니다."
"여기에 있는 이들 모두 합심해서 만든 것이오. 처음으로 써보는
것이니 잘 되나 봅시다."

징-징-징-
장태를 보고 감탄하고 있을 때 삼봉 아래쪽에서 징 소리가 들렸다. 심영병
이 삼봉 입구에 있다는 신호였다. 지금이야말로 장태를 굴릴 때가 온 것이
었다. 장태를 한 줄로 세워놓고 크게 소리쳤다.

"장태를 굴려라!"
"장태를 굴려라!"

갑자기 산등성이에서 대나무로 된 장태가 굴러오자 당황한 것은 관군이었다. 총과 포를 쏘아댔지만 총탄과 포탄 파편은 전부 장태에 박혔다. 동학군들은 장태를 엄폐물로 삼아 장태 뒤에 몸을 낮추고 총을 쏘면서 산 아래쪽으로 내려갔다. 관군들은 처음 본 거대한 장태를 귀신 본 듯하며 달아났다. 결국 쫓기는 것은 관군이었고, 동학군은 관군을 향해 총을 겨누었다.

사실은 전주로 들어갈 수 있는 길을 막으려는 계책을 세우고 있던 홍계훈은 이학승에게 병력을 주며 장성 부근에는 들어가지 말라고 했다. 그러나 지리에 어두운 이학승이 황룡강 건너편에 동학군이 보이자 대포를 쏘아댔던 것이다.

동학군이 많이 쓰러지자 승리를 확신한 이학승은 강을 건너 삼봉까지 진격했다. 그런데 장태로 인해 신식무기가 무용지물이 되어버렸다. 게다가 그 신식무기가 동학군 손에 넘어갔다. 이학승은 동학군이 쏜 총에 맞았다.

"이놈들! 내가 바로 대장이다. 의로운 사람은 구차하게 목숨에 연연하지 않는다. 역적들은 어찌하여 나를 죽이지 않는가!"
"그놈, 기개하고는, 우리는 역적이 아니다. 죽고 싶다면 말리지 않겠다."

결국, 총에 맞은 이학승은 그 자리에 쓰러졌다. 이학승이 죽고 관군들도 죽었다. 남은 관군은 정읍 쪽으로 달아났고 동학군의 승리로 끝났다.

와!

함성 소리와 풍물 소리가 장성 하늘을 울렸다.

　"동학군 만세!"

　"녹두장군 만세!"

　"장태장군 만세!"

어느덧 동학군들에게 전봉준은 녹두장군이 되어 있었고, 방언은 장태장군이 되어 있었다.

　"삼남도교장 어른, 아니 장태장군님! 큰일 하셨습니다."

　"나는 생각만 했을 뿐 모두가 재료를 구하고, 만들고, 굴리고 해서 승리한 것이지요."

방언은 겸손하게 말했지만, 장태장군이라는 호칭이 마음에 들었다. 비로소 동학군에 무언가 도움을 주었다는 만족감이 있었다.

　"가자, 전주로!"

　"가자, 전주성으로!"

황룡촌 전투에서 승리한 동학군의 사기는 하늘을 찌를 듯해 당장이라도 전주까지 달려갈 것 같은 분위기였다.

연이은 승전으로 자신감이 강해진 동학군의 사기는 전주성을 눈앞에 두고 최고조에 이르렀다. 마침 전주성을 지키는 관군들이 많지 않다는 첩보를 들었다. 동학농민군을 막으러 간다며 전주성을 비워둔 것이었다.

"이대로 한양까지 쭉 밀고 가봅시다."

"하믄요. 한양 가서 깽매기 치믄서 놀아봅시다~"

하늘을 찌를 듯한 동학군의 사기 진작으로 전주성 입성은 일사천리로 이루어졌다. 동학군이 서문, 남문, 북문을 집요하게 공략해서 성문이 뚫리기도 했지만, 성안에 동학에 동조하는 이들이 많아 문은 어렵지 않게 열렸다. 상당수 동학군이 미리 장사치로 변장하고 성내로 들어가서 성문을 열었던 것이다.

전라감영이 있는 전주성이 이리 허술하게 열리다니 조선 관군의 실상을 알 만도 했다. 성안 사람들의 환호성을 들으며 동학군은 성으로 들어갔다.

"아따, 전라감영에 들어와 본께 가슴에서 북을 치는 구만요."

"그라네요. 우리가 살믄서 전라감영에 올 일이 을마나 있을랴고 요. 죄지어서 오는 것이 아니라믄."

"그라제. 감영에 무슨 영광을 보러 오겄어? 우리 같은 사람들이."

방언도 몇 해 전 진결세 문제로 감영을 찾은 적이 있었다. 그때만 해도 이 문 하나 통과하는 것이 얼마나 어려웠던가. 며칠을 매달리다 아전 전태규의 도움으로 겨우 감영으로 들어가지 않았던가. 그때 보았던 감사는 다른 이로 바뀌었고, 지금은 꽁지 빠지게 도망을 쳤다. 그들 말처럼 방언도 가슴이 벅차올랐다.

동학농민군의 힘으로 전라감영까지 오게 되니 없던 힘도 솟아나는 것 같았다. 이제 전라감영의 선화당은 동학군의 본영이 되었다. 감영에 보관된 세를 부과하는 문서를 태웠고, 옥문을 열어 죄수들을 모두 풀었다. 세금을 못 내 억울하게 옥에 갇힌 이들이 대부분이었다.

감영 창고에 쌓인 관곡을 풀어 가난한 백성들에게 나눠주었다. 풀려난 죄인은 물론 성안의 백성들까지 동학군과 함께하기를 원했다.

"이런 세상이 올 줄은 꿈에도 몰랐당게요."

장흥 동학군은 동문을 맡아 지키기로 했다. 필요에 따라 남문을 지원하면서 경기전을 지키기로 했다. 관군들과 접전이 있더라도 경기전은 쉽게 공격하지 않을 테지만 그러기에 중요한 지점이었다. 경기전은 조선 왕조의 발상지인 전주에 전각으로 태조의 어진을 봉안한 곳이라 그 상징성을 조정에서도 무시할 수 없기 때문이었다.

동문으로 이동하면서도 그들은 흥분을 가라앉히지 못했다.

"오늘까지만 이라고 웃고 춤도 추고 하드라고. 내일쯤이면 관군
이 몰려올 것인께. 한판 붙게 될 수도 있으니 유념들 하시게."

방언은 되도록 그들이 충분히 즐길 수 있도록 하고 싶었지만 여전히 대치 국면이라는 것을 잊어서는 안 되기에 그렇게 일렀다.

"그라지요. 한양까지 달려 갈라믄 멀었은께 긴장을 늦추믄 안 되
지라."

방언은 그들보다는 더 이성적으로 생각해야 해서인지 이런저런 생각으로 머리가 복잡해졌다. 동문에 자리를 잡고 인환과 상황을 논의했다.

"이곳은 후방이긴 하지만 역습을 조심해야 할 것이네."
"준비해 두겠습니다. 헌데, 걱정이 많아 보이십니다."

인환은 장흥 태생은 아니었지만, 방언과는 같은 인천이씨 집안사람이었다. 물론 그것 때문에 그와 의형제를 맺은 것은 아니지만 그가 장흥으로 삶의 터전을 이전해오게 할 정도로 신뢰가 깊었다. 함께 동학에 입교하면서 심금을 털어놓는 몇 안 되는 이들 중 한 사람이었다.

"전주성에 입성해서 좋기는 한데, 들어오고 보니 문득 걱정이 앞서네."
"무슨 걱정 말입니까? 관군과의 전투가 쉽지 않을 거라 예상되는 겁니까?"

방언만큼이나 기골이 장대한 데다 우직한 그는 이런 세상이 아니었다면 대장군을 할 상이었다. 그의 아버지가 군교 출신이고 그 역시 무장을 꿈꿀 때가 있었다.

"쉽지는 않겠제. 지금까지처럼 속전속결로 끝낼 수 있다면 우리에게 유리하겠지만, 혹여 장기전으로 흐르게 된다면 우리에게 불리할 수 있지 않을까 싶네."
"이 경기전이 서로에게 계륵이 될 수 있겠군요."

"그라제. 관군은 이 경기전을 지키기 위해 전력으로 싸우기도 하겠지만, 쉽게 넘어올 수도 없을 테고, 우리는 그런 관군을 재빨리 제압하지 못하고 장기전으로 흐르게 되면 이곳에 고립될 수도 있제."

"그라믄 최대한 빨리 승기를 잡아브러야겠군요."

"관군을 이끄는 홍계훈이 모자란 놈이길 바라야지."

방언은 홍계훈이 어떤 전략으로 나오느냐에 따라 싸움의 향방이 달라질 수 있으리라 예상했다. 아직 그와의 일전을 치르지 않아 그가 전투를 어떻게 전개하는지 알 수 없었다. 결국 부딪쳐 봐야 알 수 있었다.

"성안에 있으니 장태를 쓸 수도 없겠군요."

호기롭게 전주성에 입성했으나 그리 유리한 상황만은 아니었다. 알고 보니 홍계훈은 무시할 만한 인물이 아니었다.

"홍계훈이 완산 용머리 고개에 본영을 두고 남문 일대에 진을 치고 있답니다."

"인자 입장이 바뀌어브렀네."

관군이 진을 친 곳은 성을 향해 공격하기 유리한 지점이었다. 아니나 다를까, 진을 친 지 얼마 지나지 않아 포를 쏘아대기 시작했다.

"동문을 지키는 최소 병력만 남기고 남문과 서문으로 가서 엄호

하도록 합시다."

동문 쪽으로는 관군이 보이지 않아 정찰할 수 있는 인원만 남겨두고 남문 쪽으로 갔다. 동학농민군은 화승총부대의 엄호를 받으며 관군의 진지를 향해 출격했다. 그러나 유리한 지형을 차지하고 있는 관군에게 밀렸다.

"성으로 돌아가라!"

전봉준은 빠른 판단을 내렸다. 동학농민군에 사상자가 생겨나자 후퇴를 해서 다음을 기약하는 편이 나을 것이라는 접주들의 판단으로 성으로 돌아왔다.

며칠 동안 접전을 벌였는데, 동학농민군 쪽의 피해가 더 컸다. 전열을 가다듬고 승기를 잡기 위한 묘수가 필요한 때였다. 전투가 잠시 소강상태를 보이자 접주들의 회의가 열렸다.

"지금처럼 정면으로 부딪치면 승산이 없습니다. 저들이 유리한 지형을 차지하고 있으니 다른 방도를 찾아야 합니다."

사상자가 생각보다 많이 나오자 우려의 목소리가 나오기 시작했다. 그래도 함께 하는 동학농민군들이 있으니 방도를 찾아야 한다는 생각에 분위기가 무거웠다.

"계속 대치하고 있다가 긴장이 풀릴 때쯤 꼬리부터 공격하는 것이 좋을 것 같습니다. 이를테면 서문과 북문 쪽으로 나가서 전주천 하류 쪽에서 허를 찌르는 겁니다."

전봉준의 모주(謀主)로 불릴 정도로 지략을 가진 영솔장(領率將) 최경선이 방도를 내놓았다.

"그 방법이 좋긴 하지만, 관군 본영까지 밀고 들어간다고 해도 그쪽 지형이 높아 황룡촌의 상황이 될 수 있소. 확실히 부딪쳐서 끝장낼 수 없다면 치고 빠지는 작전을 쓰는 것도 방법이라고 보오."

방언은 우려의 말을 하지 않을 수 없었다.

"어차피 속전속결이 필요하다믄 그냥 끝까지 밀고 들어가봅시다. 승기를 잡으믄 당연히 밀고 가야지요."

동학농민군 지도부 중에 가장 강성인 남원 대접주 김개남이 주먹을 불끈 쥔 채 말했다. 젊은 사람들이라 확실히 패기가 넘친다고 방언은 생각했다. 저 정도의 패기라면 강하게 밀고 나갈 것이다. 어쩌면 그 패기로 승기를 잡을 수도 있지 않을까 기대가 될 정도였다. 그들이 그렇게 확신을 하는 거라면 반대할 이유가 없었다. 그리고 원래 계획대로 관군의 후미를 쳐서 승기를 잡은 후 관군의 본영이 있는 곳까지 내달렸다.

그런데 관군은 진을 친 본영에서 물러나지 않았다. 처음에는 밀리는 듯한 전투를 했지만, 마치 동학군을 기다리고 있다는 듯이 본영에서는 그곳의 지형을 십분 활용하여 공격해왔다.

"접주어른, 완주까지 나갔던 우리 군이 돌아와블고 있어라."

전주성에 남아 성을 지키는 일을 담당하고 있던 방언은 남문으로 정찰을 나갔던 창휘로부터 보고를 받았다.

"승전고를 울리지 않는 걸 보니 피해가 많은가 보구나."

관군에 비해 많은 수가 출정을 했으나 사상자도 많았다. 급히 회군을 결정했고, 다시 출정하기에는 사기가 많이 떨어져 있었다. 성을 지키고 있는 길이 최선이 되었다. 그렇다고 언제까지 성만 지키고 있을 수도 없는 노릇이었다.

시간이 지나자 전열이 흐트러지기 시작했다. 한번 짚고 넘어가야겠다는 생각을 하고 있을 때 백산에서 만난 노인이 나서서 장흥 동학농민군들을 단속했다. 팔순의 나이에도 쩌렁쩌렁한 목청으로 흐트러진 대열을 꾸짖었다. 노인은 장흥 출신으로 이미 전주에서 활동하고 있었는데 백산 대회에 참여하면서 장흥 동학농민군과 함께했다.

"어르신, 덕분에 장흥접이 맥을 놓지 않았습니다."
"도교장이 고상이 많제. 도교장 땜시 맘이 놓여블구만."

노인은 방언과 같은 집안사람으로 부산접 이사경의 조부였다.

"그란디 걱정이 앞섭니다."
"여기서 싸우다 죽으믄 영광이제. 걱정 말드라고."

결국 노인은 전주성이 마지막이 되었다.

접주들의 소집이 있었다.

"접주들도 알겠지만, 우리가 성을 나가 관군들을 상대하는 것도, 관군들이 이곳으로 쳐들어오는 것도 안 되는 상황이오. 이 교착 상태가 길면 길수록 불리한 것은 우리들이오. 어떻게 하면 좋겠소?"

전봉준은 허심탄회하게 현재 상황을 토로하며 접주들의 의견을 구했다.

"맞습니다. 관군들은 경기전 때문에 섣불리 이곳으로 쳐들어오지는 못할 겁니다."
"하지만 이 상황이 오래갈수록 성은 고립될 것이고, 모두들 지쳐갈 것이오."
"그렇다고 백기를 들고 갈 수는 없지 않겠소? 우리가 어떻게 전라감영까지 점령하게 되었는데 이대로 포기하자는 겁니까?"
"후일을 기약하며 우리의 요구를 전달하는 것은 어떻겠소?"
"한양에서 내려온 이들에게 듣기론 민 씨 척족들조차 반대하는 청군 원병을 민비가 임금을 설득해갖고 요청해서 청군이 파병을 했다고 합디다. 그리고 청나라와 왜놈들이 즈그들 맘대로 맺

178

은 천진조약인가 뭔가를 핑계로 청이 파병한 것을 알고 왜놈들도 군사를 이끌고 조선으로 들어왔다고 하오. 작금의 상황이 이러한디, 우리는 외세와 싸워야 하지 않겠소."

"하지만 그럴라믄 한발 물러나서 힘을 더 키워야 하지 않겠소? 그라고 우리 잡자고 들어왔응께, 우리가 한발 물러나야 청군과 왜놈들이 물러날 것 아니요. 우리 조선 땅이 지들의 전쟁터가 되어야 쓰겠소? 제 백성들을 죽이고자 청군을 불러들인 민비는 밉지만, 조선 땅이 전쟁터로 변해 강토가 유린당하는 것보단 낫지 않겠소?"

방언은 성안에 있으면서 동학농민군의 패전을 예상하고 있었다. 그럼에도 이 상황을 타개할 가장 현실적인 대안이 무엇일지 생각했다. 그렇게 내린 결론을 말한 것이었다. 물론 다른 접주들도 청과 일본이 군대를 파병했다는 것을 알고 있었다.

"저들이 순순히 받아들일 거라 생각하는 것이오?"
"저들이 순순히 받아들이게 하믄 되지요. 우리에게는 경기전이 있지 않소."

방언의 말뜻을 이해하지 못한 접주들은 없는 것 같았다.

"우리 모두 결사 항전을 각오하고 있지만, 힘을 비축할 필요도 있다고 생각하오. 그리고 다시 기포를 해야 할 상황이 온다면 그때는 우리만이 아니라 북접은 물론 팔도가 함께 해야 우리가 이루려는 세상에 한 발짝 다가갈 수 있지 않겠소?"

당면한 현실에 대해 날카롭게 지적하는 방언의 말에 대체로 호응하는 분위기였다.

"좋소이다. 그라믄 우리의 요구사항을 만들어 봅시다. 우리가 저들과 싸우는 것도 필요하지만, 우리의 정당성을 찾는 것도 필요하리라 생각하오. 우리가 이루려는 세상에 다가갈 수 있는 개혁안으로 저들과 담판을 짓도록 합시다."

접주들의 논의 끝에 동학군과 조정군의 화약(和約)인 폐정개혁안(弊政改革案)이 나오게 되었다.

9. 집강소

방언은 장흥 동학군과 함께 두 달여 만에 고향으로 돌아왔다. 그간 많은 곳을 주유하고 장흥으로 돌아왔을 때보다 확연히 다른 기분이 들었다. 두 달이지만 엄청난 일을 겪었기 때문이었으리라. 이는 방언만이 아니라 동학 농민군이라는 이름을 달고 관군과 전투를 벌인 이들 모두가 그랬다. 내내 그림자처럼 방언의 곁을 지키던 아들 성호도, 창휘도 눈빛부터가 달라졌다. 다른 이들은 말할 것도 없었다. 모두 장흥을 떠났을 때보다 한층 성숙한 모습으로 장흥으로 돌아왔다.

물론 다른 지역보다는 덜하지만 몇몇은 돌아오지 못했다. 방언은 장흥으로 돌아와서 그들의 집을 찾아 위로를 전했다. 어느 집에서는 욕을 먹기도 하고, 어느 집에서는 그래도 찾아 줘서 고맙다고도 했다. 급한 일을 마치고 일지 스님을 만나러 보현사를 찾았다.

"무탈하게 돌아오시고 이리 찾아주시니 감읍할 따름입니다."

"스님도 저희들 없는 동안 장흥을 지키느라 욕보셨습니다. 허허."

"소식은 계속 전해 들었습니다. 대접주께 새로운 호칭이 생기셨다면서요? 장태장군님이라고. 허허."

"그렇게 됐습니다. 난리 통에 얻은 부끄러운 호칭이지요."

*"전주성까지는 갔으나 거기서부터 만만치 않으셨다면서요. 그래
도 폐정개혁안을 이끌어냈으니 잘하셨습니다."*

전주성에서 여러 접주가 한데 모여 조정에 요구할 폐정개혁안을 논의한
결과 27개 조가 추려졌다. 다시 12개 조로 좁혀 최종안을 결정했다.

- 도인(道人)과 정부와의 사이에는 숙혐(宿嫌)을 탕척(蕩滌)하고
  서정(庶政)을 협력할 것이다.
- 탐관오리는 그 죄목을 사득(査得)해 일일이 엄징할 것이다.
- 횡포한 부호배(富豪輩)를 엄징할 것이다.
- 불량한 유림(儒林)과 양반배(兩班輩)는 못된 버릇을 징계할 것이다.
- 노비 문서는 불태워 버려야 한다.
- 칠반천인(七班賤人)의 대우는 개선하고 백정 머리에 쓰는
  평양립(平壤笠)은 벗게 한다.
- 청춘과부(靑春寡婦)의 개가를 허락한다.
- 무명잡세(無名雜稅)는 일체 거두어들이지 말 것이다.
- 관리 채용은 지벌(地閥)을 타파하고 인재를 등용할 것이다.
- 왜(倭)와 간통(奸通)하는 자는 엄징할 것이다.
- 공사채(公私債)를 막론하고 기왕의 것은 모두 무효로 할 것이다.
- 토지는 평균으로 분작(分作)하게 할 것이다.

*"폐정개혁안을 실시하기 위해 전라도 53개 군현에 집강소(執綱
所)를 설치하기로 했지요. 이게 크다고 봅니다. 현실적으로 실현
할 대안이 생긴 것이니 말이지요."*

방언은 일지 스님에게 폐정개혁안과 집강소에 관한 이야기를 전했다. 특히, 마지막 부분 '토지는 평균으로 분작한다'라는 안에 대해 자세히 설명했다.

　　"지난 갑신년 한양에서 박영호, 김옥균 등 고관대작들이 난을 일으켰을 때 소작농들에게 토지를 분배한다는 약속이 없어 그들의 지지를 끌어내지 못해 실패했다고 보고 이번에는 토지문제를 야무지게 집어넣었지요."
　　"잘하셨습니다. 이번에야 경자유전(耕者有田)의 원칙이 제대로 지켜질 것 같습니다. 자고로 토지는 농사짓는 농민이 소유하는 것이 맞지요."
　　"그렇지요."
　　"직접 싸워서 성취한 것이니 더 의미가 깊지 않습니까? 물론 집강소가 지역마다 잘 뿌리내려지도록 해야겠지만요."
　　"창업보다 수성이라 하지 않았습니까? 나라를 세우는 것도 중요하지만 지키는 것은 더 중요한 법이지요. 집강소의 유지가 관건이 될 텐데 돌아가는 시국이 만만치는 않을 것 같습니다."

　방언이 집강소에 대한 기대와 우려를 함께 생각해서 한 말이었다. 각 지역 집강소는 지역 도인들이 주축이 되었으나 집강소를 총괄하는 전주 감영에 설치한 대도소는 감영 사람들이 주축이 되어 운영되고 있기에 불안한 마음이 없지 않았다.

　　"그나저나 연배가 있어서 젊은 사람들과는 어땠습니까?"

일지 스님은 전봉준과 그 측근들이 지도부로 구성되었던 것을 알고 있었다.

"말도 마십시오. 뒷방 늙은이가 되지 않기 위해 을마나 애를 써브렸는지 아십니까? 허허. 젊은 그들이 있어 이만큼 이끌어왔다고 생각하지라."

"노마지지(老馬之智)라지 않습니까? 늙은 말의 지혜가 종종 필요했을 테지요. 그러니 장태장군이 되신 거 아닙니까?"

"허허, 별말씀을... 처음에는 해월신사께서 왜 기포에 반대했는지 이해가 되지 않았습니다."

방언이 조심스럽게 꺼낸 말이었다.

"그분께서는 동학이 보다 널리 정착되기 위해서는 급진적이기보다는 온건하게 자리를 잡아야 한다는 생각이 강하지요."

"두 달여 전장에 있으면서 한편으로 생각해 보니 그분은 때를 기다린 것이 아니었을까 하는 생각이 들어붑디다. 더 무르익어서 보다 많은 준비가 있었다믄 좋지 않았을까 하는 아쉬움 말입니다. 그러나 또다시 생각허니 언제나 행동하는 이들이 있기에 세상은 변한다는 이치를 깨닫기도 했습니다. 인자는 집강소를 통해 실행해 나가야겠지요."

"많이 깊어진 것 같습니다."

일지 스님은 진심으로 하는 말이었다.

"이 나이가 되고 본게 그전에는 볼라고 해도 보이지 않던 것이 보이기는 합디다. 한동안 세상이 나를 버린 것이라고 불평불만을 터뜨리며 허송세월을 했지 않았습니까? 이제야 나라를 위해, 백성들을 위해, 새로운 세상을 위해 목숨을 걸고 싸울 수 있겠다는 각오가 드니 늦게 철이 든 게 분명합니다."

"대접주야말로 지금 써지기 위해 오랫동안 그릇으로 만들어지고 있었던 것이 아니겠습니까?"

방언은 일지 스님의 말에서 문득 공자가 자공에게 '너는 그릇'이라고 했던 것이 떠올랐다. 과연 그는 어떤 그릇일까? 방언은 일지 스님과 같은 벗이 있어 다행이라고 생각했다. 자신의 마음을 많이 설명하지 않아도 알아주는 지기가 일지 스님이었다. 그러나 그의 또 다른 오랜 벗은 그를 마음에 들어 하지 않아 했고, 붓이라는 검을 들고 그를 기다리고 있었다.

"접주님, 글을 보셨습니까?"

장흥의 접주들이 집강소 논의로 모였을 때 부산접의 이사경 접주가 말했다. 방언은 장흥으로 돌아오자 그에게 애도를 표하며 조부의 활약을 들려주었다.

"오남이 쓴 글 말인가?"

"네. 강진에 있는 접주가 알려줍디다."

오남 김한섭은 방언과는 동문수학을 했던 오랜 벗이다. 하지만 방언이 동문록에서 삭적이 되고, 서로 외면한 채로 지냈다. 방언이 자신의 길을 갔듯 오남이 그의 방식대로 자신의 의지를 드러내 보인 것이 '적도에게 경고하는 글[警示賊徒文]'이었다. 그렇지 않아도 집에 왔을 때 그의 아내가 잘 간직해 두었던지 그것부터 내놓았다.

첫 줄만 봐도 오남이 무슨 생각으로 그 글을 썼는지 알 것 같았다. 오남은 방언이 동학농민군을 이끌고 백산으로 간 것이며 전라 감영까지 차지하고 관군과 맞섰던 것에 분노한 것이었으리라.

너희 동도(東徒)는 내 말을 잘 들어보라!

난신적자(亂臣賊子)는 반드시 사사(士師)가 아니더라도 사람마다 죽이려 할 것이고, 사악한 얘기와 정도(正道)를 해치는 말은 반드시 성현(聖賢)이 아니더라도 사람마다 공격할 것이다. 이것이 바로 대성인(大聖人)이 춘추(春秋) 1부(部)를 지어 세상에 전하고 법을 세운 교훈이다. 만약 너희들이 여기에서 벗어난다면 이것은 성인의 말씀을 모독하고 천명(天命)을 두려워하지 않는 것이다.

너희들은 모두 우리 임금의 신하가 아닌가? 너희들의 할아버지와 아비가 거의 10세(世) 동안 500년이 넘게 임금의 교화를 입었고, 너희들이 하늘을 받치고 땅에 서서 옷을 입고 곡식을 먹으며 오늘에 이르게 된 것이 누구의 힘인가? 설령 불행하게도 외국의 침탈이 있으면, 진실로 마땅히 죽기를 서약하고 힘을 합쳐 외적의 업신여김을 막고 적개심을 가져야 하거늘, 너희들은 어찌하여 근세 이후에 사악한 교리(敎理)에 점점 물들어 어리석은 무리를 불러 모아 여러 읍을 제멋대로 다니고, 나라의 법을 함부로 어기며 군기(軍器)를 탈취하여 임금의 군대와 맞서면서 도리어 보국안민(輔國安民)이라는 말로 시대를 우롱하느냐? 너희들의 마음은 길거리의 사람들이 모두 알고 있다. 이는 바로 사설(邪說)의 거괴(巨魁)는 난적(亂賊)의 수창(首倡)이다. 하늘에 죄를 지으면 도망갈 곳이 없다. 너희들이 충효라는 말을 하는 것을 들은 적이 있는데, 충성스럽고 효성스러운 사람도 이런 일을 하는가? 위로는 국가에 소간지우(宵旰之憂)를 끼치고, 아래로는 백성에게 농사를 망치는 피해를 남겼다. 이와 같은 것이 정말 보국안민인가? 더욱이 너희들은 옛 역사를 읽은 적이 없는가? 치우(蚩尤)가 난을 일으켜서 동액(銅額)에 안개를 일으켰으나, 끝내 탁록(涿鹿)에서 사로잡혔다. 황건(黃巾)과 미적(米賊)이 천하에 가득했으나, 여러 영웅의 손에 모두 전멸되었다. 너희 같은 무리가 회회구파(回回毆巴)의 허황된 도술(道術)로 불선(不善)한 자들을 꾀어 감히 반역을 일으키니, 어찌 3천 리 강산에 충성스럽고 의로운 영웅호걸 중에 죄를 성토하는 자가 없겠는가?

지금 너희들을 위하는 계책으로는, 병기(兵器)를 놓고 법사(法司)에 자수하는 일 만한 것이 없다. 그렇게 한다면 나라에서는 하늘과 땅처럼 관대한 도량으로 보아 반란을 일으키고 나쁜 풍속에 오랫동안 물든 것을 모두 새롭게 할 것이다. 그러나 끝내 마음을 바꾸지 않고 사납게 버티어 감히 대적한다면, 하늘에 있는 조종(祖宗)의 영령(英靈)이 크게 화를 내어 벌을 내리고 전부 없애어 후손을 남기지 않을 것이다. 너희들의 할아버지와 아버지마저도 너를 버려 구제하지 않고 죽일 것이다. 너희들의 말에, "어찌 한 임금의 백성으로 서로 공격하는가"라고 하였는데, 너희가 임금의 백성임을 안다면 임금의 백성이 이럴 수 있는가? 아버지가 비록 자식을 사랑하지 않더라도 불효해서는 안 되며, 임금이 비록 백성을 사랑하지 않더라도 불충

(不忠)해서는 안 되는 것이다. 이것은 실제로 만고(萬古)에 변하지 않는 일정한 법도이다. 너희들이 지금 하는 행위가 마음에 편안한가? 이치에 합당한가? 마음이 편하지 않고 이치에 합당하지 않은 데도 참고 이것을 한다면 반역이 매우 심한 것이다. 단지 한 나라와 당대(當代)의 죄인이 될 뿐만 아니라 천하만세(天下萬世)의 죄인이다. 옛사람이 말하기를, "이단(異端)과 사설(邪說)의 피해는 홍수와 맹수보다 심하다"고 했는데, 그 폐단이 1,000리까지 피가 흐르고 시체가 100만(萬)이 되기에 이르렀다. 고금(古今)을 둘러보아 진실로 거짓이 아닌 말이다. (하략)

오남은 동학농민군을 동도라 칭하며 그 전체에게 고하는 말처럼 썼지만, 주 공격 대상은 방언이었다. 나라를 어지럽히는 불충한 무리를 뜻하는 난신적자라는 표현은 동학교도를 대표하는 방언을 빗댄 것이었다. 오남은 방언을 포함한 동학교도들을 성리학적 질서를 어지럽히는 사문난적으로 단정하고 있었다. 동학은 그저 사악한 교리 정도로 취급하고 있었다.

"대체 그분은 이 나라가 누구를 위한 나라라고 여긴답니까?"

오남의 글을 읽은 접주들은 울분을 토해냈다. 비록 방언이 동문록에서 삭적되어 유림과 관계는 끊겼지만, 그래도 오남은 아니었다.

"그러게 말입니다. 청나라에다 왜놈들까지 끌어들인 게 누구당가요? 일본 미곡상들은 고리대금을 하며 쌀을 뺏어가 불고, 나라는 세금으로 때려 불고, 탐관오리들은 거지 똥구멍에서 숙주나물

빼먹듯 해서 있는 거 없는 거 다 가져가는데 그 양반은 뭐 했답니까? 나라를 바르게 세우고 백성들을 편안하게 하는 보국안민은 위정자가 먼저 했어야지요. 위정자가 못하니까 우리 같은 백성들이 나선 거 아닙니까? 우리가 길거리에 나섰을 때 동조하는 이들도 힘없는 백성들이었지 않습니까? 우리가 농사를 망쳤다고요? 우리도 농사를 짓는 사람들이라 논길은 피해 다녔고, 쓰러진 보리는 일으켜 세우지 않았습니까?"

거친 말까지 나왔지만, 방언은 물론 아무도 말리지 않았다. 접주들이 가슴에 담아두었던 울분이 오남의 글로 인해 한꺼번에 터져 나왔다. 이들 역시 대부분 유학이라는 학문을 숭상하는 조선에 태어나 가장 먼저 배운 것이 오남이 말하는 것들이었다. 이들이 그런 유학적 세계관에 대해 몰라서 동학에 발을 디딘 것은 아니었다. 그러기에 오남의 글은 모두의 가슴에 불을 댕기게 되었다.

"오남이 사악한 교리의 동학만 눈여겨볼 것이 아니라 왜 동학으로 몰린 백성들이 봉기할 수밖에 없었는지 한 번이라도 가슴 깊이 생각해봤다면 이런 글을 쓸 수는 없었을 것이네. 하지만 그는 성리학적 질서만이 조선의 희망이라고 생각하는 유림이라네. 아직도 우리 주위에는 이런 유림들이 많지 않은가. 어느 것이 옳고 그른지 누가 알것는가? 시간이 흐른 다음에 후세 사람들이 판가름해 줄 것이네. 일희일비할 것 없네."

방언의 말에도 여전히 불만스러운 이가 있었지만 대체로 수긍하는 분위기였다.

"우리가 이렇게라도 하지 않았다면 말이지라, 백성들의 무서움을 알았을랑가요? 우리가, 일어나븐게 폐정개혁안이 맹글어지고 집강소도 생긴 것이 아니겠어요? 그간 뜻있는 유림들이 나라를 위한다고 쓴 상소를 들어주기나 했냔 말입니다. 우리의 이치는 이것이지라. 인자는 나라가 나라 같도록 백성들이 직접 맹글어간다는 거!"

모두 인환의 말에 동조하며 오남의 글을 갈무리 지었다. 오남의 글은 접주들에게 긍정적인 자극을 주었고, 집강소 설치에 박차를 가하는 결과로 나타났다.

호남에서 나주와 남원처럼 극렬하게 거부하는 곳이 아니라면 대체로 집강소 활동이 순조롭게 진행되었다. 조정은 동학군이 전주성에서 철수하자 천진조약을 빌미로 조선에 들어온 일본군의 철수를 요구했다. 하지만 일본군은 말을 듣지 않고 급기야 불법으로 경복궁에 침입하여 조정을 장악했다. 청나라를 무너뜨리고 기세등등한 왜놈들은 드디어 조선 침략의 마수를 드러내기 시작했다.

오래전부터 일본 극우 인사들은 정한론을 내세워 조선을 삼키려 했다. 그러나 청나라가 버티고 있어 주저했던 일본은 청을 무너뜨리자 기다렸다는 듯이 조선 침략 정책을 실행에 옮긴 것이다. 나약한 조선은 동학농민군의 위세를 익히 보았기에 아쉬운 대로 집강소 활동을 용인할 수밖에 없었다.

방언이 장흥에 집강소를 설치하며 사적으로 가장 먼저 한 일이 있었다. 동학농민군이 전주성에서 물러나면서 조정과 맺은 폐정개혁안을 솔선수범해서 실행에 옮기는 일이었다.

"뭔 말씀이라요? 종 문서를 없앤다고요? 그럼믄 농사며 집안일은 어쩐다요? 평생을 우리 집에서 묵고 자고 했는디 그것들을 풀어주면 어디 가서 어떻게 살라는 말이어라우?"

"아, 어디서 살긴 여기서 같이 살제. 저 짝 아래채에 나가서 살라고 하고 논 밭떼기 몇 마지기 떼어주면 되는 것이제."

"아니, 이름도 성도 없는 저들을 뭔 낯짝으로 살라는 것이요?"

"그것도 지들 편할 대로 하라고 하면 될 일이제. 정, 성씨가 없으면 우리 집안 성씨 갖다 쓰면 되는 것이고."

"와따 환장할 노릇이네. 저 종놈들을 우리 성씨 주고 이름도 지어주고 그럼 족보는 어떻게 하고요?"

"족보야 우리 족보에서 대가 끊긴 집안에 이어주면 되는 것이제. 옛날부터 그리 해 온 것인디 뭐 새삼스러울 것도 없제. 옛날에 이름있는 집안 문중에서는 족보 팔아 솔찬히 재미들 봤다는디 우리는 돈 받고 팔아먹는 것도 아닌디 뭔 걱정인가?"

"그리 복잡한 것을 저것들이 바라기나 하겠소?"

"물어보고 좋다면 그리 해 줘야제. 일하는 삶을 주고 사람을 쓰면 될 것이오. 명색이 장흥 대접주가 여적지 노비 문서를 가지고 있다는 것은 부끄러운 일이오. 그들에게 일을 시킨 만큼 삶을 주면 되지, 뭐가 걱정이오. 앞으로 한가해지믄 나도 성호도 일을 할 것이니 조금만 견뎌주시오."

"퍽이나요. 한가해질 날이 있을랑가 모르겠네요."

간혹 그녀는 촌철살인 같은 말로 방언을 공격하곤 했다. 말은 저렇게 해도 아내는 방언의 말을 따를 것이었다. 방언은 노비 문서를 없애라고만 했는데, 그의 집에서 일했던 이들에게 독립해서 살 도리를 마련해 준 이는 바로 그녀였다.

"나는 입으로 하지만, 니 어머니는 행동으로 한다."

그가 아들 성호에게 한 말이었다.

장흥에서도 집강소 활동은 잘 이루어지고 있었다. 장흥의 집강소 활동으로 가장 곤욕스러운 이들은 아전들이었다. 수령들이야 나라에서 녹봉을 받고 있었지만 아전들은 원래 나라에서 녹봉을 따로 주는 것이 아니었다. 세금을 걷을 때 제 몫을 따로 챙기는 직업이라 집강소 활동으로 감시가 심해지자 불만이 이만저만 아니었다. 고을 수령까지 쥐고 흔들던 그들이었으나 세금 걷는 과정까지 집강소에서 통제하자 조직적으로 반발했고 훗날 동학 농민군이 조일진압군에 밀려 흩어지자 그들의 전답을 몰취했다.

"대원위대감께서 그랬다고 안합디요. 우리나라에는 세 가지 큰 병폐가 있다. '충청도의 양반, 평안도의 기생, 전라도의 아전'이라고요. 참말로 탐관오리보다 더한 것들이 아전 아니요. 오죽하믄 다산 선생 같은 이들도 아전의 폐해를 들어 정부에 시정책을 촉구하지 않았습니까? 장흥에서는 아전이 더 이상 사리사욕을 채우지 못하도록 철저하게 단속을 합시다."

폐정개혁안을 실현하려는 작업이 차근차근 이루어지고 있는 가운데, 가장 시급하게 실행했던 것은 아전의 단속이었다. 관리들이야 한 자리에 오래 머무를 수 없어 착복한다 해도 그때뿐이지만, 아전들은 시시때때로 착복을 일삼았다. 나라에서 받는 녹봉이 따로 없는 아전들이 제 몫을 챙기는 것은 당연지사였다. 백성들에게 필요 이상의 세를 거두지 않도록 하는 것만으로도 장흥 백성들은 동학의 집강소 활동에 지지를 보냈다.

"그라고 꼭 일러둘 것이 있소. 각 접주들은 각자의 접에서 도인들을 잘 단속해야 할 것이오. 집강소는 사적인 보복을 하는 곳이 아닌 것을 말이오. 어쩌면 그동안 당한 설움을 다 풀지는 못하겠지만, 차근차근 밟아나갈 테니 동학을 앞세워 보복이나 약탈을 하는 일이 없도록 말이오."

방언은 접주들 중에도 울분에 차 사적인 설욕을 하고 싶어 하는 이들이 있다는 것을 알았다. 또한 사적이지는 않지만 고부에서 만행을 저질러 기포까지 일어나게 만드는 데 일조한 벽사 역졸들에게 보복하고 싶은 접주들이나 동학농민군들이 있다는 것을 알기에 하는 말이었다.

방언이라고 해서 그들을 처벌하고 싶은 마음이 없는 것이 아니었다. 하지만 공식적인 명분을 가지고 처벌을 할 때를 기다려야 했다. 다만, 집강소가 있는 동안 장흥에서 만행을 저지르지는 못할 것이었다.

"소식 들으셨습니까?"

집강소 활동을 점검할 겸 새롭게 전할 소식이 있어 각 접 포주들을 도소로 불렀다. 먼저 도착한 김학삼이 궁금하다는 듯이 물었다. 학삼은 관산 접주로 방언과는 인척간이다.

"장흥부사 소식 말인가?"

근래 장흥에는 새로 부임한 부사 박헌양이라는 이에 대해 떠들썩했다.

"네. 부임하자마자 다음 날로 향교 제례에 참석했다 합디다. 아무래도 유림들의 마음을 잡아 보겠다는 속셈이 아니겠습니까?"

부산 접주 사경이 들어오며 그들의 대화를 듣고 제 생각을 내놓았다.

"그란디 말이요. 들어본께 우리를 몰아낼 모략을 세우고 있더란 말입니다."

이번에는 웅치 접주 교철이었다.

장흥 동학도는 진즉부터 곳곳에서 정보를 듣곤 했는데, 특별히 간자를 심어놓았다기보다 곳곳에 동학교도가 포진해 있기 때문이었다. 가장 정확한 정보는 방언에게 전해졌다. 모두 모인 것을 확인하고 방언이 좌중을 둘러보며 말했다.

"새로 부임한 박헌양이라는 부사가 결코 만만한 인물이 아닌 것 같소. 접주들도 들었겠지만, 부임한 다음 날 향교 제례에 참석한

이유가 무엇이겠소? 유림들의 마음을 사서 우리를 끌어내려는 것이오. 지금 같은 상황에서는 집강소를 무시할 수도 없으니 언제고 기회를 보다 공격하려고 할 것이오. 그러기 위해서는 유림들의 지지가 절대적으로 필요했을 것이고. 그라고 그가 녹록한 인물이 아니라고 한 것은 내게 만나자는 전갈이 왔기 때문이오."

방언은 접주들에게 늘 중요한 사실을 전했는데, 이번에도 그랬다.

"음흉하기 짝이 없는 이로군요."

유치 접주 문남택이 주먹을 불끈 쥐며 말했다.

"대접주께 무엇을 요구할라고 보자는 걸까요?"

그나마 성정을 차분하게 가라앉힌 인환이 물었다.

"뭐겠소? 아마 당장 눈앞에서는 집강소 활동을 인정해주는 듯할 것이오. 당분간은 평화를 유지하겠지. 그러고 뒤에서는 우리를 분열시키려는 중상모략을 할 수도 있소. 그래서 접주들을 청한 것이오. 나는 관민상화(官民相和)라는 전주화약을 고수하는 듯 행동할 것이오. 허면 그들은 내가 마치 자기들에게 넘어갔다는 식으로 분위기를 조장할 수 있단 말이오. 그러니 내가 박 부사를 만나서 무슨 일이 있더라도 그들에게 휘말리지 말고 나만 믿기를 바라오."

그들이 자신을 믿을 것을 알지만 맹목적으로 믿게 하는 것이 아니라 소통을 통해 믿기를 바랐다.

"여부가 있겠습니까? 대접주께서 그럴 만하니 그러겠지요."
"고맙소. 그래서 하는 말인데, 내가 박 부사를 만나고 나서 당분간 공식적인 움직임을 삼가는 것이 좋을 것 같소. 자세한 상황은 따로 전달하겠소."

박헌양이 방언을 만나고 싶다는 전갈이 왔을 때는 마침 보현사를 들르기 전이었다. 그래서 일지 스님과 바둑을 두면서 여러 가지 국면을 예측해보았다. 박헌양의 행보가 제 욕심만 차릴 줄 알고 무자비한 성정을 가진 이용태 같은 인물과는 달라 보였기 때문이었다.

"어떤 면에서는 박헌양 부사는 오남 선생과 비슷한 인물일 수도 있겠습니다. 동학도라는 존재를 못 견뎌 하는 게 말이죠. 오남 선생이 성리학적 질서 때문이라면 부사는 신분 질서를 파괴하는 것 때문이겠지요. 오남 선생이 글을 통해 대접주를 비판하면서도 회유하려고 했다면 부사는 대접주를 인정해주는 듯하면서 뒤에서는 유림들의 지지를 기반으로 몰아내려고 하겠지요."

속세에서 벗어나 있어도 앉아서 구만리를 보는 듯한 일지 스님이 날카롭게 분석했다. 말이 승려지 그 역시 동학과 깊숙이 연결되어있는 인물이었기에 그런 분석을 할 수 있었던 것이다. 대놓고 물어보지는 않았지만, 방언은 아마도 일지 스님이 '시리(時利)'와 '시정(時貞)' 중의 한 사람이 아닐까 생각한 적도 있었다.

"사실 이 평화가 얼마나 갈지 걱정입니다. 청군과 일본군이 조선을 빌미로 싸움질하는 시국이다 보니 우리도 다른 준비가 필요하지 않을까 싶기도 합니다. 더군다나 일본이 경복궁을 불법으로 점령하고 김홍집을 앞잡이로 내세워 힘을 키우고 있으니 일본이 전쟁에서 이긴다면 조선의 앞날은 어찌 되겠습니까? 벌써 남접의 일부는 전봉준 대접주와 다른 길을 가려고 하지요."
"이렇게 동그란 원이지만 그 안에서는 끊임없는 기의 움직임이 있다 보니 어느 줄기는 밖으로 튕겨 나가려고도 하지요. 그래도 원을 유지하는 한 그 움직임은 하나이지요."

일지 스님은 왼손과 오른손을 엇갈리게 구부려 동그란 원을 만들어 보이며 말을 이어 나갔다. 그 말은 어떤 조직이든 강경한 움직임과 온건한 움직임이 있기 마련이지만 같은 뜻을 가진다면 결국 하나로 뭉칠 수밖에 없다는 의미였다.

"관군과 싸우면서 종종 써먹었던 전술이 허허실실이었지요. 상대가 생각하는 수를 깨뜨리는 것인데 통할 때가 있더군요. 이번에도 허허실실로 나가야겠습니다."

방언은 일지 스님의 말에서 답을 얻었다. 방언의 생각을 읽었는지 일지 스님은 그저 웃기만 했다.

"장흥 대접주 이방언이라 합니다."

최대한 간단하게 자신을 소개했다. 구차한 것을 좋아하지 않는 그의 성정이기도 했지만, 탐탁지 않은 상대를 대하는 법이기도 했다. 그가 간단하게 말할수록 상대는 말이 많아지는 법이다.

"차일피일 미루다 보니 이제야 보게 되는구려. 부사 박헌양이오."
"그러시겠지요. 향교에 다녀오시고 유서 깊은 장흥 유림들에게
일일이 인사하시니 공사다망하실 수 밖에요."

방언은 일부러 뼈 있는 말을 했다. 한때는 자신도 유서 깊은 장흥 유림의 한 사람이었다는 것을 에둘러 표현한 것이다. 박헌양도 듣는 귀가 있었을 테니 그에게 방언은 결코 편한 상대는 아니었을 터였다

"대접주야말로 집강소를 운영하시느라 공사다망한 것으로 알고
있습니다. 관민상화라 했으니 장흥의 백성들을 위해 서로 협조하
며 물의 없이 지내고자 보자고 했소."

그의 공손함이 불편한 방언이었다. 차라리 트집을 잡고 나오면 부딪쳐 보기라도 하는데, 이런 능구렁이 같은 인물은 자극하지 않는 게 상책이었다.

"서로 존중한다면 얼굴 붉힐 일이 있겠습니까? 부사께서 이리 맞
아주시니 관민이 협심해야지요."

더 길게 말할 것도 없었다. 동상이몽(同床異夢) 같은 자리에 있으나 서로 다른 생각으로 마주하고 있으니 긴장감만 팽배할 뿐 더 이상 말이 오가지는 않았다.

방언은 부사가 장흥의 동학농민군을 와해시킬 방편을 두루두루 찾고 있다는 것을 모르지 않았다. 그는 동도나 동비로 취급했던 동학교도가 집강소를 통해 도호부의 일에 하나하나 끼어드는 것을 견딜 수 없었던 것이다. 상것들이 부사가 하는 일에 감 놔라, 대추 놔라 하는 꼴을 보고 싶지 않은 것이었다.

방언은 집강소가 설치된 이후로 분주한 나날을 보내고 있었다. 폐정개혁을 실천에 옮기는 일 때문이기도 했지만, 전주성 전투 이후 장흥으로 돌아온 동학농민군의 정신무장을 위해 접주들에게 단단히 이르는 일이며 언제가 될지 모르는 2차 기포를 준비해야 했다. 그리고 박헌양 부사의 행동반경을 고려하는 것은 물론 인근 강진이나 나주 등의 상황까지 점검했다.

> "자네의 소식은 귀를 닫아도 들리겠드만. 그러니 귀를 열어놓고 있는 나는 시끄러울 정도여. 글고 미안허이. 함께 하지 못해. 그래도 내가 할 수 있는 만큼 물심양면으로 돕겠네. 내가 동학까지는 몰라도 자네의 뜻은 높게 보네. 장흥 유림에도 자네 같은 괴짜 한 사람 정도는 있어야제."

장흥에서 어린 시절부터 교유해왔던 벗이 사복재나 오남만 있는 것이 아니었다. 비록 동학으로 뜻을 함께하지는 않았지만 방언을 지지하는 이들이 있었다. 어떤 이는 자금을 보태기도 하고, 어떤 이는 방언의 부탁으로 깃발의 글씨를 써주기도 했다. 그들에게 박헌양 부사도 손을 내밀었지만 적극적으로 협조하지 않았다.

방언은 장흥유림의 다양한 모습을 보았다. 그는 유적에서 삭적되었다고 하지만 유림의 한 사람으로 살아온 것을 부인할 수는 없었다. 그런 그를 조용히 돕는 이들도 있었다. 그중 한 사람이 보성군에서 한약방을 열고 있는 선창규라고 젊은 시절 강진 동명서당에서 함께 공부한 벗이 있었다.

그는 잡과를 보겠다며 나름으로 열심히 학문에 정진했지만, 돌아가는 세상이 마음에 차지 않아 일찍감치 과거에 대한 꿈을 접었다. 한 동네에서 약재상을 하는 문민주라는 친구와 손을 잡고 지리산 등지에서 나온 약재를 영암항을 통해 청과 일본에 파는 것으로 재미를 보는가 싶더니 어느새 한약상단의 객주가 되어 있었다. 한양이나 개성 등지의 상단에 비하면 규모는 작았지만 제법 알차게 꾸려가고 있었다.

"아따, 방언이 자네가 참말로 이라고 큰일을 할 줄 진즉 알아브렀
는가안. 그간 잘 지냈능가?"
"문형도 잘 지냈소?"

창규와 민주는 상단을 이끌고 장흥부를 지나곤 했다. 약초 캐는 인부들에게서 약초를 사서 안양 수문포나 인근 남면 남포에서 배에 싣고 이곳저곳으로 판로를 찾아 떠났다 돌아오면 잊지 않고 방언을 찾아 팔도 소식은 물론 주변국의 상황을 알려주곤 했다. 그들에게 동학을 권유하지는 않았지만, 방언의 동학 입교에 누구보다 지지를 보낸 이들이었다.

우물 안을 벗어나서 그런지 그들의 시야는 꽤 넓었다.

"오남 훈장 이야기는 들었구만잉. 참말로 사람은 안 변하는갑이여. 타고난 성정이 그란디 어쩌겠는가? 그런가 보다 하드라고. 수십 년을 유학에만 매달린 사람인디 그란 것이 이상할 것도 없제. 그런 성정이 그를 강진에서 제일가는 유학자로 만들었다고 봐야제. 어찌 보면 학문에 매진한 사람은 그래야 하기도 하고..."

오남의 격문을 두고 하는 말이었다. 어린 시절부터 함께 해 속사정을 잘 알아서 그런지 이렇다 저렇다 말을 안 해도 마음을 알아주는 친구였다.

창규는 서당에서 공부할 때 깐깐했던 오남에 비해 신분 고하를 가리지 않고 허물없이 대해주는 방언과 막역하게 지냈다.

"그나저나 왜놈들은 조심해불드라고. 그것들이 조선을 노리는 거는 기정사실이고, 특히 동학도를 노린다고 하데. 그놈들 말로는 지들이 조선으로 들어오는데 동학이 최고 골칫거리라고 했다더구만. 지들이 볼 때는 그럴 만도 하제. 조선에 군대가 있어 그놈들과 싸울 것이여, 민 씨 척졸들이 나서서 싸울 것이여? 그놈들은 이제 청군도 우습게 알드랑께. 아, 먼젓번 갑신년에 청군 때문에 실패한 경험이 있어서인지 단단히 준비하고 있드랑께."

민주 역시 창규로 인해 알게 되었는데, 방언에 대한 신뢰가 강했다. 그래서 따로 부탁하지 않아도 정보를 모아서 알려주었다. 그들 상단에서 보낸 보부상들이 일본 상인들을 통해 들은 정보를 종합해서 번번이 방언에게 알려주었다.

"왜 상인들의 말을 그대로 믿어야 할지 모르지만 사실이라면 조선의 운명은 풍전등화시."

창규가 한탄하듯 말하자 방언이 무슨 말이냐고 되물었고 창규는 일본 상인들한테 들은 이야기보따리를 하나둘 풀었다.

"아 글쎄, 왜놈들이 명치유신인가 뭔가로 칼잼이 나라에서 천황 국가로 변신을 해부렀다고 하데. 서양 것을 잼싸게 들여와서 고을마다 검은 철마가 달리고 큰 고을엔 밤에도 대낮같이 밝고 증기로 철선을 움직이고 수백 개의 학교가 들어서고 공장에서 옷을 찍어내고 천지개벽을 하고 있다고 하든디. 또 애기들 우두를 주사 한 방에 낫어불게 하고 수십만 군대는 물론 철선에 대포로 무장한 수군까지 양성하고 있다고 하드만. 지금 우리들이 우습게 볼 왜놈들이 아니란 말이시. 젊은 고관대작들 한 이백 명이 신학문을 배울라고 서양으로 유학을 떠났다고 하데. 조정은 일부 인사들에게 맡겨놓고 문물을 배울라고 서양 각국으로 유학을 떠난 셈이제. 참말로 무서운 족속들 아닌가? 우리는 왜놈들과 맺은 강화도 조약만 가지고도 개항을 해야 할지 말아야 할지 싸우고들 있는디 말이여. 일본 상인들 하는 말이 즈그들도 미국이 총칼로 위협해서 개항을 했는디, 인자 조선을 그런 식으로 개항시켜서 여차하면 우리 조선을 속국으로 만들 것이라는 소문이 있데. 그란디 이 조선은 아직도 공맹에 사로잡혀 정신을 못 차리고 우왕좌왕하고 있으니... 그나마 눈이 쪼금 뜨인 젊은 개화당 인사들은 민 씨 척족들이 즈그들 정권 유지를 위해 몰살시켜 갖고 인물이 씨가 말라 부렀으니 조선의 앞날이 캄캄하네. 개항을 하든 개국을 하든 인재가 있어야 하든지 말든지 할 것이 아닌가?"

"그러게나 말이시. 배울라면 우리 것을 확 버려 불고 배워야 제대로 배울 텐데 말이여. 애기들 우두를 아직도 점쟁이가 치료하고 있으니 한심한 일이제. 임오년 군란 때 점쟁이들이 제일 먼저 우두치료소인 종두국인가 뭔가 하는 곳을 불 질렀다고 하데."

"아니 왜?"

"일본에서 들여온 기술로 종두국에서 애기들 우두 치료해주는 바람에 점쟁이들 일감이 없어져서 안 그랬다 하요?"

"번번이 이리 소식을 전해줘서 고맙네."

"소식만 전해주지 우리가 할 수 있는 것이 이것뿐이라 아쉬울 따름이네."

"뭔 말을 그리 섭하게 하는가. 자네 아니면 그나마도 깜깜인데 이리 소식을 전해줘서 고마울 따름이네. 여기 찾는 것도 쉽지 않았을 텐디 말이여."

"아따, 벗을 보러 온다는 디 누가 뭐랄 것이여."

"또 다른 소식은 없는가?"

"아 참, 이번에 본께 한양에 청나라 군사들이 하도 많아서 청나라 땅인지 조선 땅인지 몰것데. 갑신년 정변 이후로 왜놈들이 물러가고 원세개가 데리고 온 청나라 군인들이 한양 거리를 활보하고 있다네. 완전히 청나라 속국이 돼부렀당께. 그라고 임금도 조정 대신들을 믿지 못해 민비와 민영익, 민영휘 그리고 청나라 고문 뭴렌인가 뭣인가 하고만 정사를 논한다고 하데."

"아니 갑신년에 죽었다는 민영익이 여적지 살아있단 말이여? 그

쳐죽일 놈이..."

"갑신정변 때 개화파한테 칼을 열댓 방 맞았는디 미국 선교사 알렌인가 뭔가 하는 작자가 살려 냈다더구만. 지금은 완쾌해서 청나라 홍콩에서 임금님 비자금 관리하면서 떵떵거리며 살고 있다 들었네."

"죽을 놈은 안 죽고 살아야 할 놈들은 다 죽어 부릿으니 장차 이 나라 조선을 누가 끌고 갈란지..."

"여기 있어서 속 편한 줄 아시게."

"그건 또 뭔 소린가?"

방언의 물음에 창규가 말을 이었다.

"당최 나라가 아니네. 임오군란으로 군인들 다 죽어블고 갑신정변으로 젊은 대신들 다 죽어블고, 그랗게 묄렌인가 뭔가 하는 청나라 고문이 임금님을 쥐락펴락하며 정사를 지맘대로 하고 있다고 하데. 특히 나라 밖 일에 대해선 임금이 그 자한테 일임했다더라고."

"아니 그놈이 어떻게 우리 조정에서 막중한 정사에 관여하게 되었당가?"

"들은 소문에 임금이 청국 이홍장인가 하는 대신한테 부탁했다고 하데. 조선에는 쓸만한 인재가 없응께 상국인 청국 이홍장한테 믿을만한 사람을 부탁했다 안 한가?"

"아니 임금하고 민 씨 척족들이 임오년과 갑신년에 인재를 다 죽여놓고 이제 와서 인재가 없다고 청국 사람을 쓴단 말이여? 환장

할 노릇이구만. 청나라가 아무리 조선의 상국이라지만 여적까지 청국의 관리를 들여와서 정사를 보진 않았는디, 인자 청국 관리가, 그것도 청 황제가 아닌 일개 대신인 이홍장의 수하에게 정사를 보게 하다니..."

"나라를 흥하게 하는 데는 열 충신으로도 부족하지만, 나라를 망하게 하는 데는 간신 하나면 족하다는 말이 있는데, 지금 이 조선에는 간신들만 득실대니 큰일이네. 조선의 간신뿐만 아니라 청나라 간신까지 설쳐대니 그리고 이홍장하고 일본의 이토하고 둘이서 이해관계가 딱딱 맞아서 조선을 관리하고 있다고들 하데."

"아니 왜 둘이서 죽이 맞아?"

"글쎄 한양 사람들 하는 소리가 조선이 혼자서 나라 구실을 못한 께 청국하고 일본이 공동으로 관리하자고 했다 안 한가? 일본과 청국 입장에선 조선이 어느 한쪽에 치우치기보다 중간에 놓고 관리하기가 편해서 그런다고들 하데. 청국은 서양으로부터 지들 나라도 지키기 힘든데 조선까지 지킬 힘이 없고 일본도 막 개국해서 이것저것 하다 보니 조선에 신경 쓸 겨를이 없은께 일단 두 나라가 공동으로 관리하는 것이 서로에게 이로운께 그런다고들 하데. 그란디 그것이 오래 가겠는가? 언제까지 이 조선을 둘이서 사이좋게 관리하겠냔 말이시. 한양에 소재하는 서양 관리들 말로는 아마 왜놈들이 힘을 비축하고 나면 상황이 확 바뀔 거라고 하데. 지금 기세라면 10년 안에 일본이 청나라를 덮칠 거라고들 예상하더구만. 청나라도 왜놈들 눈치를 보는 시상이 돼 부렀당께. 세상이 그라고 변하고 있다네. 저 섬나라가 중화를 대신하게 될 날이 곧 올 거라고... 그때가 되면 조선은 물론 청나라도 가만두지 않을 거라고 웅성거리데. 그도 그럴 것이 3백 년 전 임진년에도 그 놈들이 전국을 통일하자마자 조선을 넘어 명나라까지 넘보지 않았냐 말이여. 고놈들이 3백 년 전 한을 풀라고 하지 않겠냔 말이여."

"아니 고놈들은 지들이나 잘 묵고 잘 살면 되지 뭣 땀시 조선이고 청나라를 그라고 잡아 묵을라고 환장한단가?"

"그놈들 말로는 서양 오랑캐들한테 청나라와 조선을 보호하고 러시아가 남하하는 것을 막을라고 그란다지만 속셈은 섬나라 왜국이 뭍으로까지 세력을 펼쳐 중화 세계의 맹주가 되고 싶은 것 아니겠나?"

"아니 러시아는 또 뭔소리여?"

"아, 청나라 위쪽에 있는 아조 큰 나라인디 바다로 나올 기회를 엿보다 이번에 청나라로부터 두만강 동쪽을 뺏어부럿다고 하데. 블라디보스토크인가 뭔가 하는 곳에 군사기지를 만들고 있다고 하데."

"아니 그라면 인자 러시아까지 조선을 넘본단 말이여?"

"그란께 말이시. 쪼그만 땅덩어리에 뭐 묵을 것이 있다고 듣도 보도 못한 나라들이 이라고 눈독을 들인지 몰것네. 그라고 임금님도 인자 막장인지... 아는가? 왜놈들한테 울릉도 벌채권하고 남해안 고래잡이 포획권을 넘겨줘 부렀다 하데."

"아니 우리 백성은 뭐 묵고 살라고 나라 것을 그라고 줘 분당가?"

"임금도 인자 조선의 운명이 다 된 것을 알았을 것잉께 미리 한몫 챙길라고 그런 것이 아니것는가? 그라고 원래 조선 땅이 임금님 땅 아닌가? 임금뿐만 아니라 세도가들도 한몫 챙기느라 정신이 없다 하데.”

“아따, 그나저나 자네 한양에 장사 몇 년 다니드만 겁나 유식해져 불었구만. 세상 돌아가는 것을 이리 자세히 알고 말여.”

“장사치가 세상 돌아가는 것에 둔하면 장사 못 해 묵제. 어느 쪽 세가 센지 알아야 그 짝에 붙을 것 아닌가? 세상 돌아가는 것은 장사치들이 더 잘 알제. 고관대작보다 한양에 장사치들이 세상 돌아가는 것을 더 잘 알고 있더구만. 그래서 그냥 귀동냥으로 들은걸세.”

“큰일이시. 장사치인 자네들도 이리고 세상 돌아가는 것을 잘 안디 조정 대신들은 아직도 꿈속이니 말이여. 일본은 그런 꿍꿍이속으로 힘을 기르고 있는디 우리 임금하고 대신들은 저리고 자기 몫이나 챙길라고 갈팡질팡이니 말이여... 한양이 꿈속인디 여기는 말할 것이 뭐 있겠는가?”

창규의 소식을 듣고 방언은 긴 한숨을 쉬었다.

“물건은 회령진에 뒀네.”

창규는 큰 소리로 말하다 갑자기 소리를 낮춰 말했다. 창규가 말하는 물건이란 방언이 일전에 부탁한 일본 조총이었다. 회령진이라 함은 인환접주를 말하는 것이었다. 방언이 값을 치르러 장롱을 뒤져 돈을 내놓자 창규는 되레 화를 냈다.

"이것이 뭣이당가, 우리 사이에. 자네한테 돈 받을라고 했음은 부
탁받지도 않았네. 조총 구하기 어려워 두 자루밖에 못 구해 준 것
이 미안하구만. 자네는 그냥 좋은 시상 만드는 데 신경이나 써블
드라고."

　오랜만에 만난 벗을 그냥 보낼 수 없어 방언은 오래전에 담가둔 솔잎주와
매실주를 꺼내 창규와 민주에게 내놓았다. 셋은 이내 동학이고 왜놈이고 다
잊고 젊은 시절 강진 동명서당에서 글공부하던 시절로 돌아가 있었다. 희미
한 호롱불 아래서 비워지는 술잔만큼 웃음소리는 담을 넘고 있었다.

10. 비밀회동

방언은 두 곳에서 보내온 서찰을 받았다. 그런데 두 서찰은 같은 사안에 대해 말하고 있었으나 내용은 사뭇 반대되는 입장이었다. 다 읽은 서찰을 소각하고 꽤 오랜 시간 생각에 잠겼다. 방언의 표정이 다른 때에 비해 어둡다는 것을 알고 그의 아내는 자리를 비켜주었고, 성호도 뭐라 묻지를 못했다. 하룻밤을 새우고 나서야 창휘를 통해 의형제들을 불렀다.

근래 방언을 지켜보는 눈들이 있는 관계로 변복까지 하고 비밀장소로 향했다. 그가 동학에 입교한 이후부터는 보현사를 찾을 때도 변복을 했다.

"오셨습니까?"

방언이 혹시 모를 눈들을 따돌리느라 돌아왔더니 교철과 인환이 먼저 와 있었다. 모르는 사람들은 그들의 친분이 동학으로 인한 것으로 알고 있지만, 사실은 그보다 오래되었다. 방언과 인연을 먼저 맺은 이는 인환이었다.

"아따, 이라고 후려쳐블믄 안 되지라우. 요것이 백 가지 독을 푼다는 딱지라는 것이지요. 잔대라고도 하지라. 지리산에서 캐온 것인디 그라고 해불믄 안 되지라."

보성군에 사는 창규에게 부탁한 약재가 있어서 직접 그의 상단을 찾았다. 그런데 그보다 열 살 남짓 어려 보이는 이가 약재 보따리를 놓고 민주와 실랑이를 벌이고 있었다. 가만 들어보니 약재의 품질에 대해 조목조목 따지고 있었는데, 그 사내의 말이 왠지 신뢰가 갔다.

"알았소. 닷 냥 더 쳐주믄 되지라."

민주가 손을 들었다.

"허어, 닷 냥이라고라우. 최상품인디 일곱 냥은 되야지라."

배짱이 보통이 아니었다. 양반인 듯한데, 저보다 장사판에서 이골이 난 상단 행수를 어르는 것이 보통은 아니다 싶었다.

"자네, 저 사내가 탐나제. 딱 본께 자네랑 끼리끼리하믄 잘 맞을 거 같구만잉."
"저 양반은 또 뉘시여? 행색은 양반 같구만."
"요새 양반이 양반이여? 양반이라도 몰락하믄 똑같어브러."

창규의 말이 틀린 말은 아니었다. 몰락한 양반이 워낙 많다 보니 돈 주고 양반을 사는 이들이 늘고 있었다. 창규 말인즉 그 사내가 몰락한 양반이란 것이었다. 양반이든 중인이든 상민이든 딱히 구별 짓지 않는 방언이라 창규도 그 앞에서는 거침없이 말을 했다.

"긍께 누구냐고?"

"쩌기 나주에 산디, 지리산 같은 디서 약초를 캐와 가꼬 우리한테 와서 팔기도 하제."

"나주서 약재상 해도 먹고 살 만할 텐디 여그까지 와서 판단가?"

"긍께 인자부터 내가 할 말이여. 동네서는 없이 사는 사람들헌테 싸게 팔고, 우리한티 와서는 비싸게 팔아브러. 뭐 물건이 좋은께 사기는 하지만 말이여."

왜 창규가 자신과 잘 맞을 거라고 했는지 이해가 갔다.

"근디 지리산에 약초를 캐러 다녀서 그런가, 기골이 장대허네."

"아아, 저 아부지가 회령포 만호진에서 군교를 지냈제. 아부지도 등빨이 좋았다고 하대. 부전자전인지 만호진에서 이 세 저 세 뜯어내는 짓거리 못 하겠다고 엎어브렀다네. 아들도 무관으로 키울라고 했는디 아부지가 그라고 일을 저질러브러가꼬 망쳐브렀제. 아부지는 5년 전에 울화병으로 세상 떠브렀제."

창규는 방언을 데리고 흥정을 하는 그들 곁으로 다가갔다.

"오셨소?"

"여기는 나랑 서당서 동문수학했던 벗이라네. 통성명이라도 허시게."

창규가 자연스럽게 인사를 주선했다.

"나는 장흥부 사는 이방언이라 하오."

마음 급한 방언이 먼저 나섰다.

"나주 사는 이인환이라 합니다."

서로 인사를 하고 촌수를 따져보니 같은 인천이씨였다. 그렇게 알게 된 인환과 자주 교류했다. 그러다 보니 창규나 민주보다 더 절친한 사이가 되었다.

"어이 인환이, 지리산 약초 캐러 간다드만 나랑 같이 가세."

지리산은 방언에게도 낯설지 않은 곳이었다. 장흥과 예산을 오갈 때면 일부러 지리산 근처를 지나가기도 했고 남원의 일이 생각날 때면 자신도 모르게 발길이 지리산을 향하곤 했다.

인환과 교류할 때쯤에는 고산의 문하에서 강학을 마무리한 뒤였다. 고산 문하로 오남이 오고 몇 년은 함께 했지만, 다른 마음으로 버티는 것은 능사가 아니었다. 세상을 주유하며 내면을 채우고자 한다는 방언의 말에 고산도 흔쾌히 허락해 주었다. 어쩌면 고산의 눈에는 자신이 제자로 성에 차지 않았을 것이라고 방언은 생각했다.

"아따, 성님 약초 볼지는 아요?"

213

어느새 그와 호형호제하는 사이가 되었다.

"내가 주워들은 게 좀 많은가. 모르믄 자네가 가르쳐주믄 되제."

그렇게 마흔을 앞둔 방언은 저와 띠동갑에 가까운 인환과 지리산을 가게
되었다.

"저 고개는 산적들이 잘 나온다는디, 자네 들어봤는가?"

당시는 대원군이 하야하고 민 씨 척족이 권력을 장악할 때였다. 백성들의
삶은 여전히 피폐한 상태였고, 곳곳마다 산적들이 들끓었다.

"지가 지리산만 몇 번을 왔는디 모르겠소. 그라고 나오믄 싸우든
가 동전 몇 냥 던져 주믄 되제 뭔 걱정이라요."
"내가 걱정을 왜 하겠는가? 듬직한 자네가 있는디."

언젠가 그와 술을 마시며 이런저런 이야기를 한 적이 있었는데, 인환은 자
신의 아버지로부터 무술과 병법을 배웠다고 말했다. 처음엔 장난으로 서로
겨뤄보자고 했다가 방언이 혼쭐이 났다. 그래서 자주 그를 놀리기도 했지
만, 그에게 무술을 가르쳐달라며 종종 대련을 했다.

"아따, 인자는 성님 실력으로도 이겨블지라."

마치 스승이 자신을 인정해주는 것 같아 기분이 좋아졌다. 인환의 말대로

두세 명 정도라면 붙어 볼 정도의 깡도 있고, 세상을 떠돌며 나름 갈고 닦았던 검술에다 인환의 가르침까지 더해져 산적을 만나도 해치울 자신이 있었다.

"아따, 성님, 저것이 뭐시당가요?"
"어디? 산적이여?"

긴장하고 인환의 시선이 가는 곳을 쳐다보니 벌거벗은 이가 큰 나무에 매달려 있었다.

"뭔 일이여?"

혹시 산적들이 파놓은 함정인가 싶어서 주위를 살펴보았다. 다른 이가 있는 낌새는 느껴지지 않았다.

"거기 뉘시오? 산적이 아니라믄 나 좀 내려주쇼."

말을 들어보니 아마도 산적에게 당한 모양이었다. 두 사람은 나뭇잎을 밑에 깔았다. 인환이 단도로 줄을 자르니 쿵 소리와 함께 사람이 떨어졌다. 방언이 도포를 벗어 떨어진 이의 몸을 덮어주었다.

"아이고, 고맙습니다."
"어쩌다 이리된 거요? 참말로 산적한티 당한 것이오? 보아 허니
산적한티 당할 덩치는 아닌디."

방언의 말대로 그나 인환의 덩치에 밀리지 않을 몸을 가지고 있었다. 그런데다 목청도 울림이 좋았다.

"그라지라. 한두 놈이었으믄 이라고 안 당하지라. 떼거지로 움직인 데다 구뎅이에 빠져브렀소. 숭악한 놈들이 노잣돈이나 가져갈 것이제, 옷까지 거둬갈 건 뭐다요."
"쫓아오지 못하게 할라고 그런 거 아니오. 자, 자. 우습기는 하지만 이라고 만난 것도 인연이라믄 인연인디 주막 가서 탁배기라도 한잔합시다."

방언과 인환이 입은 옷을 한 겹씩 벗어 그에게 입히고 고개를 넘어 주막집에 도착했다.

"근디 어디를 가다가 당한 거요?"
"명색이 양반인디 사는 것도 팍팍허고, 이놈의 인생이 뭐가 그리 꼬이는지 돌림병이 돌 때 부모 형제까지 잃어블고 나니 고향에서는 못 살겠습디다. 그래서 워디 살만한 곳이 있나 찾아 댕기고 있었지라. 이리 일을 당하고 보니 징허게 재수가 없어라."
"고향은 어디요?"
"능주요."
"그라믄 능성구씨요?"
"아따, 어찌 그라고 잘 아요?"
"사는 게 팍팍해도 양반이라는데 고향이 능주면 능성구씨겠다 싶었소."

술이 한두 잔 들어가니 서로 생각하는 점이 닮아 있었다. 능성 구씨의 이름은 구교철이었다. 인환보다 두 살 정도 아래였다.

그들은 인환을 따라 약초를 캐기도 하면서 지리산을 주유했다. 그 여정에서 정도 들고 하다 보니 의형제까지 맺었다. 방언은 맏형으로서 아우들을 살뜰히 챙겼다. 나중에는 일지 스님의 조언으로 그들이 장흥에 정착할 수 있도록 도왔다. 그리고 그들은 방언과 함께 동학에 입도했다.

"급한 사안이라 보자고 했네."

긴급한 일이나 곤란한 일이 생길 때면 그들과 비밀 회동을 가졌다. 그가 가장 믿고 의논할 수 있는 이들이었기 때문이다. 셋이 볼 때는 호형호제하며 편하게 대했다.

"박 부사 때문이어라우?"

교철은 지금 방언의 심기를 가장 괴롭히는 게 장흥부사라고 생각했던 모양이다.

"그도 그렇지만, 더 심각한 일이 있네. 어제 서찰을 받았네."

방언은 서찰의 내용을 들려주었다. 가장 믿는 두 사람인지라 공개할 것이 있으면 최대한 빼지 않고 알려주었다. 방언에게 서찰을 보낸 이는 전봉준과 대원군의 심복이었다.

"대원위대감 쪽에서는 왜 이런 상황에서 기포를 하라고 한답니까? 집강소도 자리 잡을라믄 솔찬히 걸릴 것 같은디요."

인환은 정국을 냉정하게 바라보는 편이라 그렇게 말할 수 있었다.

"설마 허니 우리랑 같이 일본 놈들 몰아내자고 하는 것이라믄 녹두대장이 그라고 반대하는 것은 아닐 것이고."

두 사람 말처럼 대원군 측근의 서찰은 기포를 해주기를 바라는 권유였고, 전봉준의 서찰은 대원군 쪽으로부터 기포를 권유받았으나 아직은 때가 아니라며 부화뇌동하지 않기를 바란다는 입장이었다.

"시방 조정은 일본 놈들 세상이라네. 그래서 대원위대감은 한시적으로 일본과 손을 잡고 우리를 전략적으로 이용하려는 거제. 녹두대장은 일본놈들도 우리가 기포하는 것을 내심 바라고 있다는 것을 알고 있제. 실제로 일본 쪽에서도 사람을 보내 부추겼다 하지 않나. 시방 기포해서 움직이게 되믄 기회는 이때다 하며 동학농민군을 일망타진하려 들 거라는 게 녹두대장의 생각이자 내 생각이네."
"대원위대감이 나이가 들어 노망이 났나, 판단력이 흐려져 브렀구만요."

교철이 거침없이 말할 수 있는 것도 여기서나 가능했다.

"그때 성님이 그 양반 호의를 거절한 게 참말로 잘하신 거네요."

인환 역시 이 자리나 되니 방언에게 형님이라 부르는 것이었다.

인환의 말대로 대원군은 권력을 잡고 나자 인편을 통해 방언을 등용하겠다는 의사를 표명했다. 하지만 그럴 뜻이 전혀 없었던 방언은 거절했다. 다만 그로 인해 장흥에서 방언의 위상이 조금 달라지기는 했다.

"예나 지금이나 대원위대감과는 선을 확실히 긋는 게 맞네. 그란디 말이여, 그럼에도 2차 기포는 곧 하게 될 거라는 거네."
"아따, 뭔 말씀이라요? 녹두대장이 그라고 반대하는디 기포를 하게 된다고라?"

금방까지 기포를 하지 말아야 한다고 했는데, 교철은 자신이 방언의 말을 잘못 들었나 싶었다.

"김개남 접주는 진즉부터 당장이라도 기포해서 한양으로 쳐들어가자고 했제. 그라고 벌써 따로 행동해브렸고. 녹두대장도 어쩔 수 없는 상황에 내몰리게 될 거네. 이렇게 권력자들이나 일본 놈들에게 휘둘려서 기포하게 되믄 그때는 최후를 각오하고 싸워야 하제. 나는 녹두대장이 이런 상황들을 알고도 어쩔 수 없이 기포할 것이라 생각하네. 우리 장흥이야 그나마 우리가 잘 막고 있어 덜 하지만 딴 데는 많은 동학농민군이 체포되고 죽어간다네. 우리가 어찌 그들이 잽혀가고 죽어가고 있는디, 때가 아니라고 해서 눈 뜨고 보고만 있겠는가?"

"그건 전주화약을 어기는 거 아닙니까?"

인환도 말은 그렇게 했지만 전주화약이 지켜질 것이라 생각하지는 않았다.

"이미 조정엔 일본 놈들 꼭두각시밖에 없으니 그렇지 않겠나."

방언은 각지에서 들어오는 소식들로 사태를 파악하고 있었다. 그가 젊은 시절 세상을 주유하며 많은 이들로부터 배운 잡다한 지식은 급할 때 지혜가 되어 상황 판단과 대처 능력을 보여주었다.

"일본 놈들이 조선을 야금야금 삼키고 있으면서도 가장 껄끄러
운 것이 동학농민군이여. 그래서 일단은 김홍집이를 앞세워 가꼬
대신 상대하려는 것이제. 그란께 김홍집의 측근으로 부임을 받은
지방 관리들이 앞장서 가꼬 동학농민군을 잡아 들일라고 눈에 불
을 켜고 있는 거여. 박헌양 부사도 다를 바 없고. 이런 상황에서
기포가 이루어지면 싹쓸이를 할라고 그런 거제."
"일본 것들이 징헌 놈들인 줄 알았지만 해도 너무하는 거 아니오!"
"일본 놈들도 문제지만 무능하게 당하고, 그놈들에게 빌붙은 고
관대작이 더 문제여."

두 사람은 방언의 말에 분통을 터뜨렸다.

"그라네. 우리야 대놓고는 조선의 관군과 맞붙을 거지만 뒤에서
는 일본 놈들이 조종할 것이네."

"기포는 어쩔 수 없다는 말씀인 게라?"

"그랄 것 같네. 그래서 말인디, 기포하면 나는 그쪽으로 합류할 것인께 두 사람이 장흥을 맡아주게."

"저도 함께 가것습니다."

"저도 이번엔 데꼬가 주시요."

1차 기포에 함께 했던 인환이 다시 가기를 원하자 교철도 적극적으로 기포 참여를 원했다.

"아니네, 이번에 자네들은 장흥을 지키는 것이 더 큰 일을 하는 거네. 부사는 어떤 구실로든 우리 사람들을 잡아 들이려 헐 것인디, 그 와중에 기포의 움직임을 알게 되든 틀림없이 공격적으로 나올 것이여. 그란께 우리 쪽에서 먼저 부사의 계획을 차단해블자는 얘기제. 그라고 내가 생각하기로는 으짜면 장흥이 동학농민군 최후의 방어선이 될지도 모르겠네."

"그게 무슨 말씀이다요?"

방언은 두 사람에게 그가 예상하는 향후 국면 전개에 대해 말했다. 동학군의 재기포가 일어나면 관군과 일본군이 위에서부터 아래로 밀고 내려올 것인데, 만일 끝까지 밀리게 되면 장흥이나 해남 등지로 밀려오게 될 것이었다. 그들도 그렇게 예상한다면 반대로 아래쪽을 막는 작전을 펼칠 것이었다.

"결국 장흥부를 못 지켜블믄 우리도 최후가 될 거라는 거군요."

인환의 말에 방언은 침묵으로 답을 했다. 갑자기 무거워진 분위기에 교철이 나섰다.

"어차피 죽을 거, 여기까지 옴시롬 성님들이랑 함께 해가꼬 나는 좋았소. 가지 없이 살아갈 뻔했는디, 성님들 땜시 사람멘키롬 살았소안. 큰 성님 말씀대로 장흥에서 지대로 한 번 싸워보드라고요."

교철의 말에 모두 허허롭게 웃었다. 끝을 알고 싸우는 것은 아니지만 끝이라고 생각하며 싸우는 것이기에 죽음을 각오하지 않을 수 없었다.

"그라믄 각개격파로 방향을 틀어브러야겠어요."

서로의 역할이 정해지자 인환은 전술을 계획했다.

"힘을 나누자는 말씀이지라?"

함께한 세월이 있어서 그런지 이제는 교철도 인환의 심중을 어느 정도는 들여다볼 줄 알았다.

"그려, 큰 성님이 올라가신께 우리가 하나로 있다가는 무너져블 제. 교철이 자네가 먼저 옹치에서 기포를 하믄 부사가 그리 움직일 거 아니여. 그랄 때 내가 대흥에서 기포를 하는 거제. 다른 접들도 뭉쳐서 가고 말이제."
"워메. 좋아블구만요."

방언은 이제는 알아서 전략을 짜는 두 사람을 흐뭇하게 바라봤다. 군데군데 허점이 보일 때면 그때만 조언을 해주었다. 그가 전봉준과 합류를 한다면 장흥을 지켜야 할 이들이기에 누구보다 그들이 잘 이해하고 합의해야 할 전략이었다.

"전세가 우리에게 유리해지믄 자네들이 치고 올라 와야 헐 것이고, 불리해지믄 내가 내려가게 될 것인께 상황을 잘 보고 되도록 부딪치는 것은 피하게. 위협만 가해부러도 공격해오지는 못할 것이네."

방언이 박헌양 부사에게 우호적인 듯이 굴었던 것은 시간을 벌기 위함이었다. 또한 유림을 묶어두는 효과까지 있었다. 방언이 빌미를 주지 않는 이상 앞으로는 평화를 유지할 수 있었고 뒤로는 장흥 동학농민군을 재정비할 수 있었다.

"글고 기포 전까지는 관군을 교란시킬 필요가 있을 것이네."

방언은 장흥의 접주들이 개별적으로 행동하면, 박헌양 부사가 동학군이 분열되었다고 여기며 조금 느슨하게 대처할 것으로 예상했다.

"장흥부와 접해있는 부산접 이 접주는 제가 만나보겠습니다."

교철은 방언의 말을 이해하고는 부산접 이사경을 만나 위장 분열을 의논하겠다고 했다. 그들의 계획처럼 사경과 교철이 방언에게 불만이 있는 듯 따로 행동하는 모양새를 비추었고 부사가 느슨한 상태에서 기회를 엿보게 되었다.

두 사람과 회동을 마친 방언은 다음 날 모처에서 일지 스님을 만났다.

"대접주께서 워낙 명성이 대단해서 소승까지 덩달아 바빠졌습니 다."

방언을 주시하는 눈이 많다 보니 행동반경에 제약이 따를 수밖에 없었다. 보현사가 월림동에서 멀지 않으니 중요한 논의는 장소를 달리해야 했다.

"조만간 기포 통문이 올 것입니다."
"그럴 것입니다."
"대접주께서는 어쩌실 겁니까?"

일지 스님의 질문은 단순히 기포에 참여 여부를 묻는 게 아니었다.

"북접 인사들을 만나야겠지요. 서로 살라믄 하나가 돼야지요. 이 번에도 북접이 움직이지 않으면 안 그래도 힘든데 더 힘들어지겠 지요."

방언은 그 말을 하면서 많은 것이 떠오르는지 길게 한숨을 쉬었다.

"이런 제가 동학에서도 사문난적일까요?"

224

사실 방언은 사문난적이라는 표현에 민감할 수밖에 없었다. 사람이라면 누구나 존중받고 살아야 한다고 믿고 행동한 것뿐인데, 여기저기서 사문난적이라고 비난하는 소리를 듣는다는 것은 결코 유쾌하지 않았다.

"소승 또한 그렇습니다. 부처님의 불법이 중한 것이지 부처님에 매달리지 않습니다. 누구나 부처가 될 수 있으니 말입니다. 대신 사께서도 사람이 곧 하늘님이라고 했지 않습니까. 그러니 우리 모두 하늘님인 겁니다. 중생들이 부처님을 믿고 의지하고, 언젠가 미륵이 세상을 구원해줄 것이라고 믿는 것과는 또 다른 문제겠지만요. 대접주께서 이루려는 세상을 위해 최선을 다하면 되지 않겠습니까?"

방언이 보은취회 이후 북접과 남접이 조금은 다른 곳을 바라보고 있다는 것을 알았고, 그것을 짚고 있는 것이었다. 북접이 최제우의 교조신원운동에 집중하며 종교적인 면에 치중했다면 남접은 척왜양창의(斥倭洋倡義)와 보국안민(輔國安民)을 내세울 정도로 현실문제에 뛰어들었다. 그래서 1차 기포 당시 북접에서는 동조하지 않았던 것이다. 2차 기포 시에도 북접이 부정적으로 나온다면, 조선 정부와 일본군의 총공세가 예상되는 가운데 동학에는 치명적일 수밖에 없다는 것이 방언의 생각이었다.

"현 시국은 함께 하지 않으면 동학도 조선도 무너질 정도로 절체절명의 시기라고 봅니다. 그랗게 강력하게 요구해야 합니다."

방언은 뜻을 분명하게 드러냈다. 일지 스님 역시 힘을 보태 달라는 의미였다. 일지 스님에게 동학지도부를 움직일 힘이 있음을 알고 있다는 것이었다. 일지 스님 역시 그 의미를 모르지 않았다. 그도 이제는 때가 되었다는 것을 느꼈다. 그리고 가슴 깊숙한 곳에서 나무로 된 패를 내놓았다.

"이것이 무엇입니까?"
"동학의 법헌을 증명하는 패입니다. 이것을 해월에게 보이시지
요."
"법헌이라면 동학에서 최고의 지존을 가리키는 말이 아닙니까?
해월신사께만 붙이는 호칭 아니었습니까?"

이미 해월에게 법헌이라는 호칭을 붙이기도 했으니 낯설다고는 할 수 없었다. 다만 해월이 유일하다고 생각했었다.

"최대신사께서 해월에게 북도중주인(北道中主人)을 맡겼지만, 권
력을 독식하지 않기 위해 법헌을 두었습니다. 지금 남아 있는 법
헌 패는 두 개이지요. 이것을 대접주에게 넘기겠소. 이제 대접주
는 법헌이기도 합니다."

방언은 일지 스님이 동학에서 위치가 대단하다고는 짐작하고 있었지만, 이 정도일 줄은 몰랐다.

"제가 어떻게 이걸 받습니까?"

조금 전에도 자신의 뜻을 분명히 밝혔던 방언이었다. 그런 상황에서 법헌이라는 직책은 감당할 수 없었다. 지금 붙어 다니는 장태장군이니 남도장군이니 하는 것도 부담스럽기까지 한 방언이었다.

"소승이 법헌께 모든 짐을 떠맡기는 겁니다. 이것이 있어야 북접을 설득하기 쉬울 겁니다. 그리고 이제 동학농민군은 이장군, 아니 이법헌에게 달려 있습니다. 부담을 가지라는 뜻은 결코 아닙니다. 절체절명의 시기에 소승이 나설 수 있는 상황이 아니잖습니까? 무엇보다 대접주는 장태장군이자 삼남도교장이니 법헌으로서 충분한 자격이 있습니다."

일지 스님은 법헌의 패가 동학교도들을 동원할 수 있는 권한이 부여되어 있다는 것을 알려주었다. 방언은 결코 자신의 뜻은 아니었지만 상황이 상황인지라 받아들일 수밖에 없었다.

"스님께서는 앞으로 어쩌실 겁니까? 저한테 큰 짐 맡기고 훨훨 날아가기라도 하실랍니까?"

방언은 그동안 일지 스님이 자신을 속인 것만 같아서 일부러 툴툴거리며 말했다.

"소승이 할 일은 따로 있겠지요. 오늘 이후로 보현사를 비울 겁니다. 법헌께도 오늘 마지막 인사를 해야겠군요."
"아니, 마지막이라니요?"
"이제는 진정으로 불자의 길로 가보려 합니다. 허나 보이지 않는

곳에서 법헌을 도울 겁니다. 부디 좋은 세상을 만드십시오. 관세
음보살."

합장하는 일지 스님의 얼굴을 보고 방언은 더 붙잡을 수 없다는 것을 깨달
았다. 그리고 어쩌면 그들의 미래도 알 것 같았다. 그러나 굳이 그것을 생각
하지 않기로 했다.

2차 기포를 예상하고 있었던 방언의 행보는 바빠질 수밖에 없었다.

"모셨느냐?"

일지 스님과 헤어지고 창휘와 다른 장소를 향하면서 확인하듯 물었다.

"두 분 다 오시겠다고 하셨어라."
"그려, 창휘 접장이 고생이 많구나."
"고생은요? 지가 할 수 있는 일이 있어가꼬 좋아블구만요."

창휘는 말 그대로 방언의 지근거리에서 함께 할 수 있는 것만으로도 좋았
다. 오늘처럼 밖에서 망을 보는 일이 주가 되어도 자신에게는 굉장한 일이
라고 여기고 있었다.

*"이리 만나게 되어서 솔찬히 죄송합니다. 성님들께서 도움을 주
시겠다는 뜻을 주셔서 얼마나 고마운지 모릅니다."*

일가친척들이 십시일반 모은 쌀을 수레에 싣고 와서 군량미에 보태쓰라고 가져온 것이었다. 방언은 진심을 담아 그와 대면하고 있는 두 사람을 향해 고개를 숙였다.

"우리가 이렇게밖에 도움을 줄 수 없어 되레 미안허네."

방언에게 오히려 미안함을 전하는 이들은 장흥 유림에서 한 축을 담당하고 있는 장흥 위씨와 장흥 고씨의 인사들이었다. 방언과는 가깝게 지내는 이들이기도 했지만, 그의 아버지 묵암공에게서 가르침을 받았던 적이 있어 방언을 각별하게 대하는 이들이었다.

몇 해 전 그가 동문록에서 삭적이 되었을 때도 그를 외면하지 않고 교류를 이어왔다. 유학이니 동학이니 하는 것을 떠나 사람 됨됨이로 방언을 인정해 주던 이들이라 그에게는 큰 의지가 되었다.

방언이 집강소로 바쁠 때 박헌양 부사의 행적을 알려준 것도 이들이었다. 그리고 자신들이 도울 것이 있다면 돕고 싶다며 만남을 요청해온 것이었다.

"아마도 조만간 조선팔도가 떠들썩해불 겁니다. 그라고 그 안에
는 장흥이 있을 겁니다. 그때 형님들께서 도와주셨으면 좋겠습니
다. 사실은 마음만으로도 참말로 고맙게 생각헙니다."
"우리 역시 자네가 만들고자 하는 세상을 반대허지는 않네. 오랫
동안 짊어진 유림이라는 짐을 벗을 용기가 없을 뿐이제. 다만 이
렇게라도 참여하고 싶은 거라네."

방언 또한 묵암공이 세상을 떠난 후에야 동학으로 본격적인 행보를 보였던 것은 유림으로서 전통을 가진 집안의 무게 때문이기도 했다. 이들도 장흥에서는 유림으로서 뿌리 깊은 집안이다 보니 마음이 있다고 해서 행동으로 나서기는 힘든 점이 있었다. 방언으로서는 그들이 다른 유림처럼 반대하지 않는 것만으로도 큰 힘이 되었다.

"성님들의 도움은 이 조선의 장래에 덕을 쌓는 것이지라. 내 죽어
도 잊지 않겠습니다."

방언은 그들이 해줄 수 있는 도움을 요청하고 집으로 돌아왔다. 다음날 2차 기포의 통문을 받았다.

11. 이 나라가 뉘 나라냐!

"뭔 놈에 이런 악연이 있다냐. 저번 기포 때는 이용태가, 요번 기포에서는 박제순이, 참말로 우리가 여기를 안 왔으믄 미안해서 어쩔 뻔 봤어."

동학농민군의 1차 기포는 고부에 안핵사로 올라간 전 장흥부사 이용태의 만행으로 벌어졌다. 그리고 지금 2차 기포로 공주에서 관군과 맞서고 있는데, 충청도 관찰사가 박제순이었다. 그는 박헌양 바로 전의 장흥부사였다.

"무담시 우리가 미안해브네."

공교롭게 장흥부사 출신이 모두 동학농민군 진압과 연관되어 있다는 사실에도 암묵적인 책임감을 느끼는 장흥 동학군이었다. 결코 그들의 잘못이 아니었지만, 묘한 운명에 모두 고개를 저었다.

"근디 법헌 어른은 어디 가셨다우?"

장흥 동학농민군들은 이제 방언을 법헌 어른으로 부르고 있었다. 방언은 장흥 동학농민군을 이끌고 삼례에 있는 전봉준의 부대에 합류하고는 그곳에서 남북접 회동을 가졌다. 그 이후 공식적으로 법헌이라는 호칭을 쓰게 되었다.

"우리가 왜 동비가 되어야 합니까? 저번에도 그렇고 남접의 그런 행동은 역도나 다름없습니다. 이런 폭력적인 방법으로는 동학을 인정받을 수 없단 말입니다. 진정 역적의 길을 가자는 겁니까?"

북접은 남접의 기포에 반대하는 입장을 확실히 했다. 방언은 역도라는 말에 거부감을 느꼈다. 하지만 차분하게 말을 이어갔다.

"지금은 우리가 힘을 모아 왜놈들과 맞서야 합니다. 가만히 앉아서 잡혀가고 죽어가는 우리 동학군들을 지켜만 보고 있을 겁니까? 동학을 지키려면 이제는 싸워야 합니다. 누군들 피 흘리고 싶고, 새로운 세상을 보고 싶지 않겠습니까? 이 나라를 지키고 백성들을 지키기 위해서는 피를 묻힐 수밖에 없습니다. 이 나라 이 백성이 우리의 피를 원하면 뿌려야지요. 비겁하게 도망치면 몇 달은 살 수 있겠지만 평생을 쫓기며 살 수 있겠습니까? 싸우다 죽으면 영원히 살 수 있습니다."

방언은 처음에는 삼남도교장의 역할로서 북접 인사들을 설득했다.

"그렇습니다. 지금, 이 순간에도 우리 도인들이 잡혀가고 죽어가고 있는데 이대로 두면 동학이 보존되리라 생각합니까? 대신사의 희생을 보고도 가만히 있으라는 것입니까?"

남접의 다른 접주들도 방언의 말을 거들고 나섰다.

방언은 남접의 전봉준 녹두대장이 어쩔 수 없이 기포할 수밖에 없었던 상황을 알려주며 남북접이 함께 해야 함을 간곡하게 말했다. 그렇게 남북접 대표들이 뜨겁게 논쟁을 벌인 끝에 북접 최시형은 각 포의 접주들에게 전봉준을 도와 힘을 합쳐 왜적을 쳐야 한다고 밝혔다.

"안 그래도 상황이 우리가 밀리고 있는 입장이 아니여. 글고 장흥
상황이 으짠지 모른께 여차하믄 창휘접장을 장흥으로 보낼란갑
드라고."

방언과 늘 함께 출정한 어산접의 접주와 접장들의 대화는 긴장된 대열 속에서도 의지가 되었다.

"긍께, 이 나라가 뉘 나란디 왜놈들이 설치냔 말이여!"
"그란께 말이여."
"에라이 숭한 놈들!"
"어쩌다가 그런 숭헌 놈들이 예까지 온 거여?"
"아따, 몰라서 물은 것은 아니제?"
"알제. 근디도 속에서 열불이 나서 안 그란가?"

이들이 이른 추수를 마치고 여기까지 온 데에는 조선 정부의 무능이 큰 몫을 했다.

234

"긍께 이 나라가 이러고 되븐 것을 말하자믄이라….."

1차 기포 당시 홍계훈이 이끄는 경군이 동학군에게 연패하자 공식적으로는 고종이 원세개를 통해 청나라에 도움을 요청했다. 당시 청과 일본이 맺은 천진조약, 즉 청이나 일본이 조선에 파병할 경우 먼저 문서를 통해 그 사실을 알린다는 내용의 조약을 생각했다면 쉽게 청나라에 도움을 요청해서는 안 되었다. 그런데도 이 같은 일을 벌인 데는 중전 민 씨의 입김이 컸다는 말이 있었다.

사태의 위험성을 알고 있었기에 민 씨 척족까지도 만류하고 나섰다. 그런데 동학농민군이 초토사에게 보낸 글에서 "위로는 국태공을 모시어"라는 표현에 분노한 민비는 왜놈의 포로가 될지언정 임오년의 일을 또다시 당하지 않겠다는 뜻을 피력했다고 한다. 즉 임오군란 당시 청을 끌어들여 자신에게 유리한 정국을 만들어낸 것만 생각한 민비는 고종을 설득해 청에게 파병을 요청한 것이었다. 아무리 민비가 주도한 일이라고 한들 고종의 청병 요청이 공식화되었으니 경솔한 일이었다.

그렇지 않아도 호시탐탐 조선을 노리고 있었던 일본에는 청나라 군대의 출동이 조선 침략의 절호의 기회가 되었다. 일본은 조선이 청에 파병을 요청했다는 보고를 받고, 조선의 독립을 공고히 하고 내정개혁을 도모한다는 등의 명분을 내세워 조선에 군대를 파견했다. 그러나 조선 정부는 일본의 독단적 파병에 즉시 철병할 것을 요구했다. 이는 동학농민과 맺은 전주화약이 성립되었기 때문이기도 했다. 하지만 일본은 이미 청과의 전쟁으로 자국의 정치적 혼란을 해결하려는 구상을 세웠기 때문에 쉽게 물러나려 하지 않았다.

일본은 경복궁을 불법으로 점령하고 흥선대원군과 김홍집 등을 앞세워 친일정권을 수립하기에 이르렀다. 그리고 조선의 내정개혁을 요구하는 안을 내놓았다. 조선 군대를 무장 해제하고 조선에 있는 청군을 공격하면서 청일전쟁이 시작되었다. 방언과 기포에 참여한 동학농민군들에게서 들은 정보를 정리한 재황은 그간의 일을 일목요연하게 들려주었다.

"뭣 땀시 남의 나라에 와가꼬 쌈질이여, 쌈질이."

"그란께 말이여."

"쌈질만 한 게 아니라 우리를 눈에 까시로 봐븐 것이 문제여."

"대원위대감도 그라믄 안 되는 거 아니여?"

어산접을 비롯한 남접의 동학농민군들은 남북접 지도자들이 조일연합군과의 일전을 합의하자 대열을 정비하고 삼례에서 공주로 향했다. 논산 인근에서 하룻밤 묵고 있을 때 방언은 봉준과 대면했다.

"법헌 어른. 나는 한때 대원위대감을 믿었던 적이 있소. 그가 진
정 우리와 뜻을 함께한다고 생각했소."

봉준은 나직한 소리로 말을 꺼냈다. 한때 그가 대원군의 식객이었다는 것을 방언도 알고 있었다. 그리고 1차 기포 때까지도 그는 대원군을 신뢰하고 있었음을 격문을 통해서도 알 수 있었다. 일개 서생이 왕의 아버지이자 한때는 섭정으로 한 나라의 권력을 쥐고 흔들었던 인물과 교류하고 있다는 것은 때론 대단한 영향력을 발휘하기도 했다. 봉준 역시 그 영향력을 기대하지 않았다고 할 수 없을 것이다. 물론 그런 의도가 아니었다고 하더라도 사람들은 순수하게만 받아들이지 않는다. 방언 역시 대원군과 인연이 있다는 것만으로도 그를 달리 보는 사람들의 시선을 경험했었다.

"사람의 일면이 그 사람의 전부일 수는 없지만, 또한 그 일면을 통해 됨됨이를 알 수도 있소. 단도직입적으로 말하자믄 대원군은 권력자에 지나지 않소. 우리를 그저 자신이 놓은 장기판에 졸 정도로밖에 생각하지 않는 권력자란 말이오."

방언은 이 기회에 봉준이 대원군에 갖는 허상을 깨줄 필요가 있다고 생각해 강하게 표현했다.

"지금 생각해보믄 그 말이 맞소. 작년 복합상소 때부터 지금 임금을 대신해 장손인 이재면을 왕으로 만들라고 우리와 손을 잡으려 한 거요. 당시에는 민비와 민 씨 척족을 쓸어내기 위해 대원위대감과 손을 잡아도 좋을 거라 여겼지만이라."
"그라믄 언제 그 실체를 알아챈 것이오?"
"전주화약이 있고 얼마 지나지 않아 일본 놈들이 경복궁을 침범하지 않았소. 상황이 급변하게 돌아가서 남원대회를 열었지 않습니까?"

그때 방언은 집강소 일로 장흥과 강진을 넘나들고 있을 때라 다른 접주를 보냈다.

"그때 당장이라도 경복궁으로 가서 일본놈들을 몰아내야 한다는 들끓는 분위기 속에서 뭔가 허망하다는 생각을 했지 않았겠습니까? 법헌어른 말씀대로 아무리 정치적인 이유라지만 왜 일본 놈들과 손을 잡았을까 하는 의문이 생기더이다. 그리고 아직은 때가 아니라는 걸 깨닫기도 했지요. 우리의 결속이 더 중하다고 생각해서 넘어갔지요."

방언은 봉준의 이야기를 들으며 그가 꽤나 고심했을 것이라고 생각했다.

"그란디 김개남 접주가 밀지를 받았다고 합디다. 안 그래도 급한 사람이 당장이라도 기포를 안 하믄 큰일이 날 것 맹키롬 안 합디여. 가만히 생각을 해봤지요. 왜 가장 먼저 김개남 접주에게 밀지를 보냈을까? 절대로, 나한테 먼저 안 보냈다고 샘이 나서 그란 것이 아니요. 일부 동학군들이 김접주의 선동에 부화뇌동했지만 여전히 그게 아니라고 생각했지요. 그 이후 다른 접주들도 밀지를 받았고, 나도 받았소."

그 내용에 대해서는 방언도 알고 있었다.

동학농민군에게 재기포할 것을 요구했는데, 기포를 하게 되면 토벌을 핑계로 대원군 측에서 군사를 일으켜 개화정부를 전복하고 다시 권력을 잡겠다는 계획이었다. 또한 왜놈들이 동학농민군을 진압하려고 내려가면 군대를 일단 해산해놓고 청나라 군대가 오기를 기다렸다가 협력해서 왜놈들을 치고 대원군 장손 이재면을 왕으로 세우겠다는 계획도 있었다.

"그랑께 우리들은 장기판에 졸따구 신세 아닙니까? 대원군은 자기 목적만 달성하면 우릴 토사구팽 시킬 게 뻔하고. 그 와중에 일본 놈들 앞재비들인 천우협 것들까지 와서는 재기포하라고 부추깁디다. 그래서 깨달았지요. 우리를 이용해서 자기들 욕심 채울라고 하는 것은 대원군이나 일본 놈들이나 크게 다를 것이 없다는 것 말입니다. 그래서 김개남 접주에게 그랬지요. 아직 우리는 오합지졸인께 각 고을에서 힘을 키워 지키는 것이 먼저고, 상황을 지켜보자 했지요. 정읍에 사는 강증산이란 아우도 우선 힘을 더 기른 다음에 일을 벌여도 벌여야 한다고 만류하기도 하고 해서..."

"강증산은 또 누굽니까?"

"정읍에 사는 강일순이란 사람인디 세상을 주유하면서 세상 이치를 깨우치고 도를 닦은 젊은이지요. 이 세상에서 가장 존귀한 것이 사람이고 그 사람들이 힘을 합치면 새로운 세상을 만들 수 있다고 믿는 사람입니다. 다만, 아직 때가 무르익지 않았다고 생각하고 있지요."

"아니, 그때가 언제랍디까?"

"글쎄요, 만국(萬國)의 병마(兵馬)가 이 땅을 뒤집어서 쓸고 간 뒤라야 새로운 세상이 열릴 수 있다고 믿는 사람입니다."

"아니 저 민 씨 척족들한테 당한 것도 징해 죽겄는디 만국의 병마까지 와서 뒤집어 놓는 세상이라면 그것이 사람 사는 세상입니까?"

"그러게 말입니다, 그때가 언제가 될란지. 그가 말한 개벽세상이..."

결국 김개남은 전봉준의 제의를 거절하고 독자적으로 행동하기로 마음먹었다. 김개남은 워낙 성격이 불같았고 남원을 기반으로 한 동학농민군의 사기가 충천해 있어 이러한 선택의 순간에 유화적인 태도를 취한다면 지도자로서 유약하다는 비난을 받을 수 있기에 김접주는 무리한 선택을 하게 되었다.

대원군 측에서는 전봉준을 계속 압박했지만, 그는 따르지 않았다.

"심지어는 국왕이 직접 보낸 것처럼 위조한 밀지까지 가지고 와서 독촉한 적도 있었지요. 그래도 흔들리지 않았소안."

"잘하셨습니다. 혼자 힘들었을 텐디, 잘하신 거요."

"그래도 우리 동학에 법헌 어른 같은 분들이 계시니 버틸 수 있었던 거지요."

물론 대원군의 계획은 실패하고 말았다. 그러나 그렇게 대원군의 종용에 부화뇌동하지 않고 자리를 지켰던 봉준도 청과의 전쟁에서 승리한 일본이 동학군을 찾아내서 잔악하게 죽이는 것을 보고 재기포를 하게 되었다. 결국 일본군을 조선에서 몰아내지 않는 한 동학농민군이 그토록 꿈꾸던 개벽세상은 오지 않을 것이기 때문이었다.

그리고 말은 하지 않았지만, 대원군과 같은 권력자들을 위해서가 아닌 백성들이 주인이 되는 세상을 위해 나섰던 것이었다. 비록 짧은 기간이었지만 집강소를 통해 아래로부터의 권력이 얼마나 중요한지 경험하지 않았던가.

"그나마 법헌 어른이 북접을 설득해 파쟁을 넘어 함께 기포하게 되었으니 얼마나 다행인지 모릅니다."

"우리가 집강소를 통해 좀 더 안정을 찾고 힘도 키웠다면 좋았을 테지만, 일본놈들이 들어와 있고, 백성들을 지켜주지 못한 무능한 위정자들이 있는 한 오래 가기 힘들었을지도 모르오. 어차피 우리는 싸워야 했을 것이오. 그라고 인자는 참말로 싸우는 수밖에 선택의 여지가 없지 않소."

"그나저나 일본놈들이 어떻게 공격해올지 걱정입니다."

방언도 그렇지만 봉준의 어깨가 누구보다 무거울 것이라 생각하니 마음이 아팠다. 단순히 지방 관군을 대적하는 것이 아니라 조선 최고 정예군과 신식무기로 무장한 일본군을 상대하는 일이었다. 방언은 일전에 창규가 구해준 일본 조총의 위력을 방짓동 훈련장에서 시험 삼아 쏘아보며 경험한 터라 마음이 무거웠다. 족히 200보 떨어진 호박이 산산 조각난 모습을 두 눈으로 똑똑히 보았기에.

그 막중한 무게감 때문인지 봉준의 어깨가 1차 기포 때보다 무거워 보이고 지쳐 보였다.

"사방에서 몰려올 것이오."

1차 기포 때야 비교적 속전속결로 끝나서 관군이 우왕좌왕하는 통에 동학농민군에게 유리했지만, 이번에는 일본이 잔뜩 벼르고 몰아붙이는 형국이니 동학농민군이 수적으로는 유리할지 몰라도 전력으로는 밀릴 수 있었다.

친일 정부로 변신한 조선 정부도 동학농민군에 강경하게 맞선다는 토벌 방침을 세워두고 있었다. 도순무사 신정희가 지휘하는 동학군 토벌 관군은 공주 방면으로 투입된 순무영과 경리청 등의 병력으로, 왕명을 거역한다면 주살하라는 명령을 받았다. 동학군을 토벌하는 데 동원된 부대는 우금치 방면으로 투입된 우선봉장 이두황과 좌선봉장 이규태가 지휘하는 두 개 대대의 병력이 있었다. 그뿐만이 아니라 일본군이 훈련시킨 최정예 교도중대(教導中隊)가 겉으로 보기에는 조선 부대로 보여도 실제로는 일본군의 전위부대 역할을 담당하고 있었다.

일본군은 이미 동학농민군의 재기포를 예상하고 준비하고 있었다. 일본은 주한일본공사를 통해 외무대신 김윤식에게 동학도 토벌을 권고했다. 조일 공수동맹을 근거로 양국이 합동으로 동학농민군을 토벌해야 한다고 주장했다. 그 동맹이란 것이 청일전쟁과 관련된 것이지 동학농민군과는 하등 관계가 없음에도 청병과 결탁을 주장하며 토벌하겠다는 의지를 밝혔다.

그리고 일본의 출병을 조선 정부 내각에서 받아들였다.

"말이 됩니까요? 왜 왜놈들이 나서냔 말이여! 이게 나라요? 이게 참말로 나라냔 말이여! 지 백성들 죽이자고 왜놈들을 끌어들인다는 게 말이 되냔 말이여! 생각이 있는 자들이라면 총구를 왜놈에게 향해야지, 나라 구하겠다고 추수도 못 하고 올라온 백성들을 살육하겠다고 나선 군대가 세상천지에 어딨단가? 나라 망하는 거 시간문제겠구만."

일본군의 토벌 계획까지 알려지자 접주들은 분통을 터뜨렸다. 일본은 동학농민군의 토벌을 조선을 더욱 옥죌 수 있는 빌미로 삼으려 했다. 그래서 치밀하고도 교묘하게 동학농민군 토벌을 계획하고 있었다.

먼저 미나미 고시로(南小四郎) 소좌를 지휘관으로 한 후비보병 19대대를 동학군 토벌에 동원했다. 이 부대는 일본에서도 반란 진압의 경력이 있는 최정예 보병부대였다. 19대대는 3개 중대로 배치되어 동학농민군을 압박해 오고 있었다.

"우덜은 조선의 백성이 아니란 말이여? 자기 나라 백성을 오랑캐 같은 놈들한테 토벌하라는 거이 나라여? 인자부터 우덜에게는 나라가 없당께."

접주들의 분통 어린 외침을 들으며 방언 역시 하늘만 쳐다보았다. 그토록 척왜를 외친 이유가 이것이 아니었을까. 일본이 어떻게 조선을 유린해올지 불 보듯 뻔했기 때문이었다. 눈을 뜨고도 도적놈들을 알아보지 못하는 위정 자들에게 한층 실망할 뿐이었다.

일본은 조선 정부에 일본군을 보좌하도록 하는 한편, 조선 군대와 작전지 휘권을 일본에 넘기게 했다. 조선 병사들이 일본군 군율에 따르는 것은 물론이었다. 일본은 미나미 소좌에게 동학당의 근거지를 찾아 후환이 남지 않도록 소탕할 것을 명했다. 우두머리로 인정되는 자를 체포해서 경성의 일본 공사관에서 문책하게 했다.

"공주를 지나 한양으로 갑시다!"
"이번에는 기필코 한양까지 가붑시다!"

동학농민군은 공주를 뚫고 한양까지 치고 올라가 일본군을 조선에서 몰아 낼 것을 다짐했다.

공주로 가는 중 이인역에서 첫 승리를 거뒀다.

"아따, 관군도 별거 아니구마잉. 일본 놈들이 뒤에서 팍팍 밀어
준담시롱 별거 없어야."

첫 승리에 흥분했는지 신나게 징을 치던 좌인이 큰소리로 환호했다.

"우리가 산을 먼저 올라가브렀은께 이길 수 있었어라. 그것이 아
니었으믄 힘들 수도 있었단께요."

승리의 분위기에 들뜨지 않고 상황을 냉정하게 분석한 재황이 하는 말이
었다.

"그란가. 그라믄 인자는 산만 타믄 쓰겄네잉."

산이나 들이나 항상 병서를 손에 끼고 다녔던 재황이 병법을 들먹일 거라
여겼던 백호는 바로 호응을 해주었다. 승리감에 들뜨 재황이 심각한 표정을
짓고 있어도 가볍게 받아들였다.

옆에서 그 모습을 지켜보던 방언은 재황의 분석이 제법 날카롭다는 것을
알 수 있었다. 이런 일만 아니었으면 나라를 위해 제대로 자기 능력을 발휘
하고도 남을 인물이었다.

"맞네, 병법에 적과 싸울라믄 장수는 반드시 전쟁터의 지형을 머
릿속에 넣고 있으라고 했제. 우리가 높은 곳에 있은게 유리한 것
이었네. 재황 접장 말대로 반대였으믄 우리가 위험했제."

재황의 의견에 동의하면서 방언이 나서자 승리감에 도취해있을 수만은 없다는 것을 모두 느끼게 되었다.

"그라믄 시방은 황룡촌에서 이긴 거하고 같은 이치구만요."
"그라네. 병법에 말이여, 지형을 알고, 자기 자신을 알고, 적을 알고, 천시(天時)를 알아야 백전백승한다고 했네."
"아, 지피지기 백전백승이 그 말인 게라."

옆에 있던 창휘까지 호응하고 나섰다.

"법헌 어른, 그라믄 어떤 곳이 유리한 곳이고, 어떤 곳이 불리한 곳이랑가요?"

과거에 급제하고도 줄이 없어 벼슬자리를 못 받은 변규상이 물었다.

"대체로 말이여, 험한 곳에서는 높고 밝은 곳을 택하는 것이 유리하다네. 그래야 적의 동태를 살필 수 있고, 공격하기에 유리한께 안 그렇겠는가. 반대로 절벽으로 둘러싸인 험준한 계곡이나 분지, 산으로 둘러싸여 빠져나오기 어려운 좁은 땅, 초목이 빽빽하여 행동하기가 어려운 곳, 함정처럼 통행할 수가 없는 늪지대의 수렁, 땅이 갈라진 것 같은 험한 골짜기 같은 곳은 피하라 했네. 이런 곳을 만나믄 빨리 통과해서 벗어나는 것이 좋제."
"그라믄 반대로 그런 곳으로 적들을 몰아야 쓰겄네요."
"그라제."

하나를 가르쳐주면 둘 이상을 알아내는 어산접의 접장들을 보며 방언은 흐뭇한 미소를 지었다.

"인자 워디로 가는 거여?"
"우금치라네요."
"저 우금치 고개를 넘으면 충청도 관찰사가 있는 공주감영이라네. 공주 지나 금강만 건너면 경기도와 한양은 지척이고. 우금치 (牛禁峙)가 어째서 우금치인지 안당가?"
"쩌기 고개에 도적이 많아가꼬 소를 몰고 가믄 하도 뺏어븐께 관아에서 해가 지믄 소를 몰고 넘지 말라 해서 소 우(牛), 금할 금 (禁), 고개 치(峙) 해서 우금치라고 하드만요."

그중 한 명이 앞서간 이들에게 주워들은 말로 대답했다.

"옛날에 말이여, 이 고개에서 금송아지가 나와가꼬 우금치라고 했다는 말도 있어."
"아따, 우리헌테는 금송아지였으믄 쓰겄네."
"그라제!"

녹두대장이 이끄는 부대가 선봉대에 있고, 방언의 부대는 후미를 맡고 있어 우금치까지 도착하는 게 늦었다.

"워메, 벌써 시작해브렀는가."
"그란께 언능 온다고 왔는디 말이요."

앞에서 들리는 소리로 보아 벌써 서로 맞서는 상황이 된 것 같았다. 방언은 그 소리를 들으며 그들이 늦었다는 생각을 하지 않을 수 없었다. 어산접동학농민군에게 설명했던 지형의 유리한 고지를 차지하려면 조일연합군(朝日聯合軍)보다 일찍 도착해서 우금치에서 가장 높은 봉우리인 견준봉을 차지했어야 했다. 그런데 이미 관군들이 차지한 것 같았다.

"법헌 어른, 전갈인디요. 우금치 양쪽으로 관군이 차지했으니 치고 빠지면서 공격을 하자고 하신디요."

척후병이 달려와서 본대의 결정을 전달해주었다.

"견준봉에도 적들이 있다던가?"
"아마도 그란 거 같은디오."

우금치는 계곡 좌우로 능선이 펼쳐져 있고, 상하로도 능선이 형성되어 사각으로 되어 있어 그 안으로 들어가면 자칫 갇히는 형국이 된다. 앞서 방언이 말한 지형에서 불리한 위치에 처한 것이다. 사각 안은 평평한데, 견준봉에서 바라보면 동학농민군의 상태가 그대로 노출이 되고 마는 형국이었다.

"법헌 어른, 뭔 문제라도 있당가요?"

방언의 표정이 급격히 어두워지자 백호가 물었다.

"우리가 늦은 것 같네."

한때 무과를 준비한 적도 있었던 백호는 이곳으로 오기 전에 방언에게 들은 말도 있어 빠르게 눈치를 챘다.

"저들이 좋은 지형을 차지했다는 말씀인 게라?"
"그라네, 대열 정비를 잘해야 쓰겠네."

방언은 치고 빠질 때 어떻게 할 것인지 동선을 정해주며 앞으로의 지시를 잘 따르도록 했다. 예상컨대 쉽지 않은 싸움이 될 것이었다. 적들은 동학농민군의 움직임을 예상하고 먼저 지형을 선점한 것이었다.

우금치 서쪽은 이두황 부대가, 동쪽에는 이규태 부대가 배치되어 있었다. 그리고 방언이 그토록 욕심을 내었던 견준봉에는 일본군의 모리오 대위가 지휘하는 서로(西路) 파견 2중대가 배치되어 있었다.

'사지로 몰아넣는 형국이구나!'

진퇴양난의 상황이었다. 앞으로 나가는 것은 적이 만들어 놓은 호구 안으로 들어가는 것이고, 후퇴하자니 밀려가는 형국이었다. 그래도 후퇴를 선택하는 편이 낫다고 생각했지만, 지금 상황에서 누가 그 말을 들을 것인가. 치고 빠지는 정도로만 유지한 채 방법을 찾아야 했다.

그러나 양쪽 능선을 차지한 동학농민군은 우금치 안쪽으로 더 들어가고 있었다. 말 그대로 호랑이 입으로 들어가는 형국이었다.

펑-

일본군들이 포진해 있는 견준봉에서 포성 한 발이 울려 퍼지자 산등성이를 차지하고 있던 관군들이 포와 총을 쏘아댔다. 순식간에 동학농민군의 전열이 흐트러졌고, 비명소리와 더불어 수십 명의 동학농민군이 쓰러졌다.

"뒤로 물러나라!"

전진해서 싸우는 것이 어리석을 수밖에 없는 상황이었다. 높은 곳에서 쏘는 소총과 평지에 서서 위로 총을 쏘는 것은 엄청난 차이가 있었다. 더구나 관군이 들고 있는 총과 동학농민군이 들고 있는 총은 속도의 차이가 컸다. 그리고 장방형의 대오는 밀려나면서 깔리고 쓰러지며 흐트러지고 말았다. 말 그대로 총포에 맞아 죽든가 깔려 죽든가 하는 상황이었다. 대열을 정비하고 공격을 감행했지만 중과부적이었다.

"이럴 줄 알았으믄 장성 황룡강에서 쌈할 때 신식총을 더 뺏어불 것을 그랬네."
"긍께, 이거 총을 지대로 쏴 보기도 힘드네."
"뒤로 물러나라고 전하시오."
"물러나라. 퇴각이여!"
"얼른 내빼브라고?!"

방언은 더 이상의 공격이 무리라고 판단했다.

수적으로는 유리한 편이라 4~50차례 밀고 나아갔지만, 돌아오는 것은 시체로 이룬 산더미와 거기서 흘러나온 피로 범벅된 황토밭뿐이었다. 전진은 죽음이나 마찬가지였기에 뒤로 물러나 차후를 기다리는 것이 상책이었다.

방언은 미리 알려진 동선대로 동학농민군을 이끌었다. 관군들이 퇴로까지 차단하고 있어 자칫 몰살당할 수 있는 상황이라 피하는 방법밖에 없었다.

"우리는 여기서 장흥부로 돌아간다. 어쩔 수 없지만 후일을 기약
할 수밖에."

지금은 전체가 함께 움직이기보다 그들 부대를 보존하는 편이 최선이었다. 물론 돌아가는 길이라고 만만하지는 않을 것이었다.

"법헌 어른, 녹두대장이 두리봉을 점령했다고 합니다. 어쩐대요.
지원해줘야 하지 않겠습니까?"

척후병의 소식에 전봉준 부대를 지원하자는 의견이 나와 대열을 다시 우금치 쪽으로 움직이려고 했다.

"안 됩니다. 그리 가는 길에 매복이 쫙 깔려 있습니다. 그라고 녹
두대장도 두리봉에서 내려와 후퇴하고 있당게요."

막 움직이려 했지만, 그곳에서 밀려오는 다른 접의 동학농민군들이 그곳의 상황을 알려줘서 어쩔 수 없이 대열을 남쪽으로 돌릴 수밖에 없었다. 발에 치이는 시쳇더미를 보고도 수습조차 못 하는 상황이 모두를 안타깝게 했다.

장흥 동학농민군의 피해도 만만치 않았다. 처음 장흥에서 기포해 올라온 동학농민군의 절반가량이 피해를 입었다. 목숨이 붙어 있는 부상자만 챙겨서 후퇴하는 것만이 모두를 살리는 길이었다.

"이쪽에 사는 사람들한테 우금치는 낮에도 넘지 말라고 해야겠네. 소를 잡아가는 도적보다 무서운 일본 놈들이 있다고 말이여. 여기서 죽은 영혼들이 일본 놈들을 잡아갈 것이여."
"영혼들이 한 둘이어야 말이제. 땅에 묻어주지도 못헌디 상엿소리나 해주고 갑시다."

방언은 이렇다 저렇다 말할 수가 없었다. 침묵이 흐르고 이내 동학농민군 중에 한 사람이 앞소리를 시작하자 다른 이들이 뒷소리를 함께 했다.

어화 넘자 어화 넘자 어화 넘자
가네 가네 나는 가네 북망산으로 나는 가네
어허이 허어 어이가리 넘자 너화넘
북망산이 멀기는 먼디 건너 안산이 북망이로구나
잘 살아라 잘 있거라 나는 간다
먼 저 시상으로 나는 간다
어허이 허어 어이가리 넘자 너화넘

동학농민군이 되어 조일연합군을 상대로 함께 싸우던 동지들이기도 했지만, 마을에서는 이웃이기도 했던 그들의 죽음에 상엿소리로 인사를 고했다. 타향에서 성님, 동상, 조카, 아제 하던 동지들을 북망산으로 보내는 상엿소리는 처량하기 그지없었다.

북접 최시형 동학군도 일본군의 화력 앞에 속수무책으로 많은 사상자를 내고 충북 보은, 괴산 쪽으로 산발적인 저항을 이어가면서 흩어졌다.

우금치 전경

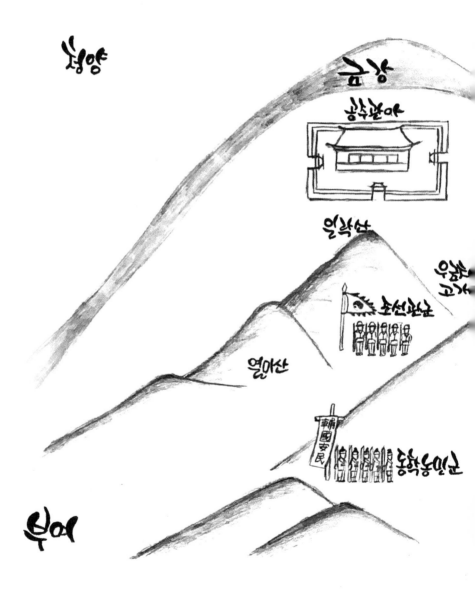

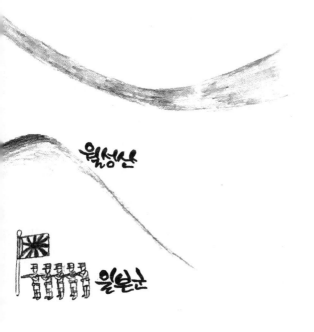

연기군

월성산

일본군

12. 붉은 탐진강

우금치 전투가 끝나고 일본군과 관군 연합군은 본격적으로 동학농민군을 소탕하기 시작했다. 퇴각하는 동학농민군을 아래로 몰아붙이면 해남이나 장흥 쪽으로 도망갈 것을 짐작하고 동쪽에서는 부산에 주둔한 일본군 토벌대가 진주, 여수, 순천을 거쳐 보성 쪽으로 들어오고 있었고 남해안 섬으로 도망갈 동학군을 토벌하기 위해 일본 순시선이 보성, 완도 쪽 남해 바다에서 대기하고 있었다.

방언은 장흥의 동학농민군을 추려서 조일연합군의 추격을 막아내며 퇴각했다. 대오를 이탈하거나 손실이 큰 충청과 전주 지역의 동학농민군은 물론 나주·광주·화순·능주 동학농민군을 모아서 장흥으로 향했다. 그리고 우금치 전투에서 패하자 바로 장흥에 급보를 전했다.

한편 장흥에서 방언의 급보를 받은 교철과 인환은 이제 때가 되었다는 것을 알고 방언과 계획했던 것을 실행하려고 했다.

"일본군은 위로부터 우리를 몰아붙일 것이고 동시에 바다 쪽으로 치고 올라올 수도 있네. 어쩌면 목포 쪽을 통해서 올라올 수도 있제. 그러니 장흥은 물론 전라병영성이 있는 강진까지 주시하고 있게나. 만일 위에서의 기포가 실패할 경우 어차피 이쪽으로 몰

려올 수밖에 없을 걸세. 그때는 우리에게 남은 마지막 기회가 될
걸세."

방언이 비밀회동을 가질 때 했던 말이었다. 이제 장흥에서 준비한 일을 시
작해야 한다. 그리고 방언을 기다릴 것이다.

"큰 성님이랑 우리 부대가 무사히 왔으믄 좋겠네요. 인자는 준비
한 대로 해봅시다. 이날을 위해 솔찬히 참았구만요."

교철은 방언의 신변을 걱정하면서도 그동안 숨죽이고 있었던 일을 말한
것이었다.

방언이 기포에 참여하기 위해 장흥을 떠난 후로 박헌양은 본색을 드러냈
다. 그 전부터 결속을 다지려 했던 장녕성 안의 유림들과 백성들에게 의사록
을 작성하게 해서 동학군을 소탕하는 데 힘을 모으게 했다. 집강소 때 병영
에 설치된 동학도소를 철폐하고 수성소를 설치했다. 또한 성을 지키는 민보
군(民堡軍)을 구성해서 관군들과 함께 곳곳의 동학도들을 체포하도록 했다.
우금치 이후로 동학농민군이 쫓기게 되자 박헌양은 강진 병영의 병사와
힘을 합쳐 대대적인 소탕 작전을 펼칠 준비를 마쳤다. 때를 기다리며 물밑
에서 숨죽이고 있던 장흥 동학농민군은 장흥 사창에 2천 명을 결집해놓고
세를 과시했다. 너희가 동학도를 잡아들이면 우리도 가만히 있지 않겠다는
엄포였다. 그것이 먹혔던지 그 후 서로 간을 보듯 긴장의 끈이 팽팽히 이어
지고 있었다.

"부사 나리, 큰일 나블었습니다요."

"뭔 소리냐? 자세하게 말해봐라."

"우, 웅치 활성산에서 동학군이 기폰가 뭔가를 해브렀답니다요."

"아니, 이것들이 겁도 없이 뭘 해?"

박헌양이 큰소리는 쳤지만, 기포란 것이 일전에 사창에 모여 으쌰으쌰, 했던 정도와는 다르다는 것을 알고 있었다.

웅치라면 보성과도 가까워서 자칫 한꺼번에 몰려오면 큰일이 아닐 수 없었다. 그래서 강진에 있는 전라병영성에 급보를 보내 별포군 500명과 조총 200자루를 요청했다. 하지만 병영에서는 묵묵부답이었다.

다음날 다시 급보를 보내자 병영에서 200명의 민군과 200명의 관군을 데리고 장흥으로 진격했다.

"기포를 했담시롬 왜 가만히 있는 겁니까?"

병영의 수성별장이 말했다.

"저 동도란 놈들이 언제 장녕성을 공격할지 모르니 엄호를 해주셔야 합니다."

그런데 당장이라도 공격해올 것처럼 하던 동학농민군은 활성산에 진을 치고 나올 기미를 보이지 않았다.

"동도들의 동태는 어떠한가?"

도대체 무슨 생각인지 짐작조차 할 수 없어 답답한 노릇이라 자꾸 그들의 동태만 물어볼 뿐이었다.

"왁자지껄하게 들리는 소리로는 활성산에 진을 치고 있는 것이 맞는데, 웬일인지 꿈쩍을 안하고 있습니다."

언제 진격해올지 모르는 동학농민군을 기다리고 있자니 오히려 긴장하고 있는 쪽은 관군이었다. 장흥에 동학농민군이 있다고는 하지만 그들이 고부나 장성, 전주 등지에서 활동한 덕에 실제로 장흥에서는 맞선 적이 없었다. 그런데 그때 팽팽하던 끈이 툭 끊어지는 소식이 들려왔다.

"부사 나리. 참말로 큰일이 나블었습니다요."
"또 무슨 일이냐? 동도들이 몰려온 것이냐?"
"동도들이 몰려온 것은 맞는디 그쪽이 아니라 딴 쪽이랑께요."
"딴 쪽이라니! 또 누가 기포라도 했단 말이냐?"
"이번에는 대흥이라고 합니다요. 근디 벌써 회령진성에 들어가부렀답니다요."

보고를 받은 박헌양은 그제야 자신들이 동학군에게 당했다는 것을 깨달았다.
관군들이 웅치에만 신경 쓰고 있을 때 대흥에서 이인환 대접주가 기포를 하게 될 줄 예상조차 못했으니 대비도 할 수 없었던 것이었다. 완벽하게 허를 찌른 것이었다.

"시천주 조화정 영세불망만사여!"
"시천주 조화정 영세불망만사여!"
"시천주 조화정 영세불망만사여!"

출정을 알리는 주문 소리가 펄펄 휘날리는 깃발들 사이를 뚫고 들판을 울렸다. 머리와 무릎에 황명주 수건을 두른 동학농민군은 나발소리에 회령진성까지 한달음에 도착했다.

웅치로 관군이 동원되기도 했지만, 군졸이 많지 않은 회령진성은 문이 열린 것과 같았다. 그런 데다 만호진이 있던 회령진성은 인환에게 있어서는 손바닥 안과 같았다. 그가 나주에서 이곳으로 이사를 온 것은 어린 시절 이곳에서 보낸 적이 있었기 때문이었다. 그리고 만호진의 군교였던 아버지 때문에라도 이곳 사정은 누구보다 잘 알고 있었다.

이곳과 멀지 않은 곳에 대흥접의 동학군을 훈련시키는 비밀장소가 있는 것도 우연은 아니었다. 그래서 피 한 방울 흘리지 않고 입성한 인환은 많은 무기와 군량미를 챙겼다. 인환의 대흥접은 장흥의 남쪽인 인근 덕도와 고읍면에서 모인 동학농민군까지 합세해 거침없이 남면 쪽으로 이동했다. 기세를 몰아 방언의 접이 있는 남면의 동학농민군을 대열에 합류시켜 안양면까지 북상했다. 마치 장흥 앞바다에 살던 곤(鯤)이 깨어나 붕(鵬)이라는 새가 되어 회오리바람을 일으키며 구만리를 날아가는 형국이었다. 그리고는 동쪽으로 틀어 웅치동학군과 합세했다. 마치 그렇게 약속이라도 한 듯 거침없는 행보였다. 그렇게 움직이는 동안 관군은 그저 손 놓고 있었을 뿐이었으니 말이다.

"여까지 오시느라 참말로 욕뵈블었네요."

교철은 큰 소리로 웃으며 인환을 맞이했다.

"이 정도가꼬 그란단가. 웅치접에서 잡고 있었응께 할 수 있었제.
그나저나 우리 장태장군이 오실라믄 한 이삼일 걸릴 것 같응께
주변 단속이나 하고 오세."

그들은 장흥 부사의 예상을 깨기라도 하듯 장녕성 쪽으로는 발길을 돌리지 않았다.

"여, 여기로 안 오면 대체 어디로 갔단 말이냐?"

한편 대흥접의 소식을 전해 들은 박 부사는 당장이라도 그들이 장녕성으로 쳐들어올까 봐 잔뜩 긴장하며 나름 대비를 하고 있었다. 그런데 그들이 다른 곳으로 방향을 틀었다는 소식이 들려왔다.

"보성 방향으로 갔다고 합니다."

보성으로 가서 세를 결집해 오는 것은 아닌지 걱정이 앞섰다. 아니면 그들을 고립시키기 위해 추적해야 하는 것은 아닌지 생각이 많았지만, 병영성이 움직여주지 않으니 그럴 수도 없었다. 그저 사태의 추이를 지켜볼 뿐이었다.

동학농민군은 향후 장흥과 병영이 있는 강진에서의 일전을 위해서 혹시 모를 인근 지역의 지원을 차단하는 데 힘을 모았다. 그래서 두 사람이 이끄는 부대는 흥양[고흥]현으로 방향을 잡았다. 보성군의 경우 유원규 군수가 집강소 때부터 동학군에 우호적이었기에 지나치고 그 아래에 있는 흥양현을 택한 것이었다.

인환은 타고난 감각 때문인지 아니면 그간 방언에게 배운 병법으로 전술에 능하게 되어서인지 모르지만 속전속결로 흥양현의 인부(印符)와 병부(兵符)를 획득했다. 인부는 관인(官印)이며 병부는 군대를 동원할 수 있는 일종의 표식이다. 흥양현감은 그야말로 눈 깜짝할 새에 인부와 병부를 빼앗기고 말았다. 이제 인부와 병부가 동학농민군의 수중에 있으니 현감은 군사를 동원할 수 없게 되었다.

장흥부 장평면 사창에 아침이 밝았다.
반가운 손님이라도 맞이하려는 듯 분주하게 움직이는 이들이 있었다.

"어허, 정신 사나운께 진득하게 앉아 있을란가?"
"아따, 큰 성님이 오시는디 궁둥이를 붙이고 앉아 있을 수 있겄소? 당도허실 때가 됐는디."

인환은 안절부절못하며 정신없는 교철을 나무랐지만, 자신이라고 그와 다르지 않았다. 이른 추수를 마친 가을에 삼례로 향했다가 한겨울에 돌아오는 방언이었다. 나이도 있는데 퇴각하느라 몸은 축나지 않았는지 걱정이 이만저만이 아니었다.

그렇게 한 시진을 조금 넘기자 멀리서 말발굽 소리며 대오가 움직이는 소리가 들려왔다.

"오십니다요!"

두 사람은 누가 더 빠른지 내기라도 하듯이 방언의 부대가 오는 길목으로 뛰어갔다. 지근거리에서 말을 타고 오는 방언의 모습이 보였다. 조금 지친 듯 보였지만 눈빛은 여전히 형형하게 빛났다.

"장태장군 만세!"
"남도장군 만세!"
"장흥 동학군 만세!"

기다리고 있던 장흥 동학농민군들도 방언과 그의 뒤로 보이는 동지들을 향해 환호성을 질렀다.

"대접주, 아니 법헌 어른, 언능 오싯시요."
"욕 봤당께요."

교철과 인환은 방언의 손을 잡았다. 반가움과 안타까움에 눈가에 물기가 잠깐 비치기도 했지만 얼른 훔쳤다.

"두 접주들도 욕봤네."

방언은 두 사람의 어깨를 가볍게 두들겼다. 약속한 대로 완벽하게 일을 마쳐놓은 두 사람에 대한 치하를 방언은 그렇게 표현했다.

그리고 함께 온 금구의 김방서 부대, 화순의 김수근 부대, 능주 조종순 부대 등을 소개했다. 오랜 행군으로 지쳐 있는 동학농민군들을 쉬게 하고 접주들은 향후 일전을 위해 막사로 모였다.

"여기 장흥과 강진 병영성의 싸움이 우리에게는 매우 중합니다. 심기일전해서 잘 싸운다면 말입니다. 우리가 여기서 힘을 모은다면 기회는 다시 오게 됩니다. 만에 하나 패배를 한다면 여기가 우리의 무덤이나 다름없습니다. 접주님들 어떻게 할 겁니까? 죽음이 두렵다면 지금이라도 물러나면 됩니다."

방언의 얼굴은 그간 힘들었음을 나타내듯 야위어 있었다. 워낙 강골이어서 버티는 것이지 웬만한 장정은 버티지 못할 일정이었다. 인환은 방언이 잠깐 한숨이라도 돌렸으면 좋겠는데, 그럴 여유조차 없는 그들의 상황이 지금은 좀 못마땅했다. 그가 어깨에 짊어지고 있는 책임감의 무게를 느낄 수 있었다.

"여그가 우리 멧둥이라 각오하고 끝까지 싸울랍니다."
"죽을 각오도 없이 여기까지 왔을라고요."
"그라믄요."
"여서 물러난다고 해도 관군이 가만두겠습니까?"
"이래 죽으나 저래 죽으나 마찬가지라믄 싸우다가 죽어블라요."

그들이 죽음을 각오한다는 것은 단순히 동학농민군의 사기를 높이기 위해서 하는 소리가 아니었다. 그들은 이미 죽음을 넘어 이곳까지 온 것이었다.

"먼 훗날, 우리가 탐관오리와 왜놈들을 상대로 징허게 싸우다 죽었다고 기억해 줄지 누가 압니까?"
"하믄요. 긍게 이겨븝시다."

방언은 여러 접주의 각오를 들으며 대열을 정비했다.

장흥 동학농민군의 총대장은 방언이지만, 실질적인 지휘관은 인환으로 삼았다. 지금껏 장흥에서 가장 맹렬하게 싸운 공도 있거니와 누구보다 방언의 뜻을 잘 이해할 수 있는 인물이기도 했다.

"네 개의 부대로 편성해서 벽사역을 뚫고 장녕성으로 갈 것이오.
장녕성까지 함락하믄 강진 병영성으로 가서 화약과 무기를 얻어
나주로 올라갑시다."

방언은 큰 줄기만 말하고 자세한 상황은 그때그때 지시를 내리기로 했다. 네 개의 부대는 평화 송정등에 자리한 방언의 부대, 건산 모정등에 이인환, 구교철 부대, 벽사 뒤 평원은 김방서 등 다른 지역에서 합류한 부대, 행원 앞 평원은 이사경 등 남은 장흥 대접주들의 동학군이 주둔했다.

"두 접주가 완벽하게 해놔서 참말로 다행이네."

위에서 내려온 접주들과 동학농민군이 이곳 사창에서 기다리던 동학농민군들과 식사를 하고 있을 때 방언은 두 접주를 보며 다시 고마운 마음을 전했다.

"법헌께서 미리 알고 지시했응게 그랬제라우."
"그래도 이라고 잘해놔서 그나마 수월하지 않겠는가 말일세."

장흥 사창의 하늘에는 동학농민군 대장기, 접기와 구국항왜, 제폭구민, 보국안민, 광제창생 등이 적힌 깃발이 휘날리며 네 갈래로 나뉘었다.

대장기에는 '남도장군'과 '장태장군'이라는 휘호가 쓰여 있었다. 인환의 말에 의하면 고읍에 있는 장흥 위씨 가에서 써주었다고 했다. 방언이 재기포로 올라가기 전에 부탁했던 것인데, 힘 있는 글씨체가 마음에 들었다.

"고씨 가에서도 군량미를 보내줬어라."

백호의 처가가 있는 안양 모령 고씨가에서 십시일반 모아 쌀을 보내왔다.

"고마운 분들이네요."
"참말로 힘이 됩니다요."
"그라제."
"언제 그 성님들과 막걸리라도 한 사발 해야 쓰겄는디..."

그런 날이 올지 모르겠다는 말을 하려다 입안으로 넣어두었다.

"그런 날이 오겠지라. 꼭 올 것이어라."

누구도 장담할 수 없었지만 그럴 거라고 믿고 싶었다.

"자, 벽사역으로 갈 것이여!"
"가자, 벽사역으로!"

266

아무리 급해도 오랜 행군과 작전으로 지친 동학농민군에게 휴식은 필요했다. 이틀을 따뜻한 밥과 국을 먹고 휴식을 취한 동학농민군은 힘을 냈다. 아무래도 고향 땅에 발을 딛고 있다는 것이 심리적인 안정감을 주는 것 같았다. 그리고 몸을 추스른 그들은 각각의 대오로 벽사역으로 향했다.

징-
징-

"아따, 장흥에서 듣는 좌인 접장의 징 소리가 징허게 좋아블구만잉."

우금치에서부터 십여 일이 넘게 수백 리 길을 행군해온 어산접의 동학농민군들은 백좌인의 징 소리로 피로를 떨쳐 냈다. 죽음의 고비를 넘긴 것도 여러 번이고, 실제로 동지들을 잃기도 했지만 그들의 결속력은 흐트러지지 않았다. 그래서인지 좌인의 징 소리가 유난히 심금을 울렸다.

"아따, 좌인 접장 징 소리만 좋다든가. 징 치는 모냥 보고, 장흥 사는 처자들 가슴 좀 벌렁거리게 했제."
"워메, 나는 또 징 소리에 가슴이 벌렁댄 줄 알았드만 저 반반한 얼굴 때문이었구만잉."

사지에 와있으면서도 웃음을 잃지 않는 이들이 있었기에 지금껏 버텨온 것이라고 방언은 생각했다. 아니, 어쩌면 두려움을 참기 위한 억지웃음인지도 모른다.

그렇게 사창에서 모인 후 3일 만에 벽사역을 함락했다.

"나가 말이여, 언젠가는 벽사역에 올라고 했어."
"근디 이 썩을 것들이 싹 다 도망을 가블었네 그려."

1차 기포부터 참여했던 장흥 동학농민군들은 벽사역에 남다른 원한이 있었다. 장흥부사 이용태가 고부에 안핵사로 갈 때 벽사역졸 400여 명을 데리고 갔다.

고부에서 온갖 만행을 저지른 것은 이용태만이 아니었다. 벽사역졸들의 만행은 고부 백성들의 치를 떨게 했다. 그때 이용태의 관군을 피해 무장현에 있던 전봉준은 이용태와 벽사역졸들의 만행을 보고 2차 봉기를 하게 되었으니 이게 무슨 운명이란 말인가. 그때의 역졸들이 벽사역에 살고 있었던 것이다.

"긍께 말이여."
"이것들을 혼내줘브러야 우리가 면이 서는디 말이여."

그래서 벽사역을 공격할 때는 그 각오가 남달랐다. 고부 백성들의 원한도 갚을 뿐만 아니라 장녕성의 고립을 위해서라도 벽사역을 함락해야 했다.

벽사역에는 5천여 명 이상의 관원과 역리, 역졸, 역노비 등이 있어 그대로 뒀다가는 장녕성 공격 시 후환이 될 수 있었기에 배후를 없애야만 했다. 그런데 지은 죄를 아는지, 동학농민군이 공격해오는 것을 알고는 벽사역 찰방 김일원부터 장녕성으로 도망가기에 급급했다.

벽사역은 장흥도호부가 있는 장녕성처럼 성곽으로 둘러싸여 있는 것이 아니라 평지에 있는 역참이었다. 그래서 벽사역 군사들 입장에서는 공격해오는 동학농민군을 수비하기에 좋은 조건이 아니었다. 그렇다 하더라도 막아볼 생각조차 하지 않고 도망을 가버렸다.

벽사역을 함락한 동학농민군은 남아 있는 관군을 처형하고 비어 있는 관아와 민가에 불을 질러 그들의 근거지를 없애는 것으로 앙갚음을 했다. 그마저도 하지 않았더라면 고부에서 벽사역졸들에게 당한 백성들의 얼굴을 볼 면목이 없었기 때문이었다.

찰방 김일원은 병영에서 군사를 지원 받으려 했는데, 어려워지자 나주 초토영으로 향했다. 명목은 그랬지만 제가 살기 위해 도망간 것에 다름 없었다. 후에 나주 초토사를 만나 구원을 요청한 뒤 조일연합군의 길잡이가 되어 장흥으로 토벌군들을 끌고 들어왔다. 안타까운 사실은 나중에 조일연합군에 잡힌 동학농민군 수백 명이 벽사역에서 처형을 당했다는 것이다.

"아, 벽사역이 저리 쉽게 무너지다니!"

장녕성 동문 누대에서 벽사역을 지켜보던 박헌양은 절망했다. 그리고 옆에서 혼이 나간 채 어쩔 줄 몰라 하는 김일원을 원망의 눈초리로 바라보았다. 벽사역에 남아서 싸워볼 생각도 하지 않고 일찌감치 식솔을 끌고 성으로 들어온 김일원에게 한마디 하려는데, 그래도 눈치가 있는지 그가 먼저 선수를 쳤다.

"부사 나리, 제가 내일 아침 일찍 나주 초토사를 만나 지원 요청을 하겠습니다요."
"벽사역이 저리되는 것을 보니 장녕성도 머지않을 것 같아 또 도

망을 가겠다는 것인가?"

박헌양은 호통을 치듯 매섭게 말했다.

*"부사 나리, 무슨 말씀을 섭하게 하십니까? 식솔들을 예 두고 가
려는데, 도망이라니 당치 않습니다요."*

저런 마음가짐을 가진 이라면 자기 말대로 차라리 초토사를 찾아서 지원
요청을 하도록 두는 편이 낫겠다고 생각했다. 어차피 도망을 칠 거라면 이
곳의 상태라도 전하기를 바랄 수밖에 없는 처지에 혀를 찼다.

*"부사께서도 뒤를 생각하시어 잠시 몸을 낮추고 계심이 어떠하실
는지요?"*
"내 어찌 목숨 하나 보전하겠다고 성을 버리고 가겠느냐?"

김일원도 떠나려 하고, 다들 자기 목숨을 보전하기에 급급한 것을 보고 통
인과 시종이 피하는 것을 권하자 박헌양은 그들을 향해 버럭 소리를 질렀다.

"어서 죽교를 끊어라."

동학농민군이 탐진강을 건너 관아로 건너올 것을 우려해 대나무 다리인
죽교를 부숴야 했다. 그렇게라도 최대한 시간을 번다면 요행도 바랄 수 있
으리라 생각했다.

장흥 동학군과 김방서의 금구 동학군들은 장녕성의 삼문을 한꺼번에 공략했다. 이사경 대접주의 동학군 천여 명이 북문을, 이인환과 구교철 대접주가 이끄는 동학군 천오백여 명이 죽교 근처의 동문을, 남문 밖 석대들 쪽에서는 방언이 이끄는 어산접 동학군 이천여 명과 김방서의 금구 동학군 삼천여 명이 장녕성을 압박했다.

　　펑, 펑!
　　와아아!

　　장녕성에서 뿜어내는 대포 소리가 안개를 뚫고 요란하게 들려왔다.
　　방언의 예상대로 따뜻해진 날씨 때문인지 탐진강에서 피어오른 짙은 안개 덕분에 한 치 앞을 분간할 수 없었고 이를 틈 타 동학군들은 숨을 죽이고 장녕성을 향해 진격했다. 긴 대나무 장대에 보국안민, 척양척왜, 제세이화 등 각종 깃발과 각 접을 대표하는 깃발들은 겨울 찬 공기를 가르는 대포의 공격 신호와 함께 천지를 진동하는 외침으로 바뀌었다.
　　장흥부 심장만큼이나 장녕성은 쉽게 문을 열어주지 않았다. 뒤로는 병풍 같은 남산이 방어하고 앞으로는 탐진강이 해자 역할을 하고 있어 동학농민군들이 단숨에 범하기엔 쉽지 않은 성이었다. 이렇게 시간이 지체되면 장녕성에서 내뿜는 대포에 동학군들의 피해가 커질 수밖에 없었다. 이럴 것을 대비해 방언이 준비해 둔 것이 있었다.
　　방언은 어산접에서 포수와 날쌘 동학농민군 오십여 명을 뽑아 탐진강을 건너 북동쪽 절벽으로 다가가 갈고리를 성벽에 걸어 성안으로 들여보냈다. 성문을 지키던 관군들은 예상치 못한 곳에서 밀려오는 동학군들을 대적하느라 성문 수성에 빈틈이 생겼다. 굳게 닫힌 세 개의 성문 중 안팎에서 공격한 북문이 제일 먼저 열리고 성안으로 수천 명의 동학농민군이 들이닥치기 시작했다.

북문이 열리고 관군의 전열이 흐트러지자 동문과 남문도 열리기 시작했다. 서너 시진 만에 성문이 열리고 성안에는 동학농민군과 관군의 백병전이 벌어지기 시작했다. 박헌양 부사가 싸움을 독려하면서 직접 칼을 휘두르며 싸우는 바람에 관군들도 쉽게 포기하지 않았다. 비록 싸워 죽여야 하는 관군이지만 성을 지키기 위해 분전하는 부사를 보면서 이방언의 가슴도 아팠다. 왕명을 받아 부임한 임지를 목숨 바쳐 지키려는 부사의 분전에 그저 놀랄 뿐이었다. 그러나 이미 총칼을 들고 일어선 이상 충성스러운 관리도 이제 어쩔 수 없이 죽여야 하는 적일 뿐이었다.

한 시진을 더 버틴 관군은 쌓인 시체를 뒤로하고 물러나 북쪽 산을 넘어 도망치기 시작했고 일부 관군은 탐진강으로 뛰어내려 헤엄을 쳐서 도망가기 시작했다. 밀고 밀리던 싸움은 어느 정도 끝이 보이는 듯싶었다. 대포소리도 총소리도 잠잠해지고 여기저기 관아와 민가에서 불길이 치솟고 있었다. 성안 백성들의 피해를 최소화해야겠다고 생각했지만 막상 싸움이 시작되니 죄 없는 백성들도 무수히 죽고 싸움터로 변한 민가는 불길에 휩싸였다.

"내 주상전하의 왕명을 목숨 바쳐 지킬 것이다. 죽이려면 죽여라!"

박 부사는 끝내 항복을 거절하고 인부와 병부를 내어주지 않고 버텼다. 여기저기서 박 부사를 죽여야 한다는 소리가 들려왔다. 동학농민군의 사기도 생각해야 했다. 이제 그는 부사가 아니라 죽여야 하는 패장에 불과했다.

> *"박 부사, 당신은 이 땅을 지키라는 왕명만 받았소? 탐관오리에*
> *게, 왜놈들에게 죽어가는 백성들을 지키라는 왕명은 어디 갔소?*
> *그대가 지켜줘야 할 백성들을 잡아 죽이는 것이 이 땅을 지키는*
> *것이오?"*
> *"헛소리 말고 죽여라."*
> *"그대는 충절하기는 하나 딱 그것뿐이군. 서로의 입장이 다르니*
> *더 말한들 무슨 소용이 있겠소."*

방언은 더 이상 그에게 말할 이유를 찾지 못했다. 그는 스스로가 보고 믿는 것만 옳다고 여기는 사람이다. 그의 눈에 방언 역시 그렇게 보일지도 모른다. 그렇게 생각하니 대하고 싶은 생각이 없었다. 다만 제 목숨 하나 부지하겠다고 자기가 책임져야 할 백성들을 버리고 도망가는 관리들보다는 낫다고 해야 하나. 박 부사 같은 관리가 조선에 몇 명만이라도 있어 목숨 걸고 왜놈들과 싸웠다면 우리 같은 백성이 이리 나서지 않았을 것이라고 생각하니 한편으로 박 부사가 존경스럽기까지 했다.

박 부사는 목숨 줄처럼 여기던 인부를 빼앗긴 후 혀를 깨물었다. 여성의 몸으로 누구보다 앞장서서 목숨 걸고 싸웠던 여동학 이소사 접장이 박 부사의 최후를 맡았다. 그간의 관리들에게 빼앗기고 억눌렸던 동학농민군들의 분노가 고스란히 그에게 쏟아질 수밖에 없었다. 장녕성을 지키다 박 부사와 함께 목숨을 잃은 수성군은 모두 96명이었다. 장흥부의 심장이라고 할 수 있는 장녕성은 그렇게 무너졌다.

장흥부 전도

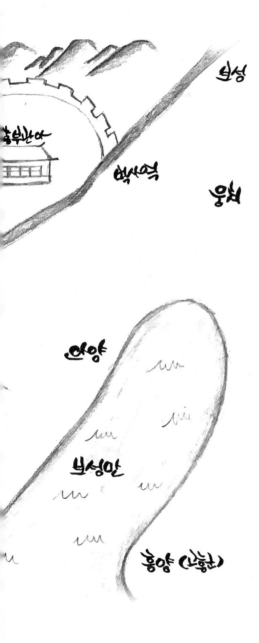

방언은 동학농민군이 기포를 하는 동안 백성들에게 또 다른 폐를 끼치지 않게 했다. 일전에 집강소를 통해서도 사사로운 욕심을 챙기지 않도록 했듯 군량미 정도는 자신을 비롯한 대접주들의 선에서 해결하고자 했다. 또한 그의 뜻을 지지하는 장흥의 유지 중 일부는 군량미를 지원해주기도 했다. 하지만 무기는 관아에서 얻을 수 있는 게 최선이었다.

장녕성이 장흥부의 심장이기는 했으나 조일연합군과 대치 중인 상황에서는 오래 머무를 곳이 아니었다. 장녕성은 성문과 성곽이 무너진 데다 좁은 편이라 오래 머물게 되면 밀리는 쪽은 동학농민군이라 빨리 수습하고 떠나는 편이 나았다. 벽사역 찰방 김일원이 병영이나 초토영에 구원 요청을 했을 것이니 이미 그들이 몰려오고 있을지도 모를 일이었다.

"강진 사인점(舍人店)으로 방향을 잡도록 하지."

사인점은 장흥과 강진의 경계에 있는 곳으로 숙박 시설인 점(店)이 있는 곳이었다. 위로 보이는 사인정은 단종 때 홍문관 부제학, 이조참판을 지낸 김필이 계유정난 후 벼슬을 버리고 장흥에 은거하면서 후학을 가르치던 정자이다.

사인점은 강진현과 병영성의 중간에 있어서 어느 곳으로도 이동할 수 있었다. 수만의 동학농민군이 머무를 넓은 벌판과 먹고 씻을 수 있는 탐진강이 있어 적절한 장소였다. 무엇보다 진을 치고 있다가 강진으로 진격하기에 좋은 위치였다.

갑오년(1894) 섣달 초하룻날.

드디어 장흥 사창에 도착했다. 우리는 금구, 화순, 능주의 동학농민군과 함께였다. 웅치접과 대흥접을 비롯하여 유치접, 부산접 등의 동지들을 만나서 반가웠다. 오랜만에 따뜻한 국에 밥을 먹었다. 약 두 달 만에 돌아오게 되었는데, 아직 집에는 갈 수 없었다.

갑오년(1894) 섣달 초이틀날.

퇴각으로 지친 몸을 쉬어줘야 한다고 해서 휴식을 취했다. 그래서 쉬면서 웅치접과 대흥접의 신출귀몰한 무용담을 들었다. 참으로 대단하지 않을 수 없었다. 흥양현까지 가서 인부와 병부를 가져왔다는 말에서는 무릎을 쳤다.

갑오년(1894) 섣달 초사흗날.

우리는 네 곳으로 나뉘어 벽사역으로 향했다. 우리 접은 송정등에서 대기하고 있다가 신호와 함께 벽사역으로 갔다. 벽사역에 가면 역졸들을 가만두지 않겠다고 벼르는 이들이 많았다.

갑오년(1894) 섣달 초나흗날.

벽사역을 점령했다. 일전을 예상했는데, 다 도망치고 없어서 싱거운 점도 있었다. 이곳 벽사역졸들은 고부 기포 당시 안핵사 이용태와 함께 자신들이 저지른 짓을 알고 있는 모양이었다. 싸우지도 않고 도망친 걸 보면 말이다.

갑오년(1894) 섣달 초닷샛날.

새벽 장흥도호부를 함락했다. 전날부터 북문, 남문, 동문을 각각 집중 공략해서 성안으로 들어갔다. 장흥부사 박헌양과 96명의 수성군이 최후를 맞았다. 어떤 세상을 맞이하느냐에 따라 그들의 충절은 회자 될 것이다. 우리가 죽어도 나라를 위한 충절로 알아줄까?

갑오년(1894) 섣달 초엿샛날.

사인점에 진을 쳤다. 내일쯤이면 강진으로 갈 것이다. 멀리 자울재가 보인다. 자울재를 넘으면 그리운 이들이 있다. 빨리 일을 마치고 만날 것이다.

13. 아! 강진성, 오남 김한섭

"법헌 어른, 병영성을 먼저 뚫으실랍니까?"

접주들이 다음 진격을 위해 사인정에 모였다. 장흥과 강진의 지도를 보고 있는 방언에게 인환이 물었다.

"이 접주 생각은 어떤가? 여기서 병영성을 가기가 낫겠는가?"
"아무래도 무리수가 있기는 허지요. 여서 병영성으로 갈라믄 금
강천도 건너야 하고 협곡에다 길이 좁아가꼬 매복이라도 있으믄
힘들겠지라."

인환의 말에 방언은 사인정에서 내다보이는 사인점 너머의 들판을 바라보며 고개를 끄덕였다.

"그라기는 해도 병영성을 먼저 잡어야 나주로 뚫고 가기가 좋지
않겠습니까?"

이사경은 병영성에 먼저 가는 것을 주장했다.

"여기서 바로 병영성은 거리야 멀지 않지만, 인환 접주 말대로 길
이 좁고 험해서 이 부대가 다 지날라믄 시간이 솔찬히 걸릴 수도
있으니, 강진현을 치고 병영성으로 트는 거가 좋을 것 같은디요."

방언과 인환의 곁에서 보고 들은 세월이 있어서 그런지 교철은 두 의형제
가 원하는 대답을 내놓았다.

"여지껏 걸리적거릴 거 없이 안 와브렀습니까? 여세를 몰아 더
쎄게 몰아부칩시다."
"그럴수록 더 신중해야제. 지금 우리는 한 발만 잘 못 디뎌도 낭
떠러지라네."
"우리가 이번 기포 때 했듯이 병영성을 칠 거라고 대비하고 있
을 때 강진현을 쳐블믄 병영성까지 대열을 흐트러블지 않겠습니
까?"

교철은 이번 기포 작전에서 깨달은 점이 많은 모양이었다. 싸움에서 승기
를 선점하기 위해서는 적의 허를 찌를 수 있는 작전이 필요하다는 것을 절
실히 느꼈던 것이다.

"구 접주 말대로 강진현을 먼저 치는 게 낫겠구만이라."

고읍의 김학삼까지 교철의 의견을 동조하고 나오자 사경은 순순히 받아들
였다. 고집은 센 편이었지만 납득이 가면 바로 인정하는 편이었다. 그런 점
이 장흥 동학 접주들의 장점이기도 했다. 누구 하나 크게 엇나가지 않아서

일을 도모하는데 단합이 잘되었다.

"근디 강진현이라믄 말이제라. 법헌 어른은 괜찮겠습니까?"

사경은 처음부터 하고자 했던 말이 있었는지 방언을 계속 바라보며 물었다. 방언은 그가 무슨 말을 하는지 바로 이어지는 말에 이해했다.

"강진성은 관군은 다 도망가고 없고 민보군이 지키고 있는디, 거
기 민보군 수장이 오남 훈장이라 합디다."

여기 있는 이들 중 방언과 오남의 사이를 모르는 이는 없었다. 사경은 어쩌면 방언의 입장에서는 강진현을 공격하는 게 부담스러울 것 같아 병영성을 치자고 주장했던 점도 있었다. 다른 접주들은 방언의 눈치를 보느라 말을 꺼내지 못한 것일 수도 있어서 그가 나선 것이었다.

"서로 다른 길을 간 지 이미 오래여. 언젠가 한 번은 이라고 부닥
칠 수밖에 없다는 것을 나도 알고, 오남도 알제. 내 입장 생각해
서 강진현을 피하려고 하지 않아도 되네."

방언은 오남을 떠올리자 어쩌면 그를 그렇게 만든 이가 자신일지도 모른다는 생각이 들었다. 방언의 존재가 자극이 되어 그 책임을 자신이 지려는 것은 아닌지 싶었다. 어릴 적 동무 삼아 놀던 벗이 험한 세상이 되다 보니 원수가 되어 만나게 되는구나, 생각하니 만감이 교차했다.

내 이름은 김한섭(金漢燮)으로 일찍이 집안의 훈계를 이어 위기지학(爲己之學)에 대해 조금 알고 있다. 또한 스승과 친구를 따라 읽은 것이 성현의 책이고, 익힌 것도 충효의 도리이다. 이것 외에 바르지 않은 책은 한 번도 읽어본 적이 없고 법도가 아닌 말은 입 밖으로 내본 적이 없다. 비록 외지고 궁벽한 곳에 거처하더라도 매번 너희들이 요사스러운 술학(術學)으로 사람을 꾀어 무리를 모은다는 소식을 들을 때마다 입이 아프도록 배척하는 것은 우리의 정도(正道)를 해치기 때문이다.

강진현을 앞에 두고 보니 문득 오남의 글이 생각났다. 그는 자신의 정한 법도 외에는 들어볼 필요도 없는 요사스러운 사학(邪學)에 불과하다고 여겼다. '나는 맞고, 너는 틀렸다'고 말하고 싶었던 것이었다. 자신은 인격 수양을 위한 학문을 하고, 방언과 같은 사람은 세상에 보이기 위한 학문을 한다고 여긴 것이다.

내가 비록 어리석더라도 어찌 두려워서 달아나 몸을 온전히 보호할 것을 도모하겠는가? 세상의 사람 중에 한 번 죽지 않는 자가 누가 있겠는가? 죽을 때 죽는다면 그것보다 다행스러운 것은 없다. 생(生)을 버리고 의(義)를 선택하며, 자신을 버려 인(仁)을 이루는 것을 마음먹은 지가 오래되었다. 밖으로부터의 영욕(榮辱)에 내가 어찌 관여하겠는가? 내가 머무는 곳은 수양산(首陽山) 아래이다. 죽는 날에 수양산 옆에 묻혀 백이(伯夷)와 숙제(叔齊) 두 사람을 따라 지하에서 노닐게 된다면 충분하다. 달리 무슨 말을 하겠는가?

글의 마지막 부분을 볼 때 그는 방언과 직접 대적하겠다는 의지를 밝힌 것이었다. 방언이 그토록 '자네는 학문으로 무엇을 할 것인가?'라고 물었던 것에 대한 답이었는지도 모른다. 어쩌면 그가 목숨 걸고 지키고 싶은 것과 자신이 목숨 걸고 지키고자 하는 것이 궁극적으로는 같은 것일지도 모른다. 다만 그 방법이 다른 것이다. 젊은 시절 동문수학했던 그들이 환갑을 바라보는 나이에 동학농민군과 민보군으로 대치해 있는 것이다. 한때 동문수학했던 절친한 두 사람이 시간이 흐름에 따라 생각의 차이가 다른 이념으로 발전하여 죽고 죽이는 상황으로 이어진 것이었다.

"탐진강이 누구 편을 들라고 그런지 아침 안개가 짙어블구만요."

재기포 시 삼례로 올라갈 때부터 지금껏 방언의 곁에서 손과 발이 되고 있는 창휘가 전해준 아침 풍경이었다.

"그래, 누구 편을 들 것 같더냐?"
"이긴 쪽 편이겠지요."
"우문현답이로구나."

창휘의 말로 밤새 오남과의 일을 떠올리며 괴로워했던 마음이 정리되었다. 의도하지 않았더라도 늘 자신에게 깨우침을 주는 창휘였다.

"잘하고 있는가?"
"하란 대로 하고는 있구만요."

두 사람만 아는 대화였다. 방언은 창휘의 긍정적인 대답에 더 이상 묻지 않기로 했다.

아침 안개 속을 뚫고 강진현으로 진격했다. 강진현의 공략은 장흥부보다 쉬웠다. 강진현감 이규하가 지원 요청을 핑계로 이미 강진을 빠져나가서 사기가 떨어질 대로 떨어져 있었기 때문이었다. 다만 그 상황을 타개하고자 오남의 민보군이 지키고 있었다.

그는 제자들과 서문을 수성하며 손수 대포 쏘기에 나설 정도였다. 그러나 사기 면에서나 물량 면에서 우위를 차지하고 있는 동학농민군을 이겨낼 수 없었다. 강진현을 함락하기 일보 직전이었다.

"죄 없는 민보군은 당장 성을 나가라."

방언은 큰 소리로 외쳤다. 그의 말을 그대로 목청 좋은 교철이 여러 차례 전했다. 방언은 민보군이 다치지 않기를 바랐다. 물론 오남도 살아서 나가기를 바랐다. 오남의 성격상 끝까지 버티겠다고 하겠지만 그래도 배려해주고 싶었다.

"내가 김한섭이다. 내 옷을 보거라. 내가 어찌 관복을 입고 있는
지 아느냐?"

방언의 예상대로 오남은 방언의 배려를 거부했다. 관리의 옷을 입었다는 것은 강진현을 지키다 죽겠다는 의지였다. 그리고 그는 제자들과 최후를 맞이했다. 강진현은 그렇게 삽시간에 함락되었다.

"어찌 되었는가?"

방언이 묻는 것은 강진현의 상황이 아니었다.

"그 양반, 제자들과 끝까지 항전하다 우리 쪽 총에 맞고 눈을 감
아브렀구만요."

창휘는 오남의 상태를 알려 주었다.

서로가 목숨을 내걸고 대치하는 상황이니 결과는 이미 정해진 것과 다름
없었다. 방언은 오남의 서당이 있는 대명동 쪽을 바라보았다. 장흥 동학농
민군의 총대장인지라 오남의 죽음에 대해 가타부타 말할 수 없었다. 이런
난리 통이 아니었다면 늘그막까지 장흥과 강진을 오가며 교류했을 벗이었
으나 생각의 차이로 세상은 두 사람을 갈라놓았다.

"오남 형, 먼저 가는 길에 술 한 잔 없냐고 원망하지 말소. 나도
곧 갈 것 같네. 나중에 거서 만나거든 그때 술 한잔하세. 섭섭하
다 생각 말고 기다리고 있게나."

어쩌면 머지않아 그와 회포를 풀 것이라고 생각하며 강진현의 상태를 수
습했다. 오남과 더불어 그의 제자들의 시신을 훼손하지 않고 그들의 가족들
에게 인도해주었다. 옛 벗에게 이것밖에 해줄 게 없었다.

방언은 다른 접주들이 신경 쓰지 않도록 감정의 동요가 없는 듯 평소와 같
이 대면했다.

14. 병영성에서 통곡

"이제 병영성을 목전에 두고 있으나 신중에 신중을 기해야 할 것
이네."

접주들이 보기에도 목소리만 잠겨 있을 뿐 방언에게 달라진 점을 찾을 수
없었다. 그는, 병영성은 장흥과 강진에서의 마지막 전투가 될 수도 있고, 무
기고를 차지한 다음 북상을 해야 하니 치밀하게 움직일 것을 주문했다.

"서너 군데로 나눠 가꼬 공략을 하믄 쓰겠습니다. 그란디 병영성
가는 길도 험하고 여지껏 달려오느라 병사들이 겁나게 지쳐 있응
께 쉬기도 할 겸 서서히 이동했으믄 좋겠습니다."

인환은 병영성을 공략할 전술을 이야기하면서 먼저 지친 동학농민군에게
휴식을 주자고 했다. 휴식도 휴식이지만 강진현 함락 소식을 들은 병영군을
교란시키기 위함도 있었다. 당장 진격해올 줄 알고 경계 태세로 전환해 있
을 텐데, 공격의 기미가 보이지 않는다면 불안과 초조로 심기를 흐트러뜨리
는 효과가 있기 때문이었다.

강진 전라병영성. 이곳은 1417년(태종 17)에 축조된 성으로 지금껏 전라
도와 제주도를 포함한 총괄한 육군의 총 지휘부가 있는 곳이다. 들판에 축
조된 정방형의 성으로 4개의 문과 4개의 옹성, 8개의 치성(雉城)으로 이루
어져 있다. 성안에는 동헌, 객사, 수령의 가족이 거처하는 내아 등이 있다.
성으로써 모양을 갖췄지만 다산 정약용이 지적했던 것처럼 그 위상만큼 튼
튼한 성은 아니었다.

다산이 병영성을 두고 말하길, "무엇 때문에 강진평야에 병영성을 만들었
는지 알 수가 없다. 병영성은 아침에 포위되면 저녁에 함락되는 것을 면치
못하고, 한 번 급한 경계가 있으면 놀란 물고기나 짐승처럼 뿔뿔이 도망칠
것이니 옆에 산성을 쌓아야 한다."라고 걱정했다.

이후 병영성 보호를 위해 수인성을 쌓았지만 조그만 산성이라 병영성에
큰 도움이 되지 못했다. 그렇게 다산이 걱정했던 병영성은 60여 년이 지난
후 외적이 아니라 동족인 동학농민군의 기세 앞에 운명의 날을 맞고 있었다.

"지금쯤이믄 보일 때가 됐는디, 왜 안 보일까요?"

병영성의 군교 백종진이 감관인 김두흡에게 물었다.

"이미 진을 치고 있을지도 모르네. 안 보이게 하고 있겠지. 장흥
부나 강진현을 치는 것을 본께 병법을 잘 아는 이가 있는 거 같구
만."

두흡은 병영성을 지키지 못할까 봐 노심초사했다. 그때 정찰병이 달려와
위험을 알렸다.

"시방 적들이 모습을 드러내블었습니다요."

세 사람은 성곽으로 이동해 사방을 관찰했다. 병영성이 환히 보이는 수인산 삼봉에 동학군들이 진을 치고 있었다. 아직 다른 곳은 모습이 보이지 않았다.

"올 것이 와블었구만잉. 사또한테 가야 쓰겄네."

우후 정규찬의 말에 정찰병들을 남기고 모두 움직였다.

"사또, 병영성 남쪽 계곡에 동비들이 먼저 진을 쳐블믄 설령 우리가 수만의 군사가 있어도 이기기가 어렵습니다. 그랑께 포병 3백을 내어 주시믄 선제공격을 해서 동비들의 예봉을 꺾어 블랍니다."

서병무 병사에게 나가라는 것도 아니고 자신이 나가겠다고 했으니 들어줄 수 있으리라 생각했다.

"우후는 경거망동하지 마라. 그들이 어찌 그곳을 알겠는가? 구원군이 올 때까지 바짝 엎드리고 있는 게 상책이네."

서병무 병사는 우후가 동학농민군들이 회령진성에서 수군의 대포를 확보했다는 사실을 잊고 있는 것 같아 그의 말을 들어줄 수가 없었다.

"사또, 남쪽 계곡을 지키지 못하믄 병영성도 없습니다. 호미로 막
을 일을 가래로도 못 막게 될까 봐 걱정이 앞섭니다."
"듣기 싫다. 섣불리 움직였다가 오히려 긁어 부스럼 만들 수도 있
으니 가만히 있으란 말이다."

정규찬과 함께 감관, 군교 등이 함께 병사를 요청했으나 서병무는 두려움
때문인지 말을 듣지 않았다. 그리고 동학농민군이 사방으로 진을 쳐오자 좁
은 소매 옷의 두루마기를 입고 패랭이를 쓴 채 인부(印符)만 챙겨서 도망쳤다.
병영성 건너편 수인산 삼봉에 진을 친 이인환 부대에서 포를 쏘자 수성군
들이 움츠러들 수밖에 없었다. 삼봉에서 엄호를 해주자 사문에서 병영성을
뚫고 들어가는 것은 어렵지 않았다. 정규찬의 말대로 수성군이 남문 쪽을
선점해서 그곳을 차단했다면 동학농민군으로서도 힘겨운 전투를 펼쳤을 것
이다. 그러나 서병무 병사가 성을 폐하고 도주했다는 소식까지 전해지자 성
안의 군사 천여 명은 사기가 급속하게 떨어져 싸울 의지조차 없었다.

"물러서지 마라. 이대로 성을 빼앗길 수 없다!"

정규찬의 외침도 수성군의 전의를 살리지는 못했다. 이미 동학농민군이
성안으로 진입한 상태라 물러서지 않고 맞선다는 것은 누가 봐도 어려웠다.
성안에 거주하고 있는 식솔들도 챙길 상황이 아니었다. 정규찬 역시 손자를
구하러 가다가 죽었다.
전 도정 박창현은 검 한 자루로 동학농민군을 맞아 수십 명을 방어했지만
결국 동학농민군이 쏘는 총에 맞아 죽었다. 성안에 남아 있는 상관들이 몸
을 던져 싸우다 죽어가니 성안은 아비규환의 상태였다. 그때 눈을 빛내고

있는 이가 있었으니 감관 김두흡이었다. 그는 동학농민군이 화약고로 향하는 것을 보고 그들의 의도를 알아챘다.

> *"내가 비록 여기서 죽더라도 화약은 절대 내줄 수 없제. 내 몸으*
> *로 동비들을 죽여뿔 것이여."*

그는 주위를 둘러보다 화로를 발견하고 두 손으로 화로를 껴안고 화약을 덮어놓은 이엉으로 몸을 날렸다. 화로의 뜨거움도 느낄 새도 없이 취한 행동이었다.

꽈꽝, 펑펑!

마치 천지를 흔들 듯 화약이 터지는 소리와 함께 불길이 순식간에 번졌다. 그는 물론 화약고를 향하던 동학군과 주위에 있던 수성군 수십 명이 목숨을 잃었다. 그 화력이 얼마나 센지 성안의 집들까지 불에 탔다.

> *"불이다."*
> *"화약고에 불이 났다!"*
> *"아! 틀렸구나!"*

화약고의 폭발로 성안이 불타는 것을 알게 된 방언은 지금껏 볼 수 없는 어두운 낯빛을 하며 탄식과 함께 주저앉았다.

> *"법헌 어른!"*

다리에 힘이 풀려 주저앉은 방언을 창휘가 부축했다.

"법헌 어른, 그것이 뭔 말씀이당가요? 이번에도 우리가 병영성을
이겨블지 않았습니까?"
"아니다. 실은 졌다."

창휘는 방언이 왜 이긴 싸움을 졌다고 하는지 이해가 가지 않았다. 이해가
가지 않는 것은 창휘만이 아니었다. 일부 접주들에게 병영성을 수습하게 하
고 대접주들을 모이게 했다.

"지금부터 우리의 방향을 바꿀 수밖에 없소."
"법헌 어른, 무슨 말씀이당가요? 인자 나주로 가서 일본군과 한
판 해야지라."

장흥 동학농민군은 벽사역과 장흥도호부, 강진현, 병영성을 차례로 함락
시켰다. 그리고 다음으로는 나주성으로 진격하는 것을 기정사실로 알고 있
었다. 연이은 승리로 사기가 하늘을 찌를 듯한데 총대장인 방언이 찬물을
끼얹는 말을 하는 것이었다.

"나주로 갈 수 없소."

인환까지 어두운 표정으로 말했다.

"아니 왜 이 접주까지 그란다요?"
"우리한테 병영성이 중요했던 이유가 뭐요?"
"그야 무기…."

그제야 왜 방언이 절망적인 모습을 보였는지 이해하는 이들이 늘어났다.

"여기 있는 화약고를 생각해서 이곳까지 오면서 많은 화약을 허비했소안. 그란디 화약고며 무기고까지 불타브러서 이대로 나주로 가게 되믄 이길 수가 없을 것이오."

"그라믄 일단 장흥으로 가서 화약을 만들어가꼬 다시 나주로 가믄 쓰겄네요."

"그 역시 힘들 수도 있네. 그제 전해 들었는데 실은 이달 초에 녹두대장이 잡혔다네. 그뿐만이 아니라 김개남, 최경선, 손화중, 김인배 등 접주들이 다 잡혔다는 소식이네."

방언이 전한 소식에 접주들은 한숨을 토해냈다.

"공주에서 내려올 적에 녹두대장이랑 나주성으로 진격하자고 계획했는데, 날개 한쪽을 잃은 거나 마찬가지가 된 거네."

그렇게 장흥으로의 회군이 결정되었다.

"법헌 어른, 이제 방법이 없을까요?"

누구보다 방언의 심중을 잘 헤아리는 인환이 둘만 남은 자리에서 솔직하게 물었다.

"방법이 왜 없겠는가? 인자 참말로 목숨 내놓고 싸우는 거제. 공격이 아닌 방어가 될 수 있겠지만 마지막까지 싸워야겠제."

방언은 그것이 방법이라고 했지만, 회생의 방법이 없다는 말과 같았다.

"그라네요. 인자는 그냥 싸우는 것이 되겠네요. 곧 조일연합군이
들이닥칠 텐디…"
"우리에게는 여전히 싸울 이유가 있지 않은가? 어쩌면 병영성의
화약고가 불에 타지 않았더라도 얼마나 더 오래 싸울 수 있겠느
냐의 문제였을 테제. 인자는 얼마나 오래 장흥부를 사수하느냐
여."
"이런 상황을 예상 못헌 것도 아닌디, 끝까지 거시기하게 싸워붑
시다."
"그려. 거시기하게 작전을 짜보세. 내 잠시 힘이 빠지기는 했지
만, 우릴 보는 그 많은 눈을 외면해서는 안 되제."

"정보에 말입니다, 이달 초나흘부터 경군하고 일본군이 통합해븐
조일연합군의 모든 부대가 나주에 진을 치고 있다고 합니다."

인환에게 정보를 주는 이들은 선창규 상단의 보부상들이었다.

"지금까지 관망하고 있다가 우리가 불리할 때 치고 들어올 생각
인가 보구만. 하필 이때라니! 우리의 상황을 아직 전달받지 않아
서 우리가 해남이나 나주로 움직일 거라고 예상하고 대비할 걸
세. 장흥으로 돌아가면 일단 각 접의 구역에서 전투 준비를 하도

록 해야겠네."

강진 병영성에서 정리를 마치고 그 밤부터 장흥 부산면으로 넘어왔다. 각 접의 동학농민군은 각자의 접에서 진을 치기로 했다.

장흥 전체 접주들은 부산면에서 회동을 가졌다.

"뼈아픈 말이 될 수 있겠지만, 이제는 전세가 우리에게 불리하게 되었소. 물론 우리는 잘 싸웠고, 그 덕분에 여기까지 온 것이오. 그러나 여기서 멀지 않는 곳에 조일연합군이 진을 치고 있고, 여러 방향에서 우리를 토벌하려고 장흥으로 진격해오고 있소. 지금까지는 관군들이 대처가 늦고 책임자들이 도망가는 바람에 우리가 유리한 점도 있었지만, 조일연합군과의 일전은 다를 것이오."

방언은 묵직한 목소리로 접주들에게 현 상황에 대해 정리를 했다. 조일연합군과의 전투를 경험했던 접주들은 방언이 말하는 바를 이해했다.

"우리가 병영성에서 확보하려 했던 화약이며 무기가 그나마 그들과 대적할 수 있는 물리적인 힘이었소. 그런데 그 동력을 잃은 지금 우리는 목숨을 걸고 싸워야만 하오. 요행히 하늘이 우리를 버리지 않는다면 승리의 깃발을 휘날리며 한양으로 올라가겠지만, 그 반대가 되면 우리는 이곳에 묻히게 될 것이오."

방언은 말을 끊고 좌중을 훑어보았다. 접주들은 비장한 모습이었다.

"그래서 나는 접주들에게 묻지 않을 수가 없소. 목숨을 던져서라
도 끝까지 싸울 것인지, 아니면 차후를 기약하며 투항할 것인지
말이오."

방언은 마음이 약해져서 하는 말이 아니었다. 왜 싸워야 하는지 강고한 신
념이 있어야 앞으로 버틸 수 있기에 선택의 기회를 준 것이었다.

"투항을 하믄 받아준답디까? 우리가 죽을지 몰라서 이라고 있는
거는 아니지라. 이리 죽으나 저리 죽으나 매한가지라믄 떳떳하고
당당하게 죽을라요. 법헌 어른이 겁난 것은 아니지라우?"
"내가 겁난 것은 접주들의 포기지, 목숨이 아까워 두려운 것은 아
니오."
"법헌어른, 우리도 그라지라우. 목숨 걸고 싸우는 이유를 여기 있
는 접주들도, 접에서 진을 치고 있는 우리 접장들도 알고 있제
라."

방언도 접주들이 각오하고 있다는 것을 알고 있었다. 그 누구도 물러나지
않을 것이라는 걸 말이다.

"접주들의 뜻은 알겠소. 우리는 여기서 더 이상 물러날 곳이 없
소. 끝까지 싸워봅시다."

모두 드러내놓고 말은 할 수 없었지만, 마지막 때가 다가오고 있음을 느끼
고 있었다.

갑오년(1894) 섣달 초이렛날.

강진현을 함락했다. 현감 이규하가 도망가서 장녕성에 비해 쉽게 함락이 되었다. 민보군으로 나섰던 김한섭과 그의 제자들이 끝까지 저항하다 죽었다. 법헌의 눈물을 나만 보았다.

갑오년(1894) 섣달 초여드렛날.

강진현을 수습하고 병영성 쪽으로 서서히 움직였다. 세 방향으로 나누어 진격하기로 했다. 수인산 쪽으로 간다면 병영성이 다 보일 것 같은데 우리 접은 그쪽이 아니다.

갑오년(1894) 섣달 초아흐렛날.

병영성 근처에 진을 쳤다. 병영성도 강진현처럼 쉽게 함락할 수 있을까? 이번에 이기면 나주로 간다고 접장들은 기대와 흥분으로 열기가 뜨거웠다.

갑오년(1894) 섣달 열흘날

병영성을 함락했다. 이곳 역시 강진현감처럼 서병무 병사가 도망을 쳤다. 그런데 남아 있는 병영군의 저항이 만만치 않다. 성으로 들어갈 무렵 갑자기 불길이 치솟았다. 불이 난 곳은 화약고였다. 법헌은 주저앉아 통곡하듯 땅을 쳤다. 이기고도 졌다고 했다.

갑오년(1894) 섣달 열하룻날

나주로 진격하려던 계획을 수정해 장흥으로 돌아왔다. 각자의 접으로 돌아가서 진을 치라고 했다. 접주들은 마지막을 대비해 결의를 다졌고, 사발통문을 작성했다. 이 나라를 위해 민초들이 나섰음을 남기는 것이었다.

15. 아, 석대들

"이제부터 토끼몰이를 제대로 즐겨볼까?"

미나미 고시로(南小四郎). 그는 일본군 제19대대를 이끄는 소좌로, 동학농민군을 토벌하기 위해 일본에서 보낸 지휘관이었다. 조일연합군은 미나미의 지휘하에 놓여 있었다.

> *"조선의 동학농민군을 소탕하기 위해 네 방향에서 공격한다. 영암에서 강진, 보성과 장흥을 거쳐 강진, 나주에서 장흥 거쳐 강진, 무안에서 목포를 거쳐 해남 길을 이용하는 네 방향에서 몰아 남해안에 대기 중인 순시선이 섬으로 도망간 동학군까지 씨를 말리는 것이 우리의 목표이다."*

미나미는 강진 병영성이 함락되었다는 소식을 듣고 전 부대를 강진으로 향하게 했다. 그러다 무슨 이유에서인지 동학군이 장흥으로 회군했다는 새 소식을 듣고 말고삐를 장흥으로 돌리게 했다. 그와 함께 부대를 재편성해 세 길로 장흥으로 진입하도록 했다.

1중대는 능주에 진을 치고 있다가 장흥을 공격하는 한편 도망치는 동학농민군이 능주 방향의 산길로 오면 잡겠다는 두 가지 방책을 세워둔 것이다. 그다음은 시차를 두고 2중대와 3중대를 장흥으로 투입하려는 것이었다.

"튀어봐야 벼룩이지. 내 손바닥 안에서 벗어나지 못할 것이다."

일본에서도 반란군의 진압을 담당했던 미나미는 동학농민군 소탕에 대한 자신감이 있었다. 여러 방향에서 토끼몰이를 하는데 걸려들지 않을 수 없었다. 그렇다고 일본군의 전력을 낭비하지는 않을 셈이었다. 아무리 조일연합군이라지만 동학군을 대적하는 데는 조선 경군을 앞세울 것이었다. 총알받이를 일본군이 할 수는 없으니 말이다.

"그런데 강진이 아니라 장흥으로 갔다? 무슨 속셈이지?"

강진 병영성을 함락했다고 해서 그곳에 머물러 있거나 나주성으로 진격해 올 줄 알았던 동학농민군이 자신의 예상에서 벗어나자 짜증이 났다.

장흥 유치면 조양촌 남평문씨 종가는 새벽부터 분주했다. 너른 마당을 두른 담벼락 아래로 검은 가루를 묻힌 이들의 손이 빠르게 움직이고 있다. 그 일을 지휘하는 이는 유치접의 대접주 문남택이었다.

"조일연합군이 가장 먼저 들어올 곳이 유치일 것이네. 시간을 벌어주기만 해도 되니 치고 빠지는 식으로 해가꼬 합류하도록 하세."

그간 유치접의 경우 많은 남평문씨 사람들이 동학도가 되었으나 방언은 이를 크게 드러나지 않게 했다. 유치접은 비밀리에 무기를 만들거나 화약을 만드는 일을 해왔기에 장흥 내에서 보호가 되고 있었다. 병영성의 화약고가 불타면서 유치접의 화약은 중요하게 되었다.

유치접의 입장에서는 급하게 화약을 만들어내는 것도 중요하지만 지리적인 조건 때문에 어쩌면 가장 먼저 조일연합군을 맞이하게 될 수도 있었다. 유치 조양촌은 나주성과 직선거리이고, 영암에서 유치면으로 넘어오는 경계에 위치하니 반드시 지나가게 될 것이라고 방언은 예상했다. 여기서 시간을 끌어준다면 다른 접에서 전열을 정비하는데 훨씬 이로울 것이었다.

"탄약은 다른 방향으로 옮기도록 하겠습니다. 그라고 조일연합군
한티 한방 멕여블란께 염려 붙들어 매 붓시오."

남택은 자신과 유치접에서 장흥 동학농민군을 위해 할 수 있는 일이 있어서 다행이라고 생각하는 것 같았다. 그런 그의 어깨를 두드릴 뿐 방언도 뭐라고 할 말이 없었다. 이제는 산개해서 전투를 펼칠 수밖에 없는 상황이니 각 접에 믿고 맡겨야 했다.

"곧 만나세."

남택은 조양촌으로 들어오는 어귀에 동학군을 배치했다. 장흥 동학농민군이 잘 활용하는 치고 빠지기 전술을 쓸 계획이었다.

"우리가 맨 첨으로 일본 놈들이랑 경군을 맞을 것인께 지대로 혼

쭐을 내줘봅시다."

"하믄요. 우리 유치접도 한 가닥 한다는 것을 보여줘봅시다잉."

남택은 치고 빠지는 전술 이후의 계획까지 들려주며 독려했다.

조일연합군이 근방까지 왔다는 신호를 받았다. 동학군은 미리 계획한 대로 어귀에 매복하고 있었다. 흑석광정(黑石光正)이 이끄는 미나미 대대의 3중대와 이 부대를 수행하는 경군 교도중대 일부 군사들이 들어서자 매복해 있던 동학군은 모습을 드러내며 총을 쐈다. 순식간에 당한 일이라 얼떨떨했던 3중대는 바로 수습하고 총구에 불을 뿜었다. 동학군은 후퇴하는 듯이 고개로 넘어갔다.

흑석광정은 한바탕 소란은 있었으나 어차피 뒤를 쫓을 것이니 아침밥을 먹고 움직이기로 했다. 누군가 마을에서 가장 너른 곳이 남평문씨 종가라며 아침을 준비했다며 안내했다. 날도 추운데 낯선 곳에서 아침을 먹고 싶지 않았지만 문 씨 종가의 간곡한 요청이 있어 흑석광정은 문 씨 종가로 향했다.

문 씨 종가에서는 마치 기다렸다는 듯이 음식을 내왔다. 한참 밥을 먹는데 갑자기 담벼락에서 불꽃이 튀었다. 갑작스러운 불꽃에 놀라기도 했지만 대부분의 군사들이 조총을 한곳에 놓고 식사를 하던 중이라 어디서 나타났는지 모를 동학군에 속수무책으로 당할 수밖에 없었다. 게다가 급습한 동학농민군에게 조총을 빼앗긴 상태라 저항도 못 해보고 그대로 당할 수밖에 없는 상황이었다. 일본군은 나중에야 함정에 빠진 것을 알고 그들을 종가로 안내했던 이를 찾아 결박하고 종갓집에 불을 질렀다.

"피하라!"

결박한 사내가 웃는 모습을 본 흑석광정은 후퇴명령을 내렸다.

그는 남택으로 몸 안에 화약을 두르고 있었다. 조일연합군의 절반가량은 종갓집과 운명을 같이 했다.

"아, 이럴 수가!"

방언은 종갓집 주변에 매복해 있던 동학농민군의 기습을 시작으로 남택이 몸을 던져 흑석광정의 3중대에 큰 타격을 입혔다는 소식을 들었다. 꽤 큰 전력 손실을 입은 흑석광정은 대열을 수습하기 위해 영암으로 되돌아갔다고 했다.

영암으로 물러났던 일본군은 이튿날 조양촌 보복에 나섰다. 또 다른 주동자인 김생규 접주를 수소문했으나 실패하자 그의 부인을 잡아 마을 입구 사장 나무에 거꾸로 매달았으나 끝내 대답하지 않자 이틀을 더 매달아 실신하게 했다. 일본군은 어제의 분풀이로 남평문씨 가옥들을 불살라버렸고 마을은 폐허가 되었다.

유치접의 소식은 장흥의 동학농민군에게 투쟁의 의지를 더욱 단단하게 했다. 조일연합군의 부대가 흑석광정만 있는 것은 아니었다. 백목성태랑(白木誠太郎) 중위가 지휘하는 제19대대 본부 소속 부대는 장흥읍에 입성했다. 건산에 주둔해 있던 동학농민군과 일전을 벌였다. 다른 명령이 있을 때까지는 치고 빠지는 전술을 펼치라는 지시를 받았기에 동학군은 산개해 다니며 교란을 시켰다. 수백 명이 다니다가 쪼개지고 모이기를 반복했다. 그 과정에서 총살을 당한 동학농민군도 있었으나 그 수는 많지 않았다. 그러나 시간이 지나면서 산개전으로 펼쳐지던 전투가 점점 동학군의 큰 피해로 이어졌다.

장흥으로 돌아와서도 집에 가볼 짬이 없이 전투에 임했던 방언은 전투에 밀려 어느덧 남면까지 오게 되었다. 그래도 집을 찾지 않았다. 모두가 목숨을 내걸고 싸우고 있는 상황인데, 집 앞까지 왔다 한들 들어갈 수 없었다. 장흥의 총대장이라는 책임을 지고 있는 이상 집에 신경 쓸 여력이 없었다. 급한 일은 성호가 알아서 할 것이라는 믿음이 있기 때문이기도 했다. 대신 어산접의 동학농민군은 가까운 곳에 집이 있는데, 가지 말라고 막을 수는 없었다. 인사라도 할 겸 집에 다녀오라고 해주었다.

일지 스님이 비워둔 보현사에 임시본영을 꾸렸다.

"건산, 남외리까지는 그나마 큰 피해가 아닌데, 부산면 유앵동이
피해를 크게 입었단께요."

유치의 문 접주를 잃고 보니 이사경이 걱정되었다.

"부산 이 접주는?"
"아직 건재하십니다요."

부산면의 피해가 크다는 것은 그곳에서 넘어온 동학농민군들에게 들어서 알고 있었다. 시체로 산을 이루었다고 하니 전투가 얼마나 치열했는지 짐작할 수 있었다. 부산접의 경우 이사경 접주 집안이 3대째 이어온 터라 그곳의 동학 세가 만만치 않은 곳이었다. 그렇다면 이제는 산개전이 아니라 세를 하나로 모아서 조일연합군을 대적할 수밖에 없었다. 그래서 남면 아래쪽 지역 접주들을 불렀다. 이번에야말로 마지막이 될지도 모를 회동이었다.

"법헌 어른. 접주들이 다 모였습니다."

뒤뜰에서 저녁 바람을 맞고 있는 방언에게 창휘가 다가와 말했다.

"모두 욕보네."

이들은 아직 전면전을 하지 않지만 후방에서 도움을 주고 있었다.

"부산접 소식 들은께 참말로 신식 무기한테는 못 당하겄습디다."

부산접은 장흥 동학농민군 중에서도 손에 꼽힐 만큼 만만한 부대가 아니었다. 그런 동학농민군의 많은 수가 전사했다는 것은 일본군이 가져온 신무기에 밀린 것이라고밖에 설명할 길이 없었다.

"법헌 어른, 인자는 다 한꺼번에 덤벼붑시다."

유치와 부산에서 조일연합군을 막는 동안 다른 접들은 후방지원을 하면서 전면 공격을 하기 위해 정비를 하는 중이었다.

"이래 죽으나 저래 죽으나 죽기는 매한가지 아니겄습니까? 이미 각오했응께 후회 없이 싸워블자고요."

방언은 접주들 한 사람 한 사람과 눈을 맞추었다. 이제는 이런 회동이 다시 없을지도 모르지만 굳이 마지막이라는 말을 하고 싶지 않았다.

"접주들 말처럼 인자는 더 물러날 곳도 없네. 모두 하나가 되어서 싸워보세."

방언은 거기까지 말하고 자세한 부분은 인환을 비롯해서 접주들이 계획을 짜도록 했다.

"조일연합군이 계속 밀고 들어오고 있는디, 인자는 접전이 벌어진다면 석대들이 될 것이요. 하지만 석대들로 가자는 것은 아니고, 석대들을 두고 대치해야 한단 말이요. 되도록 산을 등지고 공격해야 하오."

인환은 강진에서 장흥으로, 그리고 석대들을 지나 자울재를 넘어오면서 이미 진을 구상하고 있었다. 방언 역시 그것이 최선이라고 동의했다. 혹여 퇴각한다고 해도 자울재를 넘어 고읍이나 바다 건너서 섬으로 갈 수 있으니 말이다.

"석대들에서 싸우게 된담시롬 워디에 있자는 것이요? 석대들을 바라보는 곳이 워디요."
"주봉에서 자울재 쪽으로 진을 치자는 말이제라. 전투는 지형 아니오? 우리가 더 높은 데 있어야 낫제라우."

무기 면에서 불리한 동학농민군에게는 지형이 매우 중요했다. 그간 전투 경험으로 볼 때 지형이 약점이 되었을 때 패배를 맛보았다.

"맞소. 그라고 탐진강 건너서 장흥관아 주변으로도 곳곳에 진을 칠 것이오. 거기는 부산접과 웅치접이 함께 할 것이오."

인환은 지형을 내세워 지도를 보며 설명했다. 각 접별로 구역을 나눠서 진을 치는 것으로 했다.

"이거는 노파심에서 하는 소린디, 웬만하믄 석대들로 내려가지 못하게 하시오. 어쩌믄 유인을 할지도 모른게 말이제. 어느 쪽이든 사방이 트인 석대들로 내려오게 되믄 불리한께 유념해블드라고."

인환의 경우 방언과 함께 장성 황룡촌 전투를 참여했기에 지형이 갖는 이로움과 해로움을 잘 알고 있었다.

"법헌 어른 말씀도 그라지만, 시방 일본군이 갖고 있는 신식무기는 정면으로 맞서면 못 당해라우. 벌써 부딪쳐 봤은게 아실 거요."

방언과 인환의 신신당부로 접주들은 각 접으로 흩어졌다.

보현사에는 방언과 그의 의형제들, 그리고 창휘만 남게 되었다.

"일지 스님은 워디로 가셨을랑가요?"
"바람 따라 발길 닿는 대로 가셔브렀겠제."

창휘와 교철이 방안의 무거운 공기를 바꾸려고 찾은 말이 일지 스님의 행방이었다.

"성님께는 별말씀 없었는가요?"

이곳에 있는 이들은 일지 스님이 방언에게 법헌 패를 줬다는 것을 알고 있었다.

"나한테 무거운 짐을 맡겼는디 마음이 편할 리가 있겠는가. 워디서든 잘 있으믄 다행이제. 누구 하나는 살아서 우리들 이야기를 들려줘야 할 것이 아니여. 나오는 것은 순서가 있어도 가는 것은 순서가 없다고 안 하든가? 그러니 인사는 안 할라네. 일지 스님 말대로 하자믄 우리가 이승에서 지은대로 다음 세상에서 만날 것인께 그때 보믄 인사허세. 기억도 못하겠지만, 뭐 어떤가?"
"그랍시다. 그때 보믄 여지껏 못 마신 술이나 오지게 마셔붑시다."

기포 이후 술 한 방울 입에 대지 않았던 그들이었다.

결전의 날이 다가왔다. 유치에서부터 밀려난 동학농민군은 방언이 있는 남면 곳곳에 진을 치고 있었다. 장흥으로 오면서 방언이 법헌의 이름으로 내린 영으로 다른 지역의 동학농민군까지 속속 모여들어 대오는 3만 명에 이르렀다.

"워메. 깃발들이 다 모인께 참말로 장관이네, 그려."

"그란께 말이여. 깃발 처음 본 것 아니고, 만장도 솔찬히 봤는디 이거는 진짜 장관이시, 장관."

"이 기세를 몰아가꼬 쩌기 저 왜놈들 싹 다 쓸어 불었으면 좋겠네."

"좌인 접장, 오늘은 징소리가 왜놈들 귓구녁까지 들리게 쳐블드라고!"

"왜놈들 귓구녁만 아니라, 조선 팔도가 다 들리게 쳐블라요."

"워메 갈수록 배짱이 커져브네."

"하하하."

동네잔치라도 여는지 웃음꽃을 피우는 어산접의 동학농민군을 보면서 방언도 웃을 수밖에 없었다. 모두 웃고는 있지만, 어쩌면 마지막 싸움일 수도 있다는 걸 아는 눈치였다. 지금은 웃고 있지만 싸우다가 총에 맞아 죽을 수도 있고, 나중에 잡혀서 처형을 당할 수도 있음을 모르는 이는 없었다.

주봉에서 자울재에 이르기까지 진을 쳤다. 멀리서 보면 아닌 겨울에 단풍든 줄 착각할 정도로 깃발과 만장이 너울대고 있었다. 어느새 피었는지 곳곳에 동백은 붉은 자태를 뽐내고 있었다. 백호는 묵촌 동백림이 눈에 밟혀 얼른 보고 왔다며 어산접 동학농민군에게 들려주었다.

"그놈의 동백이 눈치도 없당께. 왜 그라고 흐드러지게 피어브러! 싸게싸게 한판 벌이고 동백꿀이나 따러 가세."

산등성이를 빼곡하게 채워 하나의 진을 만들고 석대들을 바라보며 그 시작을 알렸다.

"시천주 조화정 영세불망 만사지!"
"왜놈들은 썩 물러가불드라고!"
"왜놈한티 붙어먹은 놈들도 디져불드라고!"

산등성이에서 함성 한번 구호 한번 번갈아 가며 외쳐대니 제아무리 먼 곳에 있어도 들려왔다. 나발 소리, 꽹과리 소리, 징 소리, 북소리까지 어우러지니 저들이 싸우러 온 이들이 맞나 싶을 정도였다.

펑, 펑!

포를 쏘는 소리가 아니었으면 영락없는 한판 대동놀이라고 우겨볼 만했다. 어쩌면 그들은 이 풍진세상에서 이제야 사람답게 살다가 그 좋은 사람들과 함께 벌이는 마지막 대동놀이라고 여기고 있을지도 몰랐다. 전라도 남쪽 해안지역 사람들은 장례 때 죽은 자가 펼치는 마지막 잔치라고 여기며 더 신명 나게 놀아주는데 마치 그와 같았다. 함성을 지르는 이들의 얼굴에 두려움과 긴장보다 풍작을 거뒀을 때 보이던 환한 웃음이 가득했다. 싸움이 시작되면 어떨지 모르지만, 깃발 들고 총 들고 죽창 들고 있는 그 순간만큼은 환한 얼굴이었다.

"아따, 뭐한당가. 장흥 사람들이, 아니 조선 사람들이 다 들어불도록 소리 한번 크게 질러불세."

와아!

그리고 총포가 양쪽에서 장흥 하늘을 갈랐다.

"어쨌거나 이 굿이 언능 매듭을 져야 할 건디."

동학농민군 두 사람이 하는 말처럼 서로 밀고 밀리는 형국이 이어지고 있었다. 그러다 어느 순간 팽팽하던 끈이 끊어져 버렸다.

"아이고, 저들이 우리를 막는다고? 본께 민보군들인갑구만."

석대들에 겨우 100여 명 정도의 민보군들이 산기슭에 포진해 있는 동학농민군을 향해 총을 겨눈 채 소리를 질렀다.

"어이, 동비들아! 우리가 겁나서 숨어브렀냐?"

민병은 동학농민군이 있는 계곡을 향해 놀리는 말로 자극했다.

"저것들이 뭔 소리를 까고 있단가, 시방!"
"야, 이 도적놈의 새끼들아! 일로 나와가꼬 시화정인가 뭔가 외쳐
보랑께!"

민병의 빈정대는 소리는 멈추지 않았고, 그 소리에 동학농민군들은 흥분했다.

"아따, 저것들을 잡아블고 내친김에 장흥부까지 가블자고."
"안돼야. 함정이믄 워쩔라고! 웬만하믄 석대들로 내려가지 말라
고 접주님이 말 안하든가? 저놈들이 역부러 그런지도 모른단께."

312

"자네는 저런 험한 소리를 듣고도 성질이 안 난가? 그라고 겁 묵
으서 언제 저것들을 잡느냐 말이여. 안 그란가?"

그의 말에 주변의 동학농민군 몇몇이 동요의 빛을 보였다.

"겁 묵은 사람은 여기 있드라고. 나는 가서 저것들을 잡아 죽여불
것이여."

그 말과 동시에 그 동학군으로 보이는 자가 뛰쳐나가자 동요하던 동학농
민군들이 그 뒤를 따랐다. 민병의 놀림 섞인 외침에 흥분해버린 동학농민군
은 말릴 새도 없이 석대들로 뛰어나갔다. 처음엔 서너 명이 내려가더니 이내
수백 명이 따랐다.

"함정일 수 있으니 그냥 돌아들 오랑께!"

뒤에서 목청 좋게 외치던 교철의 소리는 동학농민군의 함성에 묻히고 말
았다.

"그란디, 아까 민보군 때려잡자고 소리치던 저 사람들 우리 접인
가?"
"아닌 것 같은디요. 그저께부터 우리 접에 붙어 다니긴 했어도 우
리 접이 아니어라. 얼마 전에 내려온 금구나 능주접 사람들인지
알았는디요."

동학농민군 안에도 관군 쪽에서 간자를 심어놓는 것을 알았지만, 일촉즉발의 순간에 이리될 줄은 꿈에도 몰랐다. 교철은 함정이란 것을 알고 간자로 보이는 이를 따라나선 동학농민군들을 말리려 '함정이오!'라며 소리를 치며 따랐다. 그러나 총포와 함성 소리에 묻혀 동학농민군들에게 전달되지 않았다. 오히려 더 많은 동학농민군이 민보군을 쫓아 석대들로 쏟아져 나올 뿐이었다.

민보군들은 도망치듯 동학농민군들을 석대들로 유인하기 시작했다. 그런데 100명의 민보군이 문제가 아니었다. 얼마 지나지 않아 억불산과 석대들이 만나는 으슥한 곳 양쪽으로 포진해 있던 교도중대와 일본군이 동학농민군을 향해 공격했다. 순식간에 수백 명의 동학농민군이 쓰러졌다.

"아니, 이 숭한 놈들이 함정을 파브렀어? 그래, 오늘 느그들하고
같이 죽어블자고!"

그제야 상황을 파악한 동학농민군들은 공격 태세로 전환하고 조일연합군을 향해 총을 쏘았다. 그러나 화력에서 동학농민군의 구식 화승총은 조일연합군의 신무기를 이길 수가 없었다.

"퇴각하라!"

교철은 정면공격은 중과부적임을 알고 더 이상의 피해를 줄이기 위해 퇴각명령을 내릴 수밖에 없었다. 동학농민군은 눈물을 머금고 쓰러진 동학농민군의 시체를 넘어 자울재 쪽으로 후퇴했다.

"한 번은 당해도 두 번은 안 당해야."

"그랴, 죽을 때 죽더라도 왜놈 한 놈 더 목 따블고 죽을 것이여."

"우리들을 뭘로 보냔 말이여."

"우리는 밟히면 밟힐수록 팔딱팔딱 일어서는 민초랑께."

"그려, 왜놈들아. 느그들이 우덜을 잘못 봤어야."

"석대들은 내가 농사짓던 곳이여. 여기에 내 피를 뿌리믄 영광이제."

"내 혼이 석대들에 있을 것인디 뭣이 무섭다냐."

수백 명의 동학농민군이 석대들에서 죽음을 맞이했지만 그들의 투쟁 의지는 꺾이지 않았다. 다시 대오를 가다듬고 산과 들로 진을 쳤다.

하룻밤을 자울재 계곡과 남면 곳곳에서 칼을 간 동학농민군은 오전 나절부터 정면공격을 피한 채 기습공격으로 조일연합군에 맹공을 퍼부었다. 일본 최정예 부대에 맞서 저녁까지 버텼으나 결국 많은 희생을 내고 자울재를 넘어 후퇴할 수밖에 없었다.

"인자는 우리가 마무리를 해야겠구만."

인환은 관산 접주 김학삼과 마지막 전투를 계획했다. 관산접과 대흥접의 동학농민군 역시 전력 손실을 크게 입기는 했지만 다른 접에 비해 대열이 크게 흩어지지 않았다.

이틀간의 전투로 많은 이들이 죽어 나가자 이미 타지에서 온 동학농민군들이 장흥을 빠져나가고 있었다.

"법헌 어른은 어찌 되셨는가?"

"법헌 어른이 계시는 쪽에 포탄이 터져 가꼬 뿔뿔이 흩어져 부렀다요. 창휘 접장은 이쪽으로 합류했는디 곁에 있는 이들이 모시고 부용산 쪽으로 피했을 거라 합디다."

인환은 마지막 전투를 예상하며 어산접의 접장들에게 방언과 함께 피하라고 했다. 분명 방언이 대흥까지 따를 것 같아서 미리 당부했는데, 상황이 오고 싶어도 올 수 없게 되었다.

"구 접주는?"

"자울재 근처에 잘 묻었어라. 법헌께서는 아직 모르셔라우."

교철은 석대들에서 동학농민군들을 퇴각시키다 총에 맞아 죽었다. 그의 죽음을 알게 된 인환은 밤중에 그의 시신을 수습하게 했고, 방언에게 알리지 못하게 했다. 그들에게 방언은 지켜야 할 존재였다.

인환은 학삼과 남면 월림동 몽오재와 솔치재를 넘어 고읍으로 와서 전열을 가다듬었다. 두 사람의 활동 지역이기도 해서 수습을 해 놓고 보니 4~5천 명의 동학농민군이 모였다.

"아마도 그놈들은 우리가 대흥에서 마지막을 치를 것을 짐작하고 있을 걸세. 우리 쪽에 간자를 심어 교란하기도 하고, 정보도 얻고 할 텐게 말이여."

조일연합군이 대흥 쪽으로 올 것을 알고 있었다. 비록 패배하더라도 끈덕지게 버티자는 마음으로 그들을 맞이할 것이었다. 고읍접과 대흥접의 동학농민군이 최후의 결전을 벌인다는 마음으로 대흥으로 가던 중 고읍의 대내장에서 고읍천을 사이에 두고 있을 때 조일연합군이 공격해왔다.

"옥산촌민들은 얼른 피해불드라고!"

옥산촌에서 전투가 벌어질 것 같아 촌민들에게 대피하도록 했다. 무고한 이들까지 총알받이로 만들 수 없었기 때문이다. 총소리에 놀란 촌민들은 천관산으로 몸을 피했다. 거의 모든 촌민이 산으로 몰리다 보니 옷 색깔이 하얘서 백산이 따로 없었다.

조일연합군은 쉽게 진압될 줄 알았던 동학농민군의 저항이 심하자 뒷산으로 피한 무고한 촌민들에게까지 총을 쏴댔다.

"워메, 저 우라질 놈들이 왜 엄한 데다가 총질이여? 총질이!"

동학농민군들은 포까지 쏘아가며 저항했지만, 시간이 흐를수록 패색이 짙어졌다. 그래서 천관산 기슭까지 도주했다.

"하늘이 아직 우리를 버리진 않았는갑구만."

조일연합군에 쫓기던 중 눈보라가 치기 시작했다.

"우리가 누구여? 장흥 동학농민군 중 둘째라믄 서러울 최강의 대

홍접이여. 그란께 마지막까지 후회 없이 싸워블드라고."

인환의 말대로 대흥접 부대는 장흥 동학농민군 중에 가장 맹렬했다. 장정 두서넛보다 힘이 센 소년 장사에다 빼어난 무예를 펼치는 여장사도 대흥접에 있었다. 다른 이들도 대접주 인환으로부터 훈련을 받아서 그런지 최정예군의 면모를 보였다.

"여기서 싸우다 죽는다는 각오로다 싸워블랍니다."

조일연합군에서도 인환이 이끄는 대흥접의 소문을 들었는지, 지금까지 장흥 전투에서 가장 소수의 동학농민군이 남았음에도 조일연합군 530명을 투입했다. 단순히 숫자 문제가 아니었다. 그들의 530명은 신무기로 인해 동학군에 비해 열 배의 위력을 가지고 있었다.

인환은 보유하고 있는 물량은 물론 회령진성에 비상용으로 남겨두었던 물량까지 총동원해서 마지막 일전에 임했다. 만일 물량이 더 있었더라면 조일연합군의 승리는 장담할 수 없었을 정도로 대흥접은 마지막까지 불꽃을 찬란하게 피웠다.

"살 수 있으믄 꼭 살기를 바라오."

죽기를 각오하고 싸웠지만 남은 목숨이라면 견디고 살아야 했다. 인환은 남은 동학농민군에게 잘 피할 수 있도록 했다. 아무래도 섬이 가까우니 그쪽으로 잘 피해 살아가기를 바랐다. 그리고 자신은 천관산으로 발길을 돌렸다.

318

갑오년(1894) 섣달 열이틀날.

조일연합군이 네 개 부대로 나누어 장흥으로 들어오고 있다 했다. 각 접의 일부는 본대에 있고, 나머지는 각 접에서 조일연합군을 대적하기로 했다. 장흥의 초입인 유치면 조양촌에서 아침부터 그 시작을 알렸다. 우리 쪽 피해가 있기는 했지만 일본군들이 우리의 기습에 혼쭐이 나서 후퇴했다는 소식이었다. 그리고 저녁에는 부동면 건산에서 일전이 있었다. 조일연합군이 점점 장흥 중심부로 다가오고 있음을 느낄 수 있었다.

갑오년(1894) 섣달 열사흗날.

어산접에 머물러 있는데 조일연합군이 어디까지 진격했는지 들려왔다. 부내면 남문 밖에서는 새벽부터 전투가 있었다. 우리 동학농민군 20여 명이 총에 맞았다. 그 후 부산면 유앵동에서 전투가 벌어졌다. 부산접 동학농민군들이 이사경 접주와 함께 치열하게 싸웠는데, 시체가 넘칠 정도로 많은 피해를 입었다.

갑오년(1894) 섣달 열나흗날.

더 이상 물러설 곳이 없다는 각오로 총집결로 뚫고 나가기로 했다. 석대들을 사이에 두고 조일연합군과 대치했다. 우리가 쏘는 총포는 적들이 있는 곳까지 도달하지 못하기가 일쑤였다. 반대로 일본군의 총포는 우리 가까운 곳에 떨어졌다. 석대들로 나아갔다가 빠졌다가 하면서 자울재를 넘나들었다.

갑오년(1894) 섣달 열닷샛날.

석대들을 사이에 두고 피의 격전은 이틀째 이어졌다. 어제보다 더 많은 부대가 토벌대로 들어왔다. 그들은 산에서 석대들로 우리를 유인해서 협공을 해왔다. 그들의 신식무기에 많은 동지들이 쓰러졌다. 본영 근처까지 포가 떨어졌다. 우리가 놀라 우왕좌왕하는 사이 지근거리에서 토벌대의 총격을 받게 되었다. 우리의 대열은 순식간에 흩어졌다. 자울재를 넘었다.

갑오년(1894) 섣달 열엿샛날

자울재를 넘어 대오를 찾아 따라가다 보니 고읍 옥산촌까지 밀리게 되었다. 전투가 벌어지게 되자 마을 사람들을 산으로 도망치게 했다. 그런데 일본군이 그곳에까지 총을 쏘아대어 무고한 이들이 죽어갔다. 아래로 밀고 내려온 토벌군은 눈이 뻘개져 우리를 찾아 공격했다.

갑오년(1894) 섣달 열이렛날

장흥의 모든 접이 가장 부러워하고 우러러마지않은 대흥접 부대가 대흥면 월정리에서 마지막 전투를 벌였다. 최정예로 정비를 했지만, 조일연합군도 500여 명이 넘는 군사들을 투입했다. 장흥에서는 더 이상의 전투가 없었다.

갑오년(1894) 섣달 열여드렛날

대흥면에서 천관산 쪽으로 도망을 쳤다. 대오에서 벗어난 지는 오래라 약속한 장소까지 가야 한다. 전투만큼 중요한 일이 아직 남아 있기 때문이다. 이로써 갑오년 정월부터 시작했던 내 임무는 여기서 종결한다.

16. 모략, 석연치 않은 무죄

"구 접주가 어찌 되었다고?"
"석대들에서 총에 맞아브렀답니다."

방언이 어산접의 접장들과 부용산으로 숨어든 지 아흐레가 되었다. 그들 중 두 명은 방언의 집일을 하던 이들로, 방언으로 인해 동학에 입교하고 심복이 되었다.

방언은 애초에 인환과 함께 대흥으로 움직이려 했다. 그런데 석대들에서 싸울 때 방언의 주위로 포탄이 터졌다. 삽시간에 그의 주위는 물론 어산접의 동학농민군들도 뿔뿔이 흩어졌다. 그를 호위하는 이들을 따라 정신을 차리고 보니 부용산 모처였고, 늘 가까이에 있던 창휘 마저 보이지 않았다. 이미 조일연합군이 대흥 쪽으로 향했다는 소식을 듣고 그곳으로 가기엔 늦었다는 것을 알았다.

부용산 모처에 자리를 잡고 상황을 살폈다. 그제야 교철의 생사에 대해 듣게 되었다. 방언은 당장이라도 그가 묻혔다는 자울재로 가고 싶었다. 그러나 자신의 심정만으로 경거망동하다 다칠 수 있으니 조용히 있을 수밖에 없었다. 또한 석대들에서 목숨을 잃은 이가 교철만이 아니지 않은가.

"대흥접 소식은 으짠가?"

"고읍 옥산촌에서 한바탕하고 다음 날 대흥에서 마지막이었다고 합디다."

"김 접주, 이 접주는? 아, 참. 대흥접 최동린이란 어린 접주는 어찌 되었는지 아느냐?"

"아, 예. 석대들에서 일본군에게 잡혀 처형되었단 소문만 들었습니다. 그리고, 이소사 접장도 허벅지 부상을 입어 일본군한테 나주로 압송되어 취조받다가 돌아가셨단 얘길 들었습니다. 그리고 많은 대흥접 식구들이 바다 쪽으로 피신했다 합디다."

"바다에도 일본 순시선이 지키고 있어서 쉽지 않을 텐디."

"죽도에서 고기잡이하는 윤성도라는 젊은이가 밤에 순시선 피해서 고금도, 노력도, 약산도 쪽으로 한 오백여 명을 피신시켰다 합디다. 물길을 잘 알아서 일본 순시선한테 들키지 않았다고 하데요. 그리고 대흥에서 싸우던 날 일부 조일연합군 토벌대들이 월림동에 갔답니다."

월림동에 갔다는 말은 방언의 집에 갔다는 것이었다. 그들의 입장에서는 방언이 장흥 동학농민군의 수괴라고 여길 터이니 바로 그의 집을 수색했을 것이었다. 수색한다고 찾을 수 있는 것은 없었다. 이미 손을 써놔서 집에서 동학의 흔적을 찾지는 못할 것이다. 다만 식구들이 걱정될 뿐이다. 하지만 언젠가부터 그가 걱정할 식구란 동학농민군이었다.

"이제는 토벌만 남았겠구만."

"세상이 바뀐께 벽사역, 장흥부, 강진현, 병영성에서 살아남은 군

교, 이서들이 조일연합군 토벌에 앞장서 가꼬 여기저기 뒤지고
다닌답디다. 그도 그렇지만 동학군 토벌허겄다고 온 경군이며 민
병, 벽사역 역졸, 병영성 영병군들이 동학군을 잡겄다는 빌미로
재산까지 뺏아븐답디다."

"도망간 동학군들 집은 물론이고 전답도 지들 것으로 해븐답니
다."

"큰 도둑은 왜놈들이고, 작은 도둑 여럿이 설치는 꼴이겠구만잉."

"왜놈들보다 동족인 그놈들이 더 웬수구만."

"시상이 뒤집혀 부렀는디 으짜겄냐?"

방언은 이럴 줄 알았으면 있는 전답을 다 팔아버리지 못한 게 아쉬웠다.
아내의 눈치 봐서 그나마 남겨둔 것인데, 이런 상황이라면 식구들은 빌어먹
어야 할 상황이 될 것이 뻔했다.

"창휘 소식은 들었는가?"

"대흥접 쪽으로 합류를 했는디, 대흥접이 그리되가꼬 도망 댕기
다가 잡혔답디다. 워디를 그라고 뛰어댕겼는지 많이 지쳐 있었다
고 합디다. 그라고 잡혀 가믄서도 주문을 계속 외더랍디다. 창휘
접장답지라. 근디 전하는 사람들이 그란디, 맨날 메고 다니던 망
태는 워디다 버려브렀는지 없었다 합디다."

방언도 자신이 잡힐 날이 얼마 남지 않았다는 것을 직감했다.

"되도록이면 오늘 밤 안으로 자네들도 살길을 찾게나."

"법헌 어른, 뭐 그라고 섭한 말씀을 하신다요. 우덜이 누구 땜시 사람답게 살아봤는디요. 인자는 죽어도 법헌 어른과 함께허겄습니다요."

"내가 자네들에게 개벽세상, 그란게 좋은 세상을 만들어 보자고 했는디, 그게 안 되지 않았는가. 자네들은 나중을 위해서라도 몸을 아껴야 할 것 아닌가?"

"이만큼 혀 봤응게 후회 없당께요."

"하모요."

"나중에 우리 자손들이 할배가 좋은 시상 만들라고 왜놈들과 싸우다가 죽었다는 소리를 헐 것이 아닌게라. 그렇게만 기억해 주면 그만이어라우."

"내 미안허고 고맙네."

다음날 방언의 예상대로 토벌대가 들이닥쳤다.

경군부대 이두황이 잔당을 토벌한다며 샅샅이 뒤지고 다녔는데, 마침 토벌대에 합류한 남면 재지사족이 방언의 위치를 알아냈던 것이다.

그는 어산접의 좌인과 한 집안, 한 동네 사람이었다. 한 집안에도 동학군과 토벌대로 갈라진 경우가 꽤 많았다. 한 스승 밑에서 동문수학한 이도 나뉘는 시절이었으니 무슨 말을 더하겠는가. 아무튼 방언 집 주위를 눈여겨보고 있던 그의 행방을 알기 위해 뒤를 밟았고, 끈질긴 추격 끝에 방언이 숨은 곳을 알아냈다.

"저놈이 동비의 수괴요!"

그 민보군은 마을 사람들까지 동원해서 그를 잡으러 왔다. 더 이상 도망갈 곳이 없다고 생각한 방언은 순순히 오라를 받았다. 석대들 전투가 있은 지 열흘 만의 일이었다.

어차피 잡힐 것이라면 빨리 끝내는 것이 낫다고 생각했다. 이제는 죽기 직전까지 견디는 것만이 자신이 할 일이라고 생각했다. 그의 귀에 끊임없이 누가 잡혔고, 누가 죽었다는 소식이 들려올 것이기 때문이었다. 물론 들려주지 않는다고 해서 사실이 달라지는 것은 아니었다.

그는 닷새 뒤 나주로 압송될 때까지 마음을 잡고, 또 다 잡았다.

"아따, 동비의 수괴는 수괴갑네. 이라고 많은 군인들이 호송한 거 본께."

방언을 나주로 압송해가는 데 150명이 따라붙었다. 혹시라도 남은 동학군들이 그를 구출하기 위해 급습할 것을 대비한 것이기도 했지만, 동학농민군의 수괴를 잡았다는 것을 알리기 위한 목적도 있었다.

그를 체포한 이두황은 나주로 압송해 갈 때까지 긴장을 늦추지 않았다. 토벌대에 잡혀 온 이들 중 대부분은 고문을 당했다. 그렇지만 방언에게는 고문을 할 수 없었다. 동학의 수괴라는 점이 가장 큰 이유였다. 여러모로 부담이 가는 존재라 함부로 대할 수 없었던 이유가 컸다. 그래서 빨리 나주로 보내버리고 자신은 손을 터는 게 상책이라 생각하고 미나미 소좌에게 위험한 인물이니 방책을 단단히 해야 한다는 내용으로 서신을 보냈다. 그래서 그를 압송하는 데 150명이 동원된 것이었다.

섣달그믐날, 함거에 갇혀 유치면의 조양촌에서 하루를 묵을 때는 울컥했다. 장흥으로 회군해서 처음으로 전투를 벌인 곳, 이곳 어딘가에 유치접 동학농민군과 접주 문남택의 혼이 떠돌고 있을 것이었다.

"내일이 설이라네. 마음으로나마 드릴 테니 술 한 잔씩 받으시오. 곧 따라갈 것이니 너무 원통해하지 마시게들. 거기서 같이 술 한잔하세."

마음으로 그들에게 술잔을 몇 번이고 따랐다. 비단 유치에서뿐만 아니라 남산을 보고 석대들과 부산면을 지나면서 그는 수없이 술을 따랐다. 마음으로 그들의 얼굴을 떠올리고 이름을 떠올리며 술을 따랐다.

설 다음 날 나주에 도착했다. 토벌본부가 있는 나주 초토영에 들어서자 무슨 일이 있는 것인지 소란스러웠다.

"오늘 말이우, 동학의 다른 수괴들이 한양으로 압송되어 간답디다. 그래서 이라고 소란스런갑네."

방언을 호송하는 행렬 중 잡색군 중 한 명이 아무도 보지 않을 때 간간이 그에게 친절을 베풀었다. 나중에 장흥의 고씨 가에서 부탁을 받았다고 살짝 일러주었다. 방언을 도운 것을 알게 되면 곤란한 상황에 처할 텐데, 그럼에도 끝까지 도움을 주려고 하는 그들에게 미안함과 고마움을 느꼈다. 잡색군이 말하는 동학의 다른 수괴들이란 아마도 전봉준, 손화중, 최경선 등일 것이었다.

'그들이 이곳에 있으면 우리의 소식을 들었겠군.'

승리의 소식을 전해주지 못해 미안한 마음이 앞섰다.

"죄인을 옥에 가둬라."

　방언은 함거에서 내려 옥이 있는 곳으로 끌려갔다. 그때 오라를 한 채 함거에 오르는 이들이 있었다. 모두 지친 듯 행색이 말이 아니었다. 특히 병색이 짙은 봉준의 모습에 가슴이 울컥했다.

"잠시만, 잠시만 보게 해주시오."

　방언의 요청에 저들끼리 뭐라 하더니 아주 잠깐의 시간을 주었다.

"녹두대장! 좋은 소식 전하지 못해 미안하오."
"간간이 선전하시는 소식 들었습니다. 약속을 지키지 못해 제가
더 죄송할 따름입니다."

　봉준이 말하는 약속은 나주에서 만나서 같이 한양으로 올라가자는 것이었다. 방언으로서도 병영성을 함락하는 순간 그 꿈의 절반은 이루었다고 생각했다. 전봉준의 체포 소식은 들었지만, 병영성의 성과를 가지고 나주로 향했다면 그들을 구출할 계획도 있었다.

"나도 곧 갈 것이오. 또 봅시다."

　'그곳이 어디든'이라는 뒷말은 굳이 입 밖으로 내지 않았다. 어차피 서로 정해진 운명은 같았다. 방언은 함거에 앉아 있는 손화중, 최경선, 김덕명에게도 눈길을 주었다.

"떡국은 드셨는가?"

"떡국은 못 묵고 나이만 한 살 더 묵어브렀습니다."

"나도 한 살 안 묵을라고 떡국 안 묵었네."

"허허."

죄인의 몸이라 떡국을 먹을 수 있는 상황이 아니었다. 떡국을 주었다 하더라도 넘기지 못했을 것이다. 그런 줄 알면서도 그들이 할 수 있는 새해 인사였다. 그들에게 주어진 시간은 거기까지였다. 방언은 그 자리에 서서 함거에 실려 떠나는 그들의 모습을 아프게 지켜봤다. 그러나 정작 애써 참았던 눈물을 쏟은 것은 이틀 후였다.

초토영 감옥을 어수선하게 만드는 비명 소리가 있었다.

"시천주 조화정 영세불망비, 아악! 시천주, 시천주..."

"아니, 이년이 미친 여자가 아니여!"

옥졸들은 여자가 지르는 주문과 비명을 미친 소리라 했지만, 방언은 그것이 동학도만이 할 수 있는 주문이라는 것을 알고 있었다. 그리고 그 주문을 외며 아픔을 참고 있는 여자가 누군지도 알고 있었다. 그래서 어떤 상태인지 알고자 옥졸에게 물었다.

"이보시오, 저 소사의 상태가 어떻소?"

"말도 마시우, 아까 다리 다친 어린 머시매랑 같이 왔는디, 긍께
허벅지 살을 도려내가꼬, 아이고 나도 모르겠소. 워메 징헌 거."

옥졸은 뭐가 징한지 더 이상 말을 잇지 않았다. 다만 동학 수괴라고 함부로 할 수 없었는지 방언을 함부로 대하지 않았다.

"아, 어린 처자를 어찌 그렇게 고문을 한단 말인가!"

방언은 차라리 자신이 아프고 싶었다. 두 사람 다 인환의 접에 있었던 이들이었다. 두 사람 모두 워낙 무예에 출중해서 신묘한 이들로 칭하기는 했다. 아녀자와 어린 소년이 드물어서 그렇게 힘을 실어주었다. 아마도 대흥에서의 마지막 전투 후에 체포된 모양이었다.

"상태가 많이 나쁜가요?"
"그런 갑습디다. 여동학은 시방 상태가 살기 힘들 정도고, 머시매는 다리를 잘라야 한답디다."

그들의 상태를 듣자 가슴이 더 먹먹해졌다. 그렇게 어떤 일이 닥쳐도 견디자고 굳게 다짐했건만 그들이 겪고 있는 고통을 생각하니 견디기 힘들었다. 이때만큼은 자신이 아무것도 해줄 수 없다는 사실에 화가 났다.

그때 일본군 토벌대장인 미나미 대대장의 호출이 있었다. 아마도 한양으로 보내는 날이 결정될 모양이었다.

"이방언이라 했나? 5일 후에 경성에 있는 우리 일본영사관으로 호송이 된다. 할 말이 있나?"

왜 조선에서 일어나는 일을 일본영사관에서 오라 가라느냐고 말하고 싶었지만, 조선 정부가 전권을 주었다는 말을 더 듣고 싶지 않았다. 마음 같아서는 아무 말도 하고 싶지 않았지만, 따질 것은 따져야 했다.

"어찌 아녀자에게 그토록 잔인한 고문을 한단 말이냐? 남의 나라에 와서 할 짓인가?"
"뭘 모르는군. 우리는 여동학에게 고문을 하라고 시킨 적이 없다. 바로 너희 조선인들이 알아서 한 것이다. 우리는 의사까지 동원해서 다친 이들을 치료까지 해주었는데 무슨 말을 하는 것이냐. 내가 이래서 동학도는 그냥 두면 안 된다는 거야, 강진과 장흥에서 전투를 하고 깨달은 바가 있다면 비도들은 다 죽여야 한다는 거지. 이것이 나만의 생각인 줄 알아? 동학도의 씨를 말려야 한다는 것, 재기하지 못하도록 철저히 응징해야 한다는 것이 우리 일본공사와 사령관의 뜻이란 말이지. 그런데 우리가 훗날 조선을 지배하기 위해선 조선 놈들에게 민심이란 걸 얻어야 한단 말이지. 우리 대일본의 손에 피를 묻힐 수는 없지. 아직까지는!"

남의 나라에 들어와서 뒤에서는 할 짓 못 할 짓 다 해 놓고 민심을 얻겠다고 말하는 저 입을 찢고 싶었다. 그리고 일본이 조선을 삼키려는 의도를 모른 채 제 백성들을 고문하는 저 위정자들에게 치가 떨렸다.

"데리고 가!"

방언의 온몸에서 뿜어 나오는 분노의 기운을 느꼈던지 대대장이 부하에게

명령했다. 옥으로 돌아오는 길에 혹여 그들의 모습이라도 볼 수 있을까 기대했는데 미나미 말대로 치료를 하려는 것인지 모습은커녕 아무 소리도 들리지 않았다.

닷새 후 한양으로 압송되었다.

장흥과 강진의 전투에서 다 이기고 나주에서 동지들을 구출한 후에 그 여세를 몰아 한양으로 진격할 날을 얼마나 꿈꿨던가. 그런데 죄인의 몸이 되어 한양으로 오게 되었다.

"죄인은 동학도의 수괴인가?"

"동학은 모두가 동등하기 때문에 수괴라는 말은 당치 않소."

"죄인에게 법헌이라는 칭호를 붙였다 하는데, 그것이 수괴를 의미하는 것이 아닌가?"

"법헌은 연장자를 부르는 칭호에 불과하오."

심리는 생각보다 형식적일 뿐이었다. 담당하는 이들도 자주 바뀌었다. 방언은 어떤 기대도 하지 않았다. 이미 그가 가야 할 길을 알고 있었다. 그리고 3월 21일에 판결이 내려졌는데, 무죄였다.

전라도(全羅道) 장흥(長興)거주 농업(農業) 평민(平民)

피고(被告) 이방언(李邦彦)

당년(當年) 오십팔(五十八)

우기자(右記者)는 이방언(李邦彦)이가 동학당(東學黨)에 투입(投入)하여 지방안녕(地方安寧)을 해(害)하는가 치의(致疑)하야 본아문재판소(本衙門裁判所)의 나교(拿交)하야 심문(審問)을 영행한 즉 피고(則被告)의 범죄(犯罪)한 증빙(證憑)이 적확(的確)지 아닌지라 우(右)에 이유(理由)로 이피고(李被告)의 이방언(李邦彦)을 무죄방송사(無罪放送事)라

개국(開國) 오백사년(五百四年)

삼월 이십 일일(三月二十一日)

법무아문권설재판소(法務衙門權說裁判所) 선고

법무아문(法務衙門)

대신(大臣) 서광절(徐光節)

협판(協辦) 이재정(李在正)

참의(參議) 장 박(張 博)

주사(主事) 김기조(金基肇)

주사(主事) 오용묵(吳容默)

회심(會審)

경성주재일본제국영사(京城駐在日本帝國領事)

내전정퇴(內田定槌)

무죄라니! 도무지 이해할 수 없는 판결이었다. 범죄를 증빙할 문서가 없어서라는 이유도 말이 되지 않았다. 물론 기포 전에 그는 집에 있는 문서를 정리했다. 그렇다 한들 자신의 행적이 사라지는 것은 아니었다. 자신보다 먼저 판결을 받은 전봉준과 손화중, 최경선 등만 해도 죽음을 기다리고 있었다. 그들보다 더 오랫동안 동학농민군을 이끌면서 벽사역과 장흥부는 물론 강진현과 병영성까지 함락시킨 그였다. 그런데 무죄라니, 뭔가 잘못되어도 한참 잘못되었다.

문득 나주에서 일본군 미나미 대대장이 동학도의 씨를 말리겠다며 했던 말이 떠올랐다.

'아, 자기들 손에 피를 묻히지 않겠다는 거군!'

장흥으로 내려보내 민보군들 손에 죽게 할 요량이라는 것을 방언은 짐작할 수 있었다. 전봉준처럼 교수형에 처할 상황이라면 차라리 당당할 것 같았다. 방언으로서는 엄청난 굴욕이었다. 자신에게 이런 굴욕감을 맛보게 하는 것이야말로 그들이 노리는 것이라고 생각했다. 결국 자신의 종말이 어찌될 지 알게 된 이상 그때까지만이라도 견디리라 다짐했다. 마지막을 고향인 장흥에서 맞이한다면 그나마 다행이라고 생각했다.

"법헌 어른, 장흥으로 가실랍니까?"

방언과 함께 무죄방면 된 이들이 있었다. 그들 중 보성 접주였던 박태길이 물었다. 금구 김방서 역시 뭔가 찜찜한지 낯빛이 어두웠다. 다만 부안대접주 김낙철과 김낙봉 형제는 마중을 나온 사촌 김낙정이 있어서 그런지 애써 환한 표정을 지었다.

"그래야 하지 않겠는가?"

방언의 말에는 고향이니 돌아가는 것이 당연했고, 그곳에서 기다리는 것이 죽음이라 해도 가야겠다는 의지가 담겨 있었다. 비록 석방은 되었다고하나 언제 어디에서 죽게 될지도 모르는 처지인지라 함께 움직이는 편이 낫다고 생각해서 모두 그러자고 했다.

방언은 자신의 석연치 않은 무죄에 대해 어떤 모략이 있었던 것인지, 그리고 앞으로는 어떻게 진행이 될 것인지 생각했다.

"예서 만나는군요?"

공주 금강변에 있는 주막에 들러 하룻밤 묵고 가기로 했다. 자리에 앉는데누군가 아는 체를 해왔다. 방언은 그를 보는 순간 머릿속에 담아두었던 의문이 반쯤 풀렸다.

"아니, 보성군수 아니오?"

태길이 그를 알아보았는데, 그만 알아본 게 아니었다. 동학군이 집강소를차리고 장흥부 웅치와 대흥에서 기포할 때 보성군수는 동학에 우호적이어서그곳의 인부와 병부를 빼앗지 않았다. 조정은 이를 두고 동학군에 협력했다는 죄목으로 체포하여 한양으로 압송했고, 재판 후 무죄방면 된 것이었다.

*"나는 그대들보다 열흘 정도 앞서 무죄로 석방되어 토포사를 겸
해서 다시 보성군수로 복귀 중이라오."*

열흘 정도 앞서 석방이 되었다면 벌써 보성에 가고도 남았을 텐데 왜 굳이
이곳에서 만난단 말인가. 마치 기다렸다는 듯이 말이다.

"대원위대감을 만나셨소?"

모두가 있는 곳에서 그렇게 묻는 의도가 궁금했다.

"내가 그분을 만날 일이 뭐 있겠소?"
*"아니 친분이 있는데 뭐라 일러주시지 않으셨나 해서 그렇소. 아
니면..."*
"아니면 뭐, 내가 무죄방면을 부탁이라도 했다는 말이오?"

방언이 눈을 부릅뜨고 말하자 이내 말을 더듬거렸다.

*"하, 하긴 대원위대감도 그럴 겨를이 없었겠군요. 장손 이재면 구
명을 위해 팔방으로 뛰고 있었으니 말이오."*

방언은 자신이 흥선대원군에게 결코 호의적이지 않다는 것을 말하고 싶지
않았다. 그가 동학을 자신의 권력을 위해 이용하려고 했다는 말 역시 굳이
말할 필요가 없었다. 그와의 어떤 연관성에 대해 언급하고 싶은 생각이 없
었다.

보성군수는 방언의 직설에 좀 객쩍었던지 이내 김낙철 형제들을 향해 말했다.

> "나도 그렇지만 그대들 역시 하늘의 은혜를 입어 무죄 석방된 것
> 이오. 그러나 경성의 인심과 시골의 인심은 천지 차이요. 되도록
> 밤을 타고 들어가고, 처소에 몸을 숨기도록 하시오. 혹여 밖에 나
> 갈 일이 생기거든 반드시 정탐한 후에 다니시오."

보성군수의 말만 들으면 그들을 대단히 걱정해주는 것처럼 보일 수 있었다. 아니나 다를까 모두들 감동에 마지않은 표정이었다. 하지만 '소리장도(笑裏藏刀)'라고 했다. 웃음 속에 비수를 감춘다는 의미인데, 겉으로는 친절하게 해서 상대의 경계심을 늦추게 하여 함정에 빠뜨리는 계책이다. 방언이 예상한 대로 그는 바로 의도를 드러냈다.

> "그대들이 괜찮다면 나와 보성으로 갑시다. 내 그곳에서 지켜주
> 리다."
> "동학도를 도왔다고 그 고초를 겪었는데, 또 군수의 신세를 질 수
> 는 없지 않겠소!"

방언은 그를 믿는 듯 말했지만, 마지막 말로 다른 이들에게 경고를 보냈다.

> "아, 아니오. 이렇게 만난 것도 인연인 듯하여 돕겠다는 것이오."

보성군수가 조금 당황한 듯 말하자 다른 이들도 눈치를 챘다.

337

"말씀은 고맙지만, 저희 형제들은 갈 곳이 있소이다."
"나도 고향으로 가야겠소."

김낙철 형제와 김방서는 보성군수의 호의를 거절했다. 방언은 참으로 다행이라는 생각이 들었다.

"나와 박 접주는 어차피 방향이 같으니 같이 가리다."

방언의 말에 보성군수도 안도하는 표정을 지었다. 갈림길에 이르러 김낙철 형제들과 김방서와 작별인사를 나누었다.

"유 군수의 말을 새겨들으시게."

부디 몸조심해서 살아남으라는 말을 그렇게밖에 전할 수 없었다. 보성군수가 그들을 끌어들이려 한 말이긴 했지만, 그 상황은 사실이었다. 보성으로 가는 길에 보성군수가 근처에 없을 때 태길에게도 말했다.

"박 접주도 피할 수 있으믄 피하시게."

방언의 말을 그는 제대로 이해하고 있었다. 그는 보성에 집강소를 설치할 때 유원규와 직접 담판을 지었던 것이다. 그리고 이후 보성군수의 행적을 모르지 않았으니 말이다.

"고향에서 마무리해야지 어딜 가겠어라. 법헌어른 곁을 끝까지

지킬 수 있어 영광이제라. 그라고 구 접주도 그러길 바랄 것이요."

그의 입에서 나온 구 접주는 구교철이었다. 보성의 경우 웅치접과 긴밀하게 활동을 했기에 교철과도 친분이 깊었던 것이다. 애써 잊으려 하지 않았으나 가슴속에 묻어둔 이름을 떠올리니 착잡했다.

"그래도 기회가 온다면 박 접주도 살길을 찾으시오."
"법헌어른. 저도 미련 없어라우."

그도 방언처럼 마음고생이 없지는 않았을 것이다. 함께 했던 동지들이 다떠난 이곳에서 살아남았다는 죄책감에 시달리느니 끝을 기다리는 편이 낫다고 생각한 것이다.

"그러세. 군수가 어찌하나 지켜보는 것도 마지막 재미이긴 하겠네."

보성으로 가는 동안 군수의 대접은 극진했다. 다만 두 사람이 크게 호응하지 않아서 그렇지 사정을 모르는 사람이라면 감복하고도 남을 일이었다.

"여기는 안심해도 되는 곳이니 잘 계시고, 밖에는 나가지 마시오. 여기 인심이 말이 아니오."

보성군수는 원래 가자고 했던 보성과 가까운 곳에 있는 장흥부 회령면에 있는 이의원 집에 그들을 부탁했다.

"우리를 걱정해서 밖에 나가지 말란 소리가 아닐 거네."

군수가 떠나자 방언은 태길에게 말했다.

"여기 놓고 감시를 허겠다는 거제. 어쩌겠나, 뒤바뀐 세상에 우리를 반겨줄 곳도 마땅치 않으니 사지라도 여기 있을 수밖에."

밥을 먹은들 잠을 잔들 편하지 않았다.

17. 동백꽃은 떨어지고

"죄인들은 오라를 받아라!"

요란한 대문 두드리는 소리에 올 것이 왔다고 생각하고 방문을 열었다. 50여 명 정도 되는 군졸들이 촘촘히 마당을 채우고 있었다.

"우리는 무죄방면 된 사람들인디 죄인이라는 말은 당치 않소!"

방언과 태길을 끌고 가기 위해 온 군교에게 태길은 엄하게 나무랐다.

"우리는 여기에 역도들이 숨어 있다고 해서 잡으러 온 것이다. 어서 명을 받아라."
"누구의 명이오?"

이번에는 방언이 나섰다.

"그야 전라감사의 명이다."
"전라감사는 조정에서 이미 내린 판결을 뒤집기라도 하겠다는 것

인가?"

끌려갈 때 끌려가더라도 전라감사가 전횡을 저지르고 있다는 것을 구경하는 이들이 알기를 바랐다.

"우리는 감사의 명을 따를 뿐이다. 어서 죄인들을 압송하라."
"그간 욕봤네."
"함께여서 좋았습니다."

태길과 간단하게 인사를 나누었다. 며칠 그와 함께하면서 많은 말은 하지 않았지만 눈빛만으로도 마음이 전해졌다. 마지막이 다가오고 있음을 아는 침묵 속에 함께 있다는 것만으로도 위안이 되었다.

"아버님!"

성호는 그를 보자마자 울음을 터뜨렸다. 마지막 길에 부자 상봉을 해주어 고맙다고 해야 하나, 장흥부 옥 안에서 이루어진 부자 상봉이었다.

"어찌 되었느냐?"
"숨어 있다가 잽혔는디, 옥에 가두고 그냥 뒤블드라고요."

아마도 자신을 기다리고 있었을 것이다. 그렇게 생각하니 미나미 대대장의 씨를 말린다는 말이 귀에 꽂혔다. 모든 것이 계획되어 있었다. 그가 나주에서 한양으로 압송될 때부터 이렇게 되도록 계획이 있었으리라. 그 계획은 미나미로부터 나왔을 것이다. 방언의 예상과 현실은 크게 다르지 않았다.

방언이 회령 이의원 집에 머무르고 있을 때 새로 부임한 전라 감사 이도재가 병영을 찾았다. 병영을 순시하고 수성군 가족들을 위로하는 등의 행보를 보이다가 장흥으로 넘어갔다. 그가 장흥부사를 만난 이후 얼마 지나지 않아 방언이 체포되었다. 그는 한양까지 오르락내리락했지만 결국 장흥에서 처형될 운명이었다. 그것도 아들과 함께 말이다. 미나미는 방언이 가장 고통스럽게 죽기를 바랐던 것이다.

"너는 여기에 얼마나 있었느냐?"
"달포 정도 되었어라."

아마도 그들은 성호가 어디에 숨어 있었는지 알았을 것이다. 계속 주시하고 있다가 방언의 무죄 석방 무렵에 잡아들인 것이다.

"아버님은 어찌 되신 거랍니까?"
"여그 옥졸 말로는 한양에서 무죄를 받아가꼬 가마 타고 오셨다고 하든디요, 대원위대감이 뒤를 봐줘서요"
"그런 내가 여기로 왔겄냐? 아무리 무죄방면이 되었다고 저들 눈에는 아직도 죄인인디 가마를 타고 왔겄냐. 그라고 대원위대감은 나헌테 쏠을 정신이 없제. 장손 구명헌다고 바쁜디. 아무렴 느그 아버지가 내 한목숨 구할라고 아순 소리 할 사람이냐."
"그랑께요, 뭔가 이상허다고는 했지라. 근디 뭣땀시 그런 소문이 나브렀쓰까요?"
"원래 싸움이나 전쟁이란 다 그런 거란다. 총 들고 칼 들고 싸우

는 거가 전부는 아니란 말이제. 동학 대접주란 놈이 알고 본께 권력에나 빌붙고 편한 거만 좋아하드라고 하믄 뭇사람들이 동학을 어찌 생각하겠냐? 별것도 아닌 놈보다 더 못헌 놈이 되블 것제. 그란께 싸움에서 지면 그런 모든 수모를 견뎌야 하는 것이란다. 시방이야 이렇게 당하지만 후세에 사람들이 똑바로 밝혀줄 것이여. 그거라도 믿었응께 우리가 이렇게 싸운 것이 아니겠냐."

성호는 역시 아버지가 자신을 실망시키지 않았다는 것을 확인하자 마음이 놓였다.

"그라믄 보성군수가 찔러브 겁니까?"
"글쎄다. 짐작만 할 뿐이다. 지도 살아남으려니까. 왜놈들은 허울좋게 무죄방면을 시켜줬는디, 그 말을 안 듣고 전라감사가 죽이라 한 거제. 왜놈들은 좋게좋게 갈라고 했는디, 조선 사람들이 원수를 갚겠다고 한 일이라 이거제. 근디, 그란다고 전라감사가 벌을 받겠냐? 아니제. 누이 좋고 매부 좋은 일이 됐는디 벌을 주겠냐, 상을 내리겠제."
"그라고 할라믄서 왜 한양까지 압송해 가꼬 애를 멕인 거다요?"

아버지의 말을 들은 성호는 부아가 치밀어 올라 큰 소리로 말했다.

"일단 일본놈들은 죄인에게 제대로 재판을 받게 했다는 명분을 쌓은 거제. 그라고, 왜 같은 사안인디 녹두장군이나 그쪽 접주들 맹키롬 사형에 처하지 않았을까 가만히 생각을 해 봤는데 말이

다. 일본놈들 입장에서 보믄 같은 사안이 아니라고 본 것이제. 내
가 더 끝까지 버텼은께 더 괘씸한 거제. 미운 놈 떡 하나 더 주듯
무죄로 판결을 내놓고 나한테는 모욕감을 준 것이제. 후세 사람
들에게 나를 별 볼 일 없는 놈으로 보이게 할라고 그런 것일 수도
있제. 그라고 전라감사 같이 알아서 밑 닦아주는 놈이 있으니 일
본 놈들 입장에선 금상첨화겠제. 어차피 관군이나 민보군들이 날
잡아 죽일 것인디 뭐 할라고 지그들 손에 피를 묻히겠냐 이 말이
여. 조선 놈들 즈그끼리 싸우도록 놔두는 것이 일거양득이제. 그
래야 즈그들 후손들끼리도 죽어라 싸울 것 아니여. 손도 안 대고
코 풀어 분격이다, 이 말이제. 고놈들이 보통 놈들이 아니여."

방언은 목이 따가워 기침을 했다. 한동안 묵언수행을 하듯 입을 닫고 살
았는데, 아들을 만나 제법 긴 말을 하고 보니 목구멍이 찢어지는 것 같았다.
성호는 그런 방언이 몸이 아픈 것은 아닌지 걱정스럽게 바라보았다. 방언은
아들의 눈빛을 알아채고 괜찮다는 듯이 손을 저으며 말했다.

"우리는 내일이나 모레쯤 처형될 것이다. 그동안 들려줄 이야기
가 있지 않느냐?"

방언은 자신들의 일을 남 일이듯 말했다. 성호가 장흥에 있었으니 알게 모
르게 그와 함께했던 이들의 소식을 들었을 것이다. 그들의 이야기를 들려달
라는 말이었다. 그들의 이야기를 듣고 괴로울지언정 외면하고 싶지 않았다.
그들의 이야기를 가슴에 새길 것이었다.

"그란께 대홍 이 접주는 달포 전에 나주에서..."

이인환의 소식부터 듣게 되었다.

구교철의 소식은 이미 들었을 거라고 생각했는지 인환의 소식부터 전했다. 마지막 전투를 마치고 천관산에 숨어 있었는데, 수색에서 찾은 모양이었다. 그 혼자라면 잘 숨어 있었을 텐데 아마도 혼자 몸이 아니었으리라. 어쩌면 그가 죽었을지도 모른다고 생각하면서도 그라도 제발 살아있기를 바랐다.

"창휘는?"

창휘가 잡혔다는 소식은 진즉 들었다.

"잡힌 지 얼마 안 돼가꼬 죽었어라우."

성호는 창휘의 소식을 전하면서 소리를 낮춰 말을 전했다. 성호가 피신처에 머물러 있을 때 밤중에 조용히 들리는 말이 있었다.

"창휘 망태는 장흥부에 있는 부처님 배꼽에 잘 묻었다고 전해주
시오."

창휘가 늘 망태를 짊어지고 다니는 것은 알 만한 사람은 다 알았다. 그런데 장흥부에 있는 부처님 배꼽은 어디며 왜 창휘의 망태를 거기에 묻어야 하는 것인지, 그리고 누구에게 전해달라는 것인지 알 수 없었다.

문을 열었을 때는 아무도 없었다. 다만 그 목소리는 누군지 기억하고 있었다.

"일지 스님이더냐?"
"네. 아버지는 알고 계셨어라?"
"그것이 아니었으믄 창휘는 살았을라나."

성호의 물음에 답하지 않고 뜬구름 같은 말만 하는 방언이었다.

왜놈들이 동학농민군 씨를 말리려 하는데, 그가 살아남았을 리 없다는 것을 알면서도 그에게 무거운 짐을 지워준 것 같아 오히려 자신의 마음이 더 무거웠다. 성호의 말을 들어보니 일지 스님은 아직 건재한 모양이다. 살고 죽는 문제가 그에게 어떤 번뇌를 가져다줄지 모르겠지만, 세상사 통달한 것 같은 그라도 어려운 문제일 것이다.

"창휘는 아주 큰일을 하고 떠났구나."

방언은 보은취회에서부터 창휘를 가까이 두었다. 그는 동학에 발을 디디면서 이런저런 일들을 기록했다. 그리고 창휘를 곁에 두면서 그의 눈에 비친 동학의 모습은 어떨지 궁금했다. 그러다 고부에서 기포가 예상되는 등 상황이 급하게 흘러가자 갑오년 들어서부터 동학농민군이 했던 일을 기록해 보라는 임무를 주었다. 고지식한 창휘라면 있는 그대로 쓸 것이라 믿었기 때문이었다. 장흥부를 끝으로 동학농민군도 토벌되고 동학이 없어질라도 오늘의 이야기를 후세에 전하고 싶었다. 그때부터 창휘는 하루하루 일들을 기록하게 되었고, 그것을 망태에 넣고 소중히 대했다.

"그런데 창휘 접장의 일기가 관군 손에 넘어가면 위험하지 않을까요?"

언젠가 창휘와 일기에 대해 말하는 것을 일지 스님이 듣고 말했다.

"만일 그런 때가 되믄 소각을 시켜야겄지요."
"아니, 그 귀한 기록을 소각시키다니요? 후대 사람들을 위해 남겨야지요."

일지 스님은 창휘의 일기에 관심을 보였다.

"그래도 급박한 상황이 되믄 없애야지라. 만에 하나 그게 적들의 손에 넘어가믄 안 되지라."
"그러니 그 일은 대접주께서는 신경 쓰지 마시고 소승에게 맡겨주십시오. 위험한 순간이 오면 창휘 접장과 소승이 알아서 은밀한 곳에 보관하겠습니다."
"그런 때가 되면 어디라도 위험할 텐데 장흥 어디가 안전할까요?"
"장흥 땅에 있는 부처님 배꼽입니다."

일지 스님의 말은 고창 선운사 도솔암에 있는 미륵불로 알려진 석불의 배꼽에서 비결을 꺼냈다는 손화중의 이야기를 빗댄 말이었다.

"장흥 땅 어디에 부처님이 있는디요?"

"장흥의 수많은 산과 절에 부처님과 관련 있는 게 많지 않습니까? 후세에 누군가 그것을 찾는다면 그대들이 어찌 싸웠는지 알아주는 이가 있겠지요."

그렇게 된 사정이었다.

방언이 임무를 주었지만 창휘의 일기를 살펴본 적은 없었다. 그래야 제대로 기록할 것 같아서였다. 그리고 일지 스님의 말이 그다지 현실감이 없어 그저 지나가는 소리 정도로 여겼다. 그런데 창휘와 일지 스님이 그토록 소중하게 받아들일지 몰랐다.

"아, 그렇게 된 일이구만요. 어쩌면 병영성에서 장흥으로 돌아왔을 때 작성한 사발통문 땜시 그란 거 아닐란가요?"
"니가 그것을 어찌 아느냐?"

사발통문은 장흥부 접주들과 지도부 몇 명만 알고 있었다.

"토벌대가 집에 왔을 때 그것을 찾으려고 눈에 불을 켰다는디요."

방언은 그때 일을 떠올렸다.
사발통문을 집에 가져다 놓을 수는 없어 창휘의 망태에 보관하게 했다. 듣고 보니 창휘는 일기도 일기였지만 사발통문을 잃지 않기 위해 일지 스님과 약조한 곳에 목숨을 걸고 간 것이었다.

"창휘는 끝까지 나를 부끄럽게 하는구나."

방언이 창휘를 생각하며 숙연해하는 것을 보고 성호는 다른 이들의 소식
도 들려주었다.

"창규 아재도 고초를 겪은 모양입디다."

방언이 창규와 막역한 사이였고 방언을 물심양면으로 도운 것을 세상 알
만한 사람은 다 알고 있으니 화를 당하지 않을 수 없었을 것이다.

"어찌 되었느냐?"
"민주 아재랑 동학군을 도왔다는 죄명으로 토벌대에 끌려 갔는디
민주 아재가 관아에 돈을 솔찬히 써서 사흘 만에 겨우 풀려났다
고 합디다."
"그나마 다행이구나."
"근디 재산을 많이 뺏겼다 합디다."

민보군들이 동학군 재산은 물론 동학군과 내통한 사람들의 재산을 관아의
묵인하에 몰수했던 것이다.

"살았으니 다행이제. 돈이야 또 벌믄 되겄제."
"장흥고씨네와 위씨네도 조사를 헌 모양인디, 워낙 집안 세가 있
응게 잡아가지는 못 했드라고요. 그란 뒤로 그쪽은 두문불출한다
고 하대요."

351

방언은 자신을 도운 이들에게 민폐를 끼치게 되어 미안한 마음이 들었으나 그래도 그만하기를 다행이라고 생각했다.

"아버님, 왜놈들이 들어온께 형벌도 숭악헙디다."

방언은 무슨 말이냐는 듯이 성호를 쳐다보았다.

"우리 조선에선 사형을 집행하믄 망나니가 목을 베거나 목을 매달아 죽이지 않것서라우. 사형이라는 것이 숭악허지 않는 게 있것습니까마는 산 사람을 짚으로 만든 고깔 같은 것으로 씌워가꼬 불을 붙여 죽이는, 참말로 숭악한 것이 있다고들 하데요."
"다들 그렇게 죽었다는 말은 들었다. 우리도 그럴 것이고, 어쩌겠냐. 다들 그렇게 갔으믄 우리도 견뎌야제. 그러고 나면 고통도 사라지겠제."
"그라지요. 근디 문제는 그러고 죽으니 식구들이 장례를 치를라고 시체를 찾는디 얼굴을 알아보기 힘들어 가꼬 애를 먹었다고 합디다. 다들 보란 듯이 벽사역에서 그리됐당께요. 부산면 이 접주, 어산접 사람들도 벽사역에서 그렇게 불에 타브렀어라우. 학삼이 성님은 주문을 외운다고 혀까지 잘라브렀다고 하데요. 참 그러고, 백호 접주님 아니 백호 성님은 처가가 있는 안양 모령에 숨어 있다가 민보군들한테 잡혀서 화형을 당했다고 하데요. 민보군 무서워서 남자들은 시신 거둘 엄두를 못 내서 백호 처형 셋이서 묵촌 선산까지 들고 와서 묘를 썼다고 들었습니다."

성호가 거기까지 말하자 두 부자 사이에는 한동안 침묵이 흘렀다.

"아그들은 어찌 됐냐?"

장흥 동학도인들의 안부를 다 듣고 나서야 손자들의 행방을 물었다. 늘 그 랬던 아버지라 그러려니 했지만, 지금은 조금 서운했다. 자신 또한 자식들 에게 그런 존재로 남아 있겠지만 말이다.

"토벌대가 집에 왔을 때 다들 도망 가브렀지요. 뿔뿔이 흩어져가 꼬 워디로 갔는지도 모르겠습니다. 집에 불 지르고, 돼아지 새끼, 소 새끼, 달구 새끼까지 싹 다 가져갔다 합디다. 전답들도 장흥관 아와 벽사역 아전들이 챙겼다고 허고..."

성호는 말을 하다 보니 목이 메어왔다.

"집안을 풍비박산 내븐 이 애비가 원망스럽냐?"
"아버님이 원망스러웠던 때가 없었겠서라우? 허지만 아버님이 존경스러웠던 적이 더 많지라우. 어디로 갔는지 뿔뿔이 흩어진 아그들 걱정이... 그래도 아버님이 쌓은 음덕으로 살 거라고 믿어 블라고요. 아버님은 동학 전에는 사인여천(事人如天)을 실천하셨 고, 동학에 드신 후로는 유무상자(有無相資)허지 않았어라. 그란 께 우리 아그들도 아버님의 그 음덕이라도 쪼끔 보지 않겠어라. 아니어도 헐 수 없지만요. 서로 의지허고 살겄지라."
"아비로서 미안허구나. 그래도 나는 느그 아그들 걱정은 못하겄

다. 이 장흥 땅에 아버지들을 잃고 살아갈 수많은 아그들이 더 걱정돼서 너한테는 참말로 미안허구나."

"아버님도 참, 부자지간에 뭣이 미안하당가요. 우리 집안이 죽기를 각오하고 싸운 것을 후손들이 기억해줄 것인디요."

"글쎄다. 우리의 행적이 그대로 기억될지…… 어차피 이긴 자들이 기록하는 대로 기억될 것이라서."

"그래도 우리는 창휘가 있지 않은가요? 창휘가 죽음을 무릅쓰고 써서 망태에 보관해둔 기록이 있어서요."

"그래. 그나마 창휘 덕분에 안심이 조금 된다마는……"

성호는 아버지의 마음을 이해할 수 있을 것 같았다. 그래서 참으려 했지만 자꾸만 눈물이 나왔다. 아들이 셋이나 있는 다 큰 어른이지만 그도 아버지 앞에서는 그저 아들일 뿐이었다. 방언은 그런 아들의 어깨를 가만히 두들겼다.

"그래도 너랑 이라고 한날에 가게 되었으니, 아그들이 살아서 제사를 챙겨준다면 한날 제사라 그나마 수월하것다."

방언은 아들의 마음을 풀어주려는지 무거운 말을 우스갯소리 하듯 내뱉었다. 성호도 그런 아버지의 마음을 알고 눈물을 훔쳤다.

그리고 그날은 쏜살같이 다가왔다. 어젯밤 옥졸이 오늘 처형될 거라고 알려주었다. 옥 밖으로 병졸들이 분주히 움직이고 있었다.

"성호야, 인자 가야쓰것다."

방언은 성호의 손을 잡았다.

"저세상에서 다시 보자."
"흐흑, 아버님."

두 사람은 끌어안고 등을 두드리다 자리에서 일어났다.

장흥 장대(將臺).
새벽부터 사람들이 몰려들었다. 오늘은 이곳에서 장흥 동학농민군을 이끌었던 장태장군, 남도장군이라는 별칭의 이방언 장군이 그의 아들 성호와 처형을 당하는 날이었다. 작년 겨울부터 동학농민군에 목숨을 잃은 벽사역, 장흥부 수성군과 아전 등의 가족, 장흥 유림들, 그리고 간간이 변장한 동학군들이 모여들었다.

"아따, 뭔 사람들이 이라고 많다냐."
"장흥에서도 최고로 높은 대접주라면서."
"그것도 부자를 한날한시에 죽여븐다 안한가."
"어째야 쓰까. 무담시 똑똑한 짓 해가꼬 저런 꼴을 당하냔 말이여."
"부자가 다 죽은께 이씨 집안 대가 끊겨불것네."
"가만히 있었으면 중간이나 갈 것인디 뭐 할라고 엄한 짓해서 저래불까."
"자고로 말 잘하면 혀 짤려 죽고 똑똑한 척하면 집안 망한다는 말이 그냥 있는 말이 아니여"

"아따, 말조심해브러. 그러다 민보군 식구들이라도 들으믄 뭔 화
를 당할라고 그란당가."

장날보다 더 많은 사람이 모인 곳에 허름한 승복을 입은 노승이 삿갓으로
얼굴을 가린 채 구경 온 이들이 주고받는 말을 가만히 듣고 있었다. 처형대
에 죄인들을 묶을 기둥들이 세워져 있다.

"비켜! 비키라고!"

장흥부 병졸들이 두 사람을 끌고 나오자 사람들이 진도 앞바다 가르듯 길
을 내주었다. 부자의 얼굴에는 짚으로 엮은 삿갓 모양 모자가 씌워져 있었
다.

"나무아미타불 관세음보살!"

노승의 염불 소리에 끌려가던 죄인 중 한 명이 잠시 머뭇거리는 듯하더니
고개를 끄덕였다.

"일지 스님, 오셨소."

오랫동안 함께 했던 벗의 목소리를 못 알아들을 방언이 아니었다.

"오래 사는 것을 벌로 알고 살겠소."
"관세음보살."

356

"나무 관세음보살."

"아따, 염불은 나중에 허고 저리 비키랑께."

부자가 처형대에 오르고 기둥에 몸을 묶자 장흥부사가 입을 열었다.

"죄인은 할 말이 있느냐?"

"나는 죽지 않는다. 몸은 불타 죽더라도 혼은 저 석대들과 탐진강
을 지킬 것이다."

그때였다. 어디선가 돌이 날아왔다.

"어디서 미친 소리여?"

"우리 아부지 살려내라, 이 동도놈아."

"우리 성도 살려내라."

몇 사람이 돌을 던졌으나 아무도 말리지 않았다. 아마도 누군가 말렸다면
말린 이가 돌을 맞을 분위기였다. 돌에 맞아 볏짚 삿갓 사이로 피가 흘렀지
만, 방언은 꼿꼿하게 버텼다.

"형을 집행하라!"

싸늘해진 분위기에 장흥부사는 지체하지 않고 보란 듯이 크게 소리를 질
렀다. 그 명과 동시에 방언의 턱까지 씌워진 짚으로 만든 삿갓에 불이 붙었
다. 초여름이 오고 있어 날도 더워지는데, 뜨거운 불기운이 스멀스멀 올라

오고 있었다.

　방언은 눈을 감지 않았다. 그리고 눈을 더 크게 뜨고 석대들과 억불산을 응시했다. 불길 속에서 억불산 산등성이로 붉은 동백이 보였다. 동백은 진즉 졌는데, 다시 동백이 피어나고 있었다. 동백은 깃발이 되었다.

　그날 석대들을 가득 메웠던 동학농민군이 산등성이에 올라 줄지어 함성을 지른다. 그 함성에 석대들이 벌떡이고 탐진강이 넘실거린다.

보았느냐, 탐진강아.

들었느냐, 석대들아.

석대들에서 덩실덩실 어깨춤을 추는 깃발들을 보았느냐.

석대들에서 왜놈들을 몰아내고 이 땅을 지키려던 민초들의 함성을
들었느냐.

"접주님, 어여 오셔라우."

"인자는 여서 편안히 꽃구경이나 해봅시다."

"올겨울엔 동백이 더 징하게 필 것 같아라우."

"작년부터 장흥에 그라고 많은 피를 뿌렸는디, 새빨간 동백이 안 피
고 배기것소."

창휘, 백호, 좌인, 규상, 재황, 그리고 어산접의 그들이 동백을 들고
그를 불렀다.

"장태장군님, 어서 오씨요."

"여서 장태 한번 굴려봅시다잉."

남면접의 접주들이 장태를 굴리며 그를 불렀다.

"성님, 싸목싸목 와도 괜찮소."

"그래도 술 익기 전엔 오씨요."

"그때 못 마신 술 여서 마시기로 안했소?"

"큰 성님 오셨응게 이 동상이 소리 한번 뽑아블라요."

북망산천의 흙이로구나.

사후에 만만진수는 불여생전일배주만도 못하느니라.

세월아 세월아 가지 말어라

아까운 청춘들이 다 늙는다

세월아 가지 마라 가는세월 어쩔거나

늘어진 계수나무 끄터리에다 대랑 매달아 놓고

국곡투식(國穀偸食)하는 놈과 부모불효 하는 놈과

형제화목 못 하는 놈

차례로 잡아다가 저세상으로 먼저 보내버리고

나머지 벗님네들 서로 모아 앉아서

한 잔 더 먹소 그만 먹게 하면서

거드렁거리고 놀아보세

사철가 소리와 함께 교철과 인환, 그 뒤로 장흥 접주들이 술잔을 들고 그를 불렀다.

방언은 불길에 타들어 가면서 뭐가 그리 좋은지 저 멀리 석대들을 보면서 웃었다.

남도장군 이방원

그림. 박홍규

에필로그

동학농민항쟁은 장흥석대들 전투를 끝으로 막을 내렸고 15년 후 조선은 일본 제국주의 식민지가 되었다. 장흥 지역은 동학농민항쟁 시 너무 많은 희생이 있었고 처절한 보복으로 인해 기미년 만세운동 당시 유일하게 만세를 부르지 못하는 지역이 되었다.

장흥, 강진, 보성, 고흥(흥양)의 동학군과 그 가족들은 민보군의 보복을 피해 완도군 신지도, 금일도, 금당도, 고금도, 소안도로 피신해 동학운동을 이어갔고 을사늑약 이후에는 만주로 이주해 독립운동을 이어갔다. 특히, 소안도는 일제의 감시에도 불구하고 만주로 독립군을 보내는 전초기지 역할을 하였다.

갑오년 12월에 벌어진 장흥, 강진지역 동학농민항쟁에서 희생된 동학농민군은 최소 삼천여 명이 넘는다. 무연고자로 분류되어 신원을 알 수 없는 무명열사들은 포함되지 않았다.

장흥부사와 고부 기포 당시 안핵사로 부임해 만행을 저질렀던 이용태는 1910년 한일병탄에 기여한 공으로 남작 작위를, 1911년 2만 5천 원의 은 사공채를, 1912년 한국병합기념장을, 1915년 다이쇼대례기념장을 받은 친일반민족행위자로 살았다.

장흥부사를 지내고, 충청도 관찰사로 재임 중에 일본군과 연합해 공주에서 동학농민군 진압에 앞장섰던 박제순은 을사 5적신(賊臣)의 한 사람이다. 국권피탈조약에 서명하여 일본 정부로부터 자작의 작위를 받았다.

갑오년 동학농민군의 2차 봉기 당시 교도소 영관(敎導所領官)으로 일본군과 함께 장흥에 이르기까지 동학농민군을 진압하는데 앞장섰던 이진호는 일제강점기에 전라북도지사, 조선총독부 학무국장, 중추원 부의장, 일본제국의회 귀족원의 칙선의원 등을 지내며 친일반민족행위자로 살았다.

갑오년 동학농민전쟁에 초토영군(剿討營軍), 죽산부사(竹山府使) 겸 양호도순무영 우선봉(兩湖都巡撫營右先鋒)이 되어 동학농민군을 진압하였던 이두황은 일제로부터 여러 차례에 걸친 서위와 거액의 상여금을 받고 친일반민족행위자로 살았다.

참고문헌

〈노사집〉, 2015, 기정진 지음, 박명희 역, 전남대학교 호남학연구원/조선대학교 고전연구원

〈노사집〉, 2017, 기정진 지음, 안동교 역, 전주대학교 한국고전학연구소/한국고전문화연구원

〈도올심득 동경대전 1〉, 2004, 김용옥 지음, 통나무

〈동경대전〉, 2012, 최제우 지음, 박맹수 역, 지식을 만드는 지식

〈오남집〉, 2016, 김한섭 지음, 동학농민전쟁사료총서 8권

〈오동나무 아래에서 역사를 기록하다〉, 2016, 황현 지음, 김종익 역, 역사비평사

〈장흥동학농민혁명과 그 지도자들〉, 2013, 위의환, 지음 (사)장흥동학농민혁명기념사업회

〈조선의 못난 개항〉, 2013, 문소영 지음, 역사의아침

〈조선은 왜 무너졌는가〉, 2016, 정병석 지음, 시공사

〈창악집성〉, 2011, 하응백 지음, 휴먼앤북스

〈한국 유학의 탐구〉, 1999, 금장태 지음, 서울대학교출판부

〈한국민족문화대백과〉, 한국학중앙연구원

사단법인동학농민혁명기념사업회 홈페이지 www.donghak.ne.kr

부록. 사진들

장흥동학농민혁명기념탑

석대들이 바라다보이는 공설운동장 뒤편에 위치해 있다. 석대들은 1894년 3만여 농민군이 신식무기로 무장한 일본군에 맞서 대규모 전투를 벌였던 곳이며, 현 공설운동장 터는 무명 농민군들의 유해가 묻혔던 장소이다. 기념탑은 1992년에 건립되었으나, 2004년에야 제막식을 할 수 있었다. 송기숙 선생이 탑문을 짓고, 고은 선생이 '장흥농민군을 기리는 노래'를 적었으며, 이 지방 서예가인 김승남 선생이 글씨를 썼다.

장흥동학농민혁명기념관

  국가사적 제498호로 지정된 장흥동학농민혁명기념관 일대는 1894년 당시 장영성의 남문을 공격하였던 농민군이 주둔하였던 석대산이 있었던 곳이다. 농민군은 석대산 및 작은석대산(현 장흥동학농민혁명기념관 터)에 주둔하다가 장영성을 점령하였다. 석대산에서 바라본 들판이 동학농민혁명 우금치전투(농민군 약 10만 명) 다음으로 큰 전투가 벌어졌던 '장흥 석대(농민군 약 3만 명)' 전투지이다. 그 당시 일본군은 '스나이더 소총'이라는 신식무기로 무장을 했으며, 농민군은 일부만이 '조총'을 지녔을 것으로 보인다.

장흥 남외리 일대

동학혁명 당시에 동학의 중요한 접이 있었던 곳으로 현재 천도교당은 1904년 독립운동가 김재계 선생 등이 회진에서 옮겨온 것이다. 1894년 7월 30일에 부임해 온 박헌양 부사가 다음날인 8월 1일 유림들을 모아 동학군 토벌 계획을 세웠던 향교가 있었으며, 동학군에 의해 희생된 박헌양 부사 외 95명의 관군을 기리는 영회당 및 순절비가 남산공원에 있다. 석대전투 당시 동학군은 산에 숨어 있었고 일본군은 대숲에 숨어서 총을 쏘았다는 기록이 있는 것으로 보아 남외리 일대의 산이나 대숲도 중요한 전투지로서의 의미가 있다.

용산면 묵촌일대

장태장군, 남도장군, 이장태 등으로 불렸던 이방언 장군이 태어난 마을이다.

이방언은 남상면(현 용산면) 묵촌에서 2백여 석의 도조를 거두는 토반 집안에서 태어났으나, 동학에 가입한 뒤 대접주가 되었다. 장흥석대전투를 총지휘하였고, 전투에서 패배한 후 잡혀서 서울로 압송되었으나 무죄 방면된 다음 보성 회천 신기리에 은신해 있다가 다시 잡혀 아들 성호와 함께 장흥 장대터에서 화형을 당했다.

남도장군 이방언 묘소

이방언은 장흥동학농민혁명 지도자로 석대들 전투 후 체포되어 아들 성호와 함께 처형되었으며, 현재 용산면 묵촌마을 뒷산에 묻혀있다.

도르뫼 들판(농민군 훈련지)

　용산면 접정리 2구 묵촌마을 들판. 대접주 이방언의 휘하 동학농민군이 훈련하던
장소이다.

벽사역 터

　장흥읍 원도리 일대이며, 1894년 12월 15일 석대들전투 이후 체포된 다수의 동학농민군 지도자와 동학농민군이 벽사역에서 처형당했다.

　또한, 고부에 안핵사로 파견되어 온갖 만행을 저지른 이용태는 장흥부사였으며, 그가 이끌고 간 관군은 벽사역의 역졸(약 1,000명)들이었다.

자울재

장흥읍에서 용산면으로 넘어가는 고개다. 당시 용산면에 집결했던 농민군이 이
재를 넘어서 진격하였으며, 석대들 전투 패배 후에 후퇴했던 길도 이곳이다. 지금도
그 옛길이 남아있다.

모정등(茅亭嶝 : 현 장흥고등학교 뒷산)

장흥읍 건산리 77일대(장흥고등학교 뒷산)

1894년 12월 1일 장흥 사창(장평면 용강리 창몰마을)에 집결한 동학농민군은 12월 3일 건산(巾山) 뒤쪽 모정등까지 진출하여 주둔했다.

장영성 동문을 공격하였던 구교철·김방서 등이 이끄는 농민군이 주둔하였고, 12월 15일 석대전투 후에도 농민군이 진을 치고 싸웠던 곳이다.

영회당

장흥군 장흥읍 예양리 산6-3

장흥부를 지키다가 희생당한 박헌양 부사와 수성장졸 95인을 추모하기 위해 건립한 사당이다. 영회당(永懷堂)은 장흥읍 남산공원 입구에 위치해 있고, 영회당 안에는 1899년에 세워진 장흥부사 박헌양의 공적비가 있다. 장흥성을 지키다 희생된 관군에게는 나라에서 포상이 내려졌고 그 후손들이 조직하여 당을 만들었는데 당시 전라관찰사 이도재가 이 당의 이름을 '영회(永懷)'라 지어 주었다.

장흥향교

장흥읍 교촌리 4번지

수성군 활동의 거점이었다. 1894년 7월 30일 부임해온 박헌양 부사는 다음날 유림들을 모아 동학도 토벌 계획을 세웠고, 이후로도 관군 및 민보군 활동의 거점으로 사용된 것으로 보인다.

장흥부 및 장영성

장흥부사의 관아가 있었던 장영성은 구 장흥극장 자리에서부터 현재의 중앙교회
에서 장흥경찰서 및 장흥문화예술회관을 포함한 남동리 및 동동리 일대이다.

1894년 당시 농민군과 관군의 전투로 인해 관청의 건물은 전부 소실되었으나,
성벽의 일부가 남아있다. 또한, 부사가 머물던 관아는 현재 장원연립주택이 있는 곳
이다.

관아터(농민군 점령지)

장흥읍 장원길 12(장원연립주택 일대)

장흥부사가 근무하는 관청 및 객사 등이 있었지만, 1894년 농민군과 관군의 전투로 인해 모두 소실되었다.

장대터(현, 장흥서초등학교 일대)

  장대터는 당시 관군들의 훈련장이었으며, 석대전투 이후에는 이방언 장군 부자를 비롯한 수많은 농민군이 처형되었던 곳이다.

장평면 흑석장터(농민군 주둔지)

장평면 봉림리 흑석마을(현 농협창고)

1894년 11월 7일부터 흑석(黑石)장터를 중심으로 집결하기 시작한 동학농민군
은 점차 군세를 강화하면서 장흥 전투의 서막을 열었다.

사창터

　사창(지금의 장평면사무소 일대)은 관의 곡물을 거두어 보관하는 창고가 있었으며, 1894년 당시 외부에서 들어온 농민군까지 합세한 1만여 명의 농민군들 앞에서 이방언 장군이 대중 연설을 했던 곳이다.

장평면 흑석장터 및 사창 일대

　장평면 흑석장터와 사창은 광주 능주를 거쳐 장흥으로 들어오는 요충지였으며, 이곳에서 각지의 농민군이 활발하게 왕래하며 연락망을 형성했다.

병영성

　강진군 병영면에 위치한 제주도와 호남 육군의 본부가 있던 곳. 효종 때 남해안에 표류한 하멜이 이곳 병영성에서 억류 생활을 했던 곳으로 동학농민군에 의해 점령된 후 폐허가 되었다가 일부가 복원되었다.

사인정

　장흥과 강진 사이에 위치한 지점으로 동학농민군은 장영성 함락 후 이곳 사인정에서 점심을 먹고 휴식을 취한 후 강진성 공략을 준비한다.

탐진강과 석대들

　영남 금정산에서 발원하여 장흥 석대들을 적시고 강진만으로 흐르는 강으로, 강 상류는 예양강. 강 하류는 탐진강이라 부른다.

억불산

　석대들 남동쪽에 위치한 장흥을 대표하는 산으로 좌측 산정 부근에 보이는 바위가 며느리 바위이다.

월산재

남면 모산마을 입구에 있는 영광김씨 문중들의 사당.

이곳에서 이방언은 장흥 유림들로부터 유림 동문록에서 삭적된다.

월림동 서당터

이방언이 젊은 시절 서당을 열었던 곳.

월림동 이방언 생가터

묵촌에 살던 이방언은 마흔이 넘어 월림동으로 이사했고 산자락 안에 집터만 남아있다. 일본군이 집을 불살라 버렸다는 이야기가 전해진다.

수리재골

　동백나무숲과 대나무가 울창한 수리재골은 보현사가 있었던 곳으로 지금은 동백
나무숲에 터만 남아있다. 당시 마을 사람들은 아랫마을 월림동으로 이사하고 마을
터는 대나무 숲으로 변했다.

부용산

　석대들에서 조일연합군에 패한 동학농민군은 자율재를 넘어 남면(용산면) 운주골
에 있는 부용산으로 피신했다.

천관산

　석대들 전투에서 조일연합군에게 밀린 동학농민군은 고읍(관산) 옥산촌에서 전투
를 치렀으나 조일연합군의 화력을 견디지 못하고 천관산으로 도주했다.

추 천 사

이 소설을 통해 드러난 작가의 역사의식과 고향 사랑은 투철하다.

장흥의 바다와 산과 강과 들판, 그 어디를 거닐든지 그 땅 굽이 굽이에는 슬픈 동학의 역사가 밟힌다. 장흥에서 나고 자란 작가는 왜 하필 오늘 그 조선조 후기의 동학이라는 역사적인 사건과 역사 인물들을 끌어내어 소설형식으로 진술하고 있는가를 증명해 보이기 위해, 향토사학자의 사료를 충실히 더듬고 현지답사도 세세히 했다.

조선조 후기에 봉기한 장흥 동학 민중의 혈투를 형상화한 이 소설은 중앙정부의 기득권 세력과 그들이 사욕을 위해 끌어들인 일본의 무지막지한 폭력에 저항하고, 민주와 평화의 미래를 쟁취하려는 피맺힌 안간힘의 절규, 그것이다.

역사적인 사건과 그것을 주도한 인물을 소설화할 때는 역사의 몫과 작가의 상상력, 추리력의 몫이 구분될 수 있는데, 이 소설은 작가가 그 둘을 잘 융화시키려고 애썼다. 이 소설의 진짜 숨은 그림은, 여느 다른 고을과 달리 왜 장흥에서 그렇듯 동학이 성하였으며, 이 나라 동학혁명의 마지막 횃불이 왜 장흥에서 타올랐는가에 대한 해답이다.

이 작가의 시각은 장흥, 아니 우리 모두가 나아갈 길을 멀리 내다보기 위한 렌즈로 활용되어야 하리라.

소설가 **한승원**

격 려 사

　오랜 기간 저자가 땀과 집념으로 엮은 동학농민군 이방언 남도장군의 활약상이 드디어 책으로 나왔습니다. 이 책을 읽는 독자는 동학농민운동사에 숨은 뜻밖의 인물, 이방언 장군을 만날 수 있을 것입니다.

　재작년 봄 코로나19가 한창 시작되던 때에 인천이씨 장흥파 일가인 저자 이판식 (전) 광주지방국세청장으로부터 장흥 동학농민군의 활약상을 소설로 쓰고 있다는 소식을 접했습니다. 공직에 있으면서 맡은 직책이 중하기도 하거니와 이방언 장군에 대하여는 사료가 거의 없고 구전으로 전해오는 정도일 뿐이라서 결코 수월하지 않으리라는 걱정을 하였습니다. 그 후 2년여가 지난 지금 저자는 나의 염려를 말끔히 씻어주었습니다. 저자는 역사적 사실 확인을 위해 틈틈이 자료를 찾아 헤매었고, 이방언 장군의 활약지이자 저자의 고향인 장흥을 드나들며 수많은 분을 만나 고증을 하였습니다. 이미 오래전부터 집필을 위한 자료수집과 탐사를 해왔던 사실도 뒤늦게 들었습니다.

　저자의 노고와 집념에 깊은 격려와 찬사를 드립니다. 이 책이 널리 읽혀 동학농민운동사에 큰 족적을 남긴 장흥 동학농민군과 이방언 장군에 관해서도 새롭게 자리매김이 되길 기대해봅니다.

흥우건설(주)·흥우산업(주) 회장 / (전)대한건설협회 부산광역시회 회장
우원장학문화재단 이사장 **이철승**

"세상 모든 것에 감탄하는
지혜로운 사람들의 공간"

호밀밭 homilbooks.com

탐진강

갑오년 석대들 함성,
붉은 동백꽃으로 피어나다

ⓒ 2022, 은산 이판식

지 은 이   이판식
초판 1쇄   2022년 10월 5일
　 2쇄   2022년 10월 14일
편　　집   박정오, 임명선, 신민철
디 자 인   스토리머지 정종우
경영전략   최민영, 김지은, 김태희
미 디 어   전유현
연 구 소   하은지
마 케 팅   최문섭

펴 낸 이   장현정
펴 낸 곳   호밀밭
등　　록   2008년 11월 12일(제338-2008-6호)
주　　소   부산 수영구 연수로 357번길 17-8
전　　화   051-751-8001
팩　　스   0505-510-4675
이 메 일   homilbooks@naver.com

Published in Korea by Homilbooks Publishing Co, Busan.
Registration No. 338-2008-6.
First press export edition October, 2022.

Author Lee Pan Sik
ISBN 979-11-6826-066-5 03810